这不是则味咖啡馆

杨则纬

著

但是在你孤独、悲伤的日子，请你悄悄地念一念我的名字，并且说：有人在思我，在世间我活在一个人的心里。

——普希金

作家出版社

目录

001　花里

035　元气少女

061　这不是则味咖啡馆

081　赌狗

111　香俏

171　爱人

195　羽生

225　小云

247　红霞

273　后记

花　里

一

"我以前为了看《封神榜》,总是会假装去我妈屋子倒水喝。有一次,到了我妈屋子,发现我妈睡着了,我想都没想就钻到床底下去了。不过毕竟不是很舒服,我还是会忍不住活动一下,结果我妈就醒了,趴下来一看,吓得她大叫起来。"

"后来把你拉出来打了一顿吧?"

"吓得我灵魂出窍了,我就爬出来揉着眼睛假装睡着了,还问我妈我为什么在这里,我说不知道,只记得我在写作业。"

"你妈是不是一巴掌把你拍醒了?哈哈哈……"

"我妈抱着我说,你太累了,估计是梦游了,然后不让我写作业,还给老师打了电话说我身体不舒服,今天的作业就不写了。"

"鬼才相信你说的话。"

林芳假装看书,其实她一直听着他们说话。她很想过去加入他们,但是她始终只是翻着面前的书,一声也不吭,不一会儿就打下课铃了。她看见陈迪推了一把刘煜,他笑起来嘴角更朝着右边倾斜,眼睛也会发光。林芳赶快低下头,好像什么也没有看到。

这个教室里的孩子都是初二的学生。在这个寄宿学校里,林芳是少数几个不需要住校的。她其实很想住校,可是妈妈不同意。从她家到学校有一站路,如果走小路,路程可以缩短三分之一,可是她不想走小路。

是的,是的,是这样的,小路让她觉得孤独。除此之外,小路还有很多让她觉得恐怖的事情。比如有一个在破旧小平房里的包子铺，卖包子的女人肥头大耳，她的男人瘦瘦小小，她走过的时候会想起人肉包子铺；比如就在包子铺马路对面的废品收购站，总有一只瞎了眼的狗蹲在那里，她每次看到狗狗一动不动地蹲在那里心里就无比难过起来；比如那个修鞋子的小摊，一个小木箱子摊开，乱七八糟的东西里有个缝纫机，有一个男人永远坐在那里，他的身边还有一个做钥匙的机器，林芳第一次注意到他，就是看到他站起来帮一个人打钥匙，他站在那个人身边，身高只比那个人的腰高了一点点。

大马路就十分不同了，有一家超级大的火锅店，一共三层，还有一家蛋糕店和一间大酒店，大酒店的旁边很快建了一个大的停车场……这是她通常走的马路这边。马路的另一边，过一个八车道的大马路，有一排全是花店，林芳没有数过，估计起码有十间还要多。她不喜欢花，加上过马路的车也有点多，所以那边走得很少。

是的，这个很肯定，林芳从去年开始就喜欢上了刘煜。从小学升入初中，她忐忑地坐在教室里，看着很多很多的学生坐满了教室，看到一个中年妇女自我介绍然后开始讲着班规，她看隔着一个过道前排的男孩低着头玩手里的BP机，他玩了一会儿就左顾右盼地看，这一回头，林芳的心就跳得停不下来了。

林芳一天都在想着刘煜说的话，她猜想刘煜的爸妈是不是离婚了，因为他讲的话里只有妈妈，她还想到了他说的《封神榜》，林芳从小就不喜欢看《封神榜》，她也想不到那种不让看电视的感觉。在她很小的时候爸爸就死了，她被送到了周边郊县的叔叔家里，叔叔家里有三个孩子，婶婶对他们四个人都很好，她最小，两

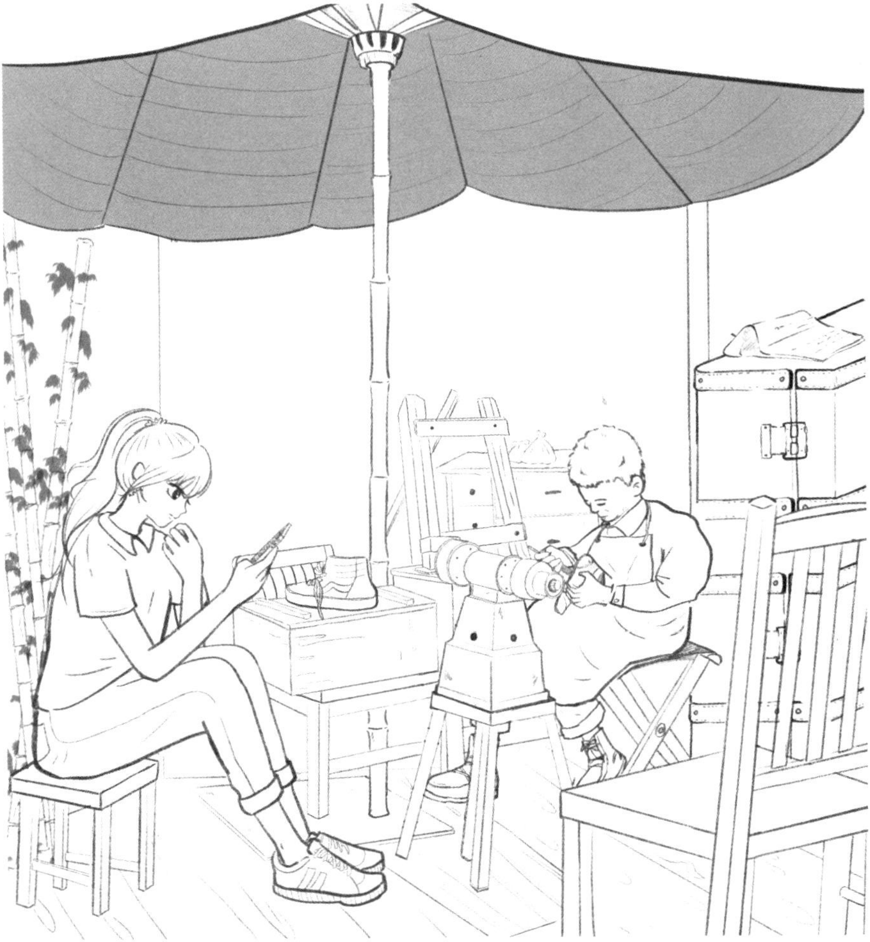

个姐姐和哥哥都很照顾她,什么都让着她,每个月或者每半个月,叔叔就带着她坐车回城里看妈妈,然后某一天,她就没有被送回婶婶家了,因为她要上小学了,她哭闹了一晚上,早上还是被拽着去上课了。送她去上课的人就是叔叔,之后她每天回家都能看到叔叔。

最初她在学校里和其他孩子闹了矛盾的时候她就很想念两个姐姐和哥哥,但是再也没有人送她去婶婶家,住在郊县的那家人好像从来没有存在过一样……直到有一天,她似乎一下子明白了,她突然就从心里憎恨他们。那天晚饭,妈妈做了她最喜欢的油炸茄子,叔叔给她夹了一筷子,放进她碗里的时候,她头也不抬地说了一句:"谢谢爸爸!"她每一个字都吐得很清楚,就像电视里正在播放的《新闻联播》一样,她说完就把茄子送进嘴里,她知道屋子里安静了一会儿,她接着不慌不忙地说着:"茄子真好吃,妈妈,明天我还要吃茄子。"

12岁的林芳心都跳到嗓子眼里了,她害怕妈妈会打她一顿,但是没有。他给妈妈也夹了一筷子茄子。"你也多吃点,油炸的别剩了,明天给芳芳做新的。"妈妈说。

林芳有这样的胆子对妈妈,但是没有胆子和刘煜说话。做同学一年半了,他们一句话也没有说过。不光没有和刘煜说过话,她和班里的人都很少说话。其余的学生都是住校的,他们都有自己的室友,晚上一起聊天,平时一起吃饭,都有自己的小圈子,可是林芳没有这个圈子。

这学期班里开始轮流换座位,保证每个人前后左右都能坐到,也保证林芳和刘煜成了同桌,虽然两个人一个是第二组一个第三组，并不是实际意义上的"同桌"，但是却坐在了一起。更让林芳激动的是他们第一次说话还是刘煜主动说的。他拿着笔的手和胳膊一起伸了过来，笔尖在她的书上戳了几下，林芳不敢看他，转过身体看着他的桌子。刘煜问她的牛仔裤是哪里买的，自己很想要这样一条黑色的。林芳淡淡地说了一句那个市场的名字，很快又补了一句："那家我经常去买，可以带你去。"林芳没有想到的是，刘煜居然问她如果有时间周五放学后能不能陪他去买裤子。

"应该……可以吧。"

"那谢谢啦。"

"我填好了，你填了传给你同桌。"

林芳接过表，是班里统计做校服的身材数据表，老师让大家周末回家自己量好填上。她的目光一眼就扫到了刘煜的。"比我的臀围和腰围还要小？"她接着看到了陈迪的数据，拿笔的手跟身体都抖了一下，随意地扫了一下其他女同学。要不是妈妈给她测量的时候让她以后不许吃点心了，她肯定以为自己测量得有问题。林芳感到有目光一直盯着自己的笔尖，于是她一狠心，写了一个别的数字。

然后就是周一、周二还有周三，还要煎熬地等待两天，林芳开始幻想着周五放学后他们两人会一起吃饭吗？一起逛服装市场吗？会说很多很多的话吗？实际上，最近他们已经有了很多的对话，比如她不经意地告诉刘煜，自己家附近有一个修鞋的人，而那个人其实就是演《西游记》的土行孙。刘煜坏坏又帅气地笑一笑说："你别开玩笑了，土行孙可是明星，怎么可能修鞋子。"于是他们又多了一件相约的事情，就是哪天一起去看这个"土行孙"。

以前害怕的小路一下子变成了她每天都要走两遍的路，她要多看几眼那个修鞋的"土行孙"，确定他每天都在，就接着蹦蹦跳跳地朝着学校或者家走去了。为了能和刘煜多待一会儿，她告诉妈妈周五放学后朗诵会排练，要多加一个晚自习的时间，住校的周六才能返家，她按照平时晚自习时间放学回家。林芳还在妈妈卖点心的摊位上偷偷拿了一把钱，里面有一张五十元的，还有十块、五块、一块和五毛的，一百块钱的她没敢拿。

终于盼到了周五，四点二十就会下课，快到四点的时候，刘煜突然在她耳边悄悄说，自己有事情不能去了，能不能让她去帮自己直接买一条那种男款的，还告诉了他的尺码。这个梦就这么碎了，幻想好的一切事情全部都化为泡沫。她忍着眼泪点头答应，放学后看着刘煜跟着陈迪一起走出了教室，她冲出教室就哭了。

她在半黑了的夜里跑着，跑着跑着就摔倒了。从地上爬起来，她抹了一把眼泪又抹了一把胳膊上的血，坐上了去服装市场的车。周日的晚自习，他们已经分开坐了，她趁着课间走过去把裤子递给他，他愣了一下，说："你去买了呀？我周末自己去买了一条。"

"没事，我去退了就好。"她说完这句话，拿着裤子转身就往座位上走，刘煜也并没有追上来。

为了朗诵会，校服很快就发下来，私立学校的校服很好看，白色的衬衣红色的领结，外面是深蓝色的西服。女生是一步裙，男生是长裤子。班里很多女孩拿到了衣服都迫不及待地去厕所换了，林芳默默地塞进包里。她没有先回家，而是先去了妈妈的糕点摊，这是她第一次这么仔细地端详妈妈。她坐在一把折叠靠背椅上，穿了一件连衣裙,空荡荡的裙子显得她更瘦了,一条腿叠在另一条腿上,露出的小腿又白又直。她的身子向后靠着,头发随意扎着,有几缕挂在耳朵上,还有几缕散落在脸颊两边。

"芳芳,你咋来了?"妈妈看见她,站起来。林芳眼中的妈妈,右手先是把碎发往耳后一别,接着挺了一下胸,右手扶着糕点架子,身子随着右边的屁股扭动一下,才站了起来。

"我们发了校服,我的弄错了,裙子太小了没法穿。"

"是不是又胖了?"妈妈边说边接过她的裙子,"我找裁缝看能不能改一下。"

林芳穿着几乎要撑炸了的裙子,站在倒数第二排左边第四个,每上一个台阶,她都似乎听到裙子的接缝被撕裂的声音。整个朗诵比赛,她随着大家一起张嘴,满脑子就是快点回家,她的手不自觉地一直去抓裙子,无奈绷得太紧,根本抓不住,就像她一直悬着的心。

她们班的朗诵结束后,她就找班主任请了假,说自己拉肚子。她是走读生,班主任就同意了,只要求她回到家让妈妈打个电话。林芳想飞奔回家,一口气飞奔回去,可是裙子的束缚让她只能一小步一小步地往回走。人生突然变得艰难起来,她才14岁,难道以后的路都要这么小心翼翼地走下去?

眼泪往下掉,她所有的注意力都在裙子上面,根本不知道自己哭了,开始的时候两步三步掉下一颗眼泪,后来每走一步就会掉下一颗眼泪,等她意识到自己哭了,就拿手在脸上一把把地抹,注意力被转移到流泪这件事情上,脚下的步子就随着眼泪一起快了起来。

裙子还是扯开了，林芳被定在路上。她从小很害怕爆米花的老爷爷，看到了就要捂着耳朵，爷爷总是会突然地发出爆炸般的声响。她站住了，裙子绷裂的声音比爆米花的声音可怕多了。她缓缓地伸手去摸了一下，正好是裙子后面的中缝绷开了，她就这么一伸手，就摸到了内裤。她已经不背书包了，手里只有一个小的斜挎包，她努力地拿手按住包，也不确定是否可以盖住露出的内裤。

"小姑娘……小妹妹……喂……叫你呢。"林芳一直捂着屁股，侧着身子沿着马路边上走，听到有人喊。这会儿下午三点多不到四点，旁边少有路人，整个小路上都是懒懒散散的模样。她看到修鞋的"土行孙"对着她喊。要是从前她一定吓得疯跑起来，但是今天她不怕。

"叫我？"

"过来过来。"她就慢慢地朝着他的鞋摊移动过去，本来也没有几步。他递给她一个半大的毛巾被，让她围着把裙子脱了。毛巾被上面有黑色的油垢，感觉还有点臭，但是林芳围着就把裙子拽了下来。"土行孙"递给她一个小马扎，让她坐下来。裙子撕烂了一个很大口子，从腰部开始，下面只有一点线还没有脱开，也许走不到家就全部撕裂了。"土行孙"告诉她只有一小块黑色的布给她先补上，让她凑合着穿。

她静静地看着他，手指又黑又脏，指甲有一半里面都是污垢，手指头上也是沟壑纵横，每一条缝隙里面也是黑色。他拿针的样子看起来很笨，但是穿针缝补速度很快，几针后，又在一个用来缝鞋子的机器上，在"哒哒哒……"的声音下，一气呵成地把裙子缝补好了。

"谢谢……谢谢你，多少钱？"

"快穿了回家吧，这裙子拆了再缝起来估计也穿不了了。"

林芳回到家后就把裙子藏了起来，用那条买给刘煜的牛仔裤把裙子小心地包起来，塞在衣柜的最下面。第二天、第三天她都还是去上学，只是不好意思走小路了，等到第四天的时候，她从妈妈的摊位上装了好几种糕点，到了"土行孙"的鞋摊上，她放下糕点说了声"给你的，谢谢你"，就跑开了。

初三那年林芳突然扯条了，从不到一米六一下子长到了一米七二。她把头发剪成刚好到肩膀，烫了一个流行的离子烫，头发经常是披散着的，正好盖住她圆饼的脸蛋。她就这样从一个没有人关注的小墩子变成了全学校的红人。林芳总是低着头，一直以来没有朋友而养成的孤僻性格让她更加神秘。

"背后看想犯罪、侧面看想犯罪、正面看想撤退。"全校都知道初三一班的林芳，带着羡慕或者带着好奇，带着各种各样的心态，林芳成了所有人眼中的"背后杀手"。刘煜又找她说话了，这一次他们前后桌，刘煜突然转过来，她把头低得更低了，头发几乎要把整张脸盖住。

"我感觉你挺好相处的，为什么大家都说你很孤僻？"

"没有呀。"

"你还会继续在这里上高中吗？"

"你呢？"

"你猜呀！"刘煜露出一个坏坏的笑，然后就转了过去。林芳的心像夜晚的月亮，从来没有这么明亮过，皎洁的明亮，温柔的明亮，静谧的明亮，是一种少女才有的明亮。她望着前面的背影，根本记不起来一年半前他的无礼,好像上天为她打开了一扇大门。他开始越来越多地转过身来,林芳把明亮深深地藏起,就像深深藏起自己的脸。她回到家,从柜子底下翻出那条黑色的男士牛仔裤,她有一种奇怪的感觉,这条裤子好像一直穿在刘煜的身上,现在送给她了。她试着去穿裤子,居然穿上了,腰围还变得很大,如果用力拽,裤子可以不用解拉链和扣子,就能直接拽下来。

本来萌芽的小苗迅速地生长起来:美丽是这个世界上最头等的事情了。

刘煜很快就约她了。他提到了"土行孙",林芳的心跳停了一下,她拒绝了。她在那一刻里有说不清的情绪。刘煜在楼道里和她遇到,她刚刚上完厕所洗了手,湿漉漉的手指头滴着水,刘煜迎面过来,在她面前站定,她立刻拿手把卡在耳后的头发放下来。

"哪天带我去见见土行孙……就是那个修鞋的侏儒。"他拿手比在他俩腰部的位置,林芳感觉水滴从脸颊滑到脖子里,她稍稍抬起下巴,发现两个人几乎差不多高了,接着一颗水滴从脸颊顺着下巴滴在地板上。

"没有什么侏儒。"

"那随便看什么,要不要看电影?"

这一次他们真的约会了。两个人一起走出校门,一起打车一起到了电影院还一起吃了饭。那之后的第一天上学,陈迪站在她的桌子边。

"你,就是不敢给人正脸的,给我出来。"林芳正在拿着笔在书上画线条,她知道是谁,也知道叫的是谁,可是她假装没有听到。她感觉到自己的同桌把座位让了出来,她也知道陈迪拿手戳了自己的身体,她最知道前面的刘煜一动也没有动。所以她也没有动。

突然,林芳被一个力量一把从座椅上拉了下来,那股力量扯着她的头发,她的身体迅速朝着右边坠落下去,腿扯着桌子也翻倒了。

"小小年纪别学着勾引人,想勾引人也照照镜子,全校丑得出了名了。"她说的每一个字都听得很真切,课间在教室里的大部分人都听得很真切,而且很快,这些话在全校都会传得很真切。

"下次再勾引别人,就不是这么简单了。"陈迪说完这句,就把抓着她头发的手松开了。她听到刘煜的板凳终于移动了一下,她听到他站起来,走了出去,她听到他的脚步跟着陈迪的脚步,一步跟着一步,一步又一步消失在门口,她听到自己的心一点点坠落下去,再也不想看到光明。

二

活着当然是一件沉重的事情,毫无顾虑地生活下去是不可能的。比如妈妈在糕点铺一日日地爬满脸上爬上双手的皱纹,比如后爸驼了的背,当然还有更多……爱这种东西一日日滋润着她,又磨损了她。

林芳伸出手,她用力扯了一下灯绳,灯绳被扯断了,屋子里的光也灭了。她决定像扯断这根线一样,把自己的过去一并剪断,关掉别人的目光,不要活在旁人期待的阴影里。

早晨醒来后她估摸着妈妈出摊了,找到后爸。

"爸。"

"醒了？吃啥不？"

"爸，你为啥会对我好？"

"你咋一大早问这？"

"是不是因为我妈好看？"

"这孩子。"

"爸，你看着我，你觉得我难看吗？"

"咋了？谁欺负你了？"

"爸，在我心里，你对我好，对我妈好，你就是我爸。"林芳被搂在怀里，她的眼泪涌了出来，"我长得太难看了，我想去割个双眼皮。"

"胡说啥呢？"

"我问了，3000块钱，就可以。"

"哭啥，可是这个我做不了主，我和你妈商量一下。"

"你是我爸，可以做主，爸，你看着我，我这么难看，我以后怎么办？你把钱给我，你就当什么都不知道。"

"不行不行，我必须和你妈说。"

医院里的人并不多，也许这里根本称不上医院。医院医治病人，从这层意思来看，林芳来到这里也是为了治疗的。她要治疗好自己从初三开始，就再也不敢抬起的头。

"有没有预约呢？"

"我预约了院长，我要做双眼皮。"林芳没有想到自己这么平静。她抬起头看着护士的眼睛，一个字一个字地说出来。护士的皮肤很白，就和大医院的护士一样，穿着白色的大褂子，还戴着一个小白帽。小白帽下面是双眼皮。她被带到一扇门里面，要求套上鞋套。这时候出来另一个穿白大褂，比刚才的那个胖一些，年龄也要大一些。

"小杨，拿一个皮筋过来。"她对着年轻的护士说，然后把皮筋递给林芳，要求她把头发扎起来。屋子里就只剩下她们两个人。林芳知道她就是医生了，医生轻轻地扶着她的肩膀，转动了一下她的身体，她看到镜子里自己一张大饼一样的脸。

"你看，你的眼睛并不肉，不用抽脂，我建议就不要开刀了，做个埋线就可以。另外，你的问题不是眼睛不够大，主要还是鼻子，有点朝天鼻，然后山根也不够高。"

"鼻子要多少钱？"

"我们有三种材质的填充，国产的有两种，还有一种是韩国的，其实就是软硬的区别，你要确定做了，可以让你自己感觉一下，我觉得国产的那个好些的就可以，但是如果你特别介意，韩国的当然更好，就是贵了很多。"

"我还是先做眼睛吧。"

"都随你，你也不用抽脂，看你是学生吧，给你算2600。"

"今天可以做吗？"

"今天？你家大人呢？"

"忙。"医生上下打量着林芳。她似乎明白了什么，接着说："我19岁了，我妈说手术签字我自己可以签。"

有了坚定的决心，就不会有惧怕。当她感觉自己的眼皮被一点点划开的时候，她没有任何疼痛的感觉，并不是麻药的作用，就在之后的几天里，她躺在黑暗里感受疼痛就像爬墙虎一样，在夏日的墙壁上蔓延开来。她只有喜悦，仿佛收获的并不是疼痛。

大学的日子一天一天，她还是习惯用头发遮住大半个脸，眼睛一日日恢复得如同自己与生俱来的。她还是没有什么好朋友，和舍友基本的聊天还有和同学们之间的交流还是有的，只是想要融入其中的兴趣并不是很高。她可以坐在自己宿舍的书桌前和舍友们聊天，也可以躺在床上听着她们叽叽喳喳的时候回应几句，唯独是面对面地交流，她就觉得思维跟不上，尤其是和男同学，让她有种心慌的感觉。

林芳也没有什么爱好，她除了为了上课点名要去外，不喜欢学习也懒得看书，她也不喜欢体育活动。自从"扯条"了后，她再也没有身材上的困扰，胳膊和腿都细细长长的，其他女孩早起或者晚饭后在操场上跑步减肥，这些都和她没什么关系。她就喜欢买时尚杂志，每天研究模特是怎么穿衣服，学着书上教的该怎么化妆。只要半天没课，她就要溜出去逛街，商场太贵了，她喜欢逛那种衣服市场，一排排的小店，除了服装店还有首饰店、化妆品店。

那段时间她最迷恋的就是日系的衣服，她喜欢仙气十足的雪纺混搭出古怪的"新宿风"。那家市场里有两家卖日系衣服的，基本都是杂志款，流行杂志上的日系牌子就那么两三个，而品牌也并没有入驻她生活的这个城市，这两家店从广州或者上海进来的"杂志款"，虽然质量不比专柜，但是样子穿上都是一模一样的。两家的衣服其实差不多，有一家是一个特别胖的女孩开的，另一家是一对姐妹，林芳不喜欢去胖姑娘那家买，她是市场里出了名的凶婆娘，如果试了衣服不买，肯定会换来冷言冷语。但是姐妹俩就不会，林芳毕竟是学生，不可能每次都会买下自己喜欢的衣服，两个姐妹很好说话。慢慢熟悉了，留了联系方式，有时候饭点儿的时候，也会一起在店里吃个简单的外卖，两周一次上了新款回来，也会提前给林芳打电话。

姐姐叫小敏，妹妹叫怡芳，小敏比怡芳的话少，但其实如果她自己在店里，给林芳报价还会再便宜一些。林芳没有什么朋友，久而久之，小敏和怡芳倒成了她唯一认可的朋友了。林芳第一次染头发是大二，怡芳说她有一个一人付钱两人染发的卡，姐姐不染头发，于是就问了林芳。

林芳剪了大大的刘海，盖住了整个脑袋，几乎要遮住眼睛，后面的头发几乎没有剪短，最长的可以打在腰。她选了黄色偏粉红的一个发色，虽然发型师一再地建议如果弄这个颜色，头发需要漂染好几次，到时候头发会变得比较干。她已经有了自己的一套审美标准和打扮方式，比如这个颜色是她准备搭配自己新买的一件黑色的T恤，T恤上面有粉色的图案，下面是不规则的流苏。她还特意买了一个帽子，黑色的棒球帽上面是粉色的桃心图案。

帽子压住头发，大脸盘就全部被压住的帽子遮挡了起来，黑色流苏下面的粉色短裤若隐若现，最主要是那又长又直的腿。她非常想买一双粉色的高跟鞋，可是这个月的钱已经用得差不多了，所以只好还是穿着白色的球鞋。林芳内心里需要回头率，却又在奋力地遮挡住自己的脸还有内心。下公交车的时候，鞋子居然卡在了门口的缝隙，弄了半天才拔出来，尴尬极了的她低着头就往学校冲过去，进了校门口才放慢了脚步，这才发现脚下不舒服，低头看了，鞋子被夹得烂了一块。

好不容易走到了学校的服务区，二层超市后面有一个裁裤边的，还有一个缝补鞋子的，她走过去，俯下身子对着修鞋匠说："你看看这个能不能补一下？"他懒懒散散地继续手里的活，慢慢挤出"等一下"三个字后，等了半天才抬起头看了林芳一眼。明显地有一些吃惊的表情，很快就低下头去看她的鞋子。

"怎么弄的呀，你脱下来我看看，不知道能不能缝。"林芳就坐在旁边的小板凳上，把鞋子从脚上脱下来递给他，他把手里的活儿放在旁边，去接她的鞋子。林芳的目光里是他的手，脑海里浮现的却是另外的一双手：指甲盖是中心向四周渐变得黑起来，指尖最黑。

"你肯定可以弄好的，拜托拜托要给我弄好嘛。"林芳连声音都变了，是她少有撒娇的声音。

"小姑娘头发颜色这么奇怪，你们辅导员不说你呀。"林芳这才从记忆里回到学校，不知道怎么回答。

等到他开始缝补鞋子的时候，林芳看着他的手拿着针在鞋子前后来来回回，他的指头要长一些，可是这样还是觉得熟悉极了，她的脑子里全是从前的画面，好像昨天一样。

"给我把鞋子再缝一下嘛。"

"小鬼，别捣乱，缝什么缝？都好好的。"

"那给我把底子再贴一层好不好？"

"好好的你贴什么底。"

"那给我做一双新鞋吧。"

"钱不是都在盒子里，你自己拿着去买新的，别捣乱了。"

"你为什么只会修鞋子不会做鞋子？"

"我还会打钥匙呢，我还会做饭，我还会很多。"

"你能不能不要这么骄傲?"

"你不上课,还不写作业,好好学习呀,不然和我一样没出息。"

"刚刚还说了你会很多,怎么就没出息了。"

"别没事到我这里,脏拉吧唧的,点心也少拿点,我又吃不完。"

"哦!"

"怎么生气了?"

"我走了,拜拜。"

三

林芳高他22厘米,两个人的体重几乎一样,林芳不知道他几岁,第一次看到他的时候,默默地认定他是"土行孙",后来她听到自己喜欢的男孩子叫他"侏儒",这个称呼是她不能接受的。都说因为喜欢一个人就什么都可以包容,可是不能叫他"侏儒"。

大学毕业后的林芳并没有去找工作,她问家里要了15万块钱,准备开店做生意,就在小敏和怡芳开店的那个市场里。此时此刻的她22岁,18岁的时候她做了双眼皮,大二的时候她第一次打了瘦脸针,和其他卖衣服的姑娘一起,在所谓的"熟人"那里,其实就是小诊所,1500块钱打一次,一针可以分别打在两边的脸颊,一边要扎三次针。第一次打针的时候,她记得很清楚,医生让她用力地咬,嘴里并没有任何的东西,就是上牙齿和下牙齿用力抵抗,这样脸部的肌肉有了明显的凸起,一根细细的针扎了进去,那块肌肉变得酸困,她就咬得更用力起来。

两边的针很快就打好了，几分钟或者只用一分钟，医生嘱咐她这几天都不要用力咀嚼，大约半个月的时候就会有效果了。和她一起来的女孩是第三次打瘦脸针，她说半年后效果就不怎么明显了，为了维持就要一直注射，但是一般五六次后脸部的咬肌就不会长了。那个女孩还注射下巴和嘴巴，林芳的钱只够打瘦脸针的，默默地羡慕着，也默默在心上种下了种子。

拿到了15万元后她做的第一件事情并不是交开店的房费，而是去了整形美容医院，她一直记得第一次割双眼皮的时候医生说的话，这一次她一定要把鼻子做出优雅、漂亮的弧度。鼻子她选择了直接填充，打针的话还是需要持续地注射，她这些年半年就要去打一次瘦脸针，反反复复面对着瘦了又圆了的脸颊，让她觉得厌烦。这一年从韩国还是日本刮来的时尚开始流行"卧蚕"，当然大部分女孩都会觉得那只是眼袋，可是整容医院的医生告诉林芳，整容很讲究风水，你整高了鼻梁喻示着你以后的人生就会是平坦的，眼睛下面配合着做一个"卧蚕"，这个其实是人生的福袋和钱袋子，还给她看了很多美女的照片，分析她们眼睛下面的卧蚕……有了这些钱，林芳很容易就动摇了，不仅做了鼻子和卧蚕，还打了下巴和嘴唇。

这期间，她住在怡芳姐妹租住的屋子里，等到稍微好一些了，就戴着口罩和墨镜开始准备开店的事情。前排的门面贵一些，但姐妹俩的建议是不用很前面，因为来市场的女孩都很喜欢逛，是很容易逛到后面，另外店铺不要很大，刚刚开始，租金便宜一些，压力会小很多。装修方面也很简单，小敏还给她找了别人二手的衣架子。

等到一切恢复得差不多了,她第一次跟着姐妹俩去北京进货,和她们俩不同的是,批发市场的环境又吵又脏,她却全是兴奋和喜悦。终于可以选择更多自己喜欢的衣服……和经济利益有了联系后,很多事情就变了,原本觉得挑衣服试衣服是最快乐的事情,现在就变了,不能按照自己的喜好,不能只考虑自己的身材。坐在店里,每天期盼的都是衣服可以一件不剩都卖掉。毕业后的林芳就没有住在自己家里了,她和男朋友一起租住,换过几个男朋友,吵架了,分手了,没有地方住的时候,就在小敏和怡芳家住住。她觉得自己从来没有爱过哪个男朋友,更没有要结婚的念头,她只不过是找一个陪伴。

林芳也会偶尔回家,除了看看妈妈之外,她每次都要从点心摊拿点吃的,她整容后就不去找修鞋的男人了,找快递给送过去,不知道真实姓名也没关系,那一片的人都认识他。第一次整完鼻子后,其实自己并不满意,她记得当时有一根针扎进自己的鼻子里,她平躺在手术床上,什么也看不见,身体也没什么力气,但是有一根很硬的东西扎进鼻子里的感觉非常明显,和做眼睛时候的感觉一点儿也不一样,她第一次有一种恐惧感,感觉自己不是躺在手术台上,而是轻飘飘地被恐惧托了起来。没有 种鼻了会高挺起来的念头,只觉得自己的脸要随着这根扎进去的东西一块块全碎了。手术后的第二天脸肿到看不到鼻子,一周后肿就基本消了,可是一个月过去了,总感觉鼻子有点歪,这种感觉在第二个月更加明显,不仅她自己感觉,小敏第一个提醒她鼻子有点不对劲。第三个月的时候,医院给她重做了一次。她选的材料是硅胶,不是进口的,一万三的价格,重做并没有收钱,但是重新疼一次也没有人给她安慰。然而疼痛的事情还在后面，林芳的疼痛和一般人成长的疼痛是不一样的，她是活生生的皮肉之苦。

鼻子恢复好还没有一年，她在服装上赚了一些钱，就开始想要继续整容了，有时间就去美容医院咨询，其间在自己店里认识了一个客人是做这个的，就是做中介帮你办理护照，带你去韩国的医院。林芳从那根扎入鼻子的东西产生的恐惧开始，到做了第二次的修复，对自己的鼻子一直没有满意。她决定趁过年店里关门的这些天去韩国整容。韩国对她来说就像是遥远的太阳，高高在上一直发光，她每天看到这个人在韩国整容变美，那个韩国明星又做了什么手术，梦一般地幻想着自己。在各种考虑后，这个梦的实现需要做两个手术，一个是最流行的韩式翘鼻，还有一个就是颧骨内置，她能拿出来的钱只有4万，不过这一趟手术算下来需要7万。

那时候家里的生意越来越不好，人们已经不习惯这种进货来的点心摊了。妈妈租了一个门面，里面有烤箱，还请了一个师傅，开始做那种现烤糕点，这是一笔不小的投资，家里的钱不允许她再伸手要。她最后从男朋友那里借到了5000块钱，两个姐妹给了她1.5万，还需要的1万元是介绍她去整容的客人帮她垫付了。

对别人来说的噩梦在林芳的眼里，却是天下最美好的事情。没有人知道手术有多疼，她自己也不知道，所有的念头都在就会恢复就会变美的事情上。她半包着脸从韩国回来，根本不敢回家，也不好意思让男朋友看到，直接打车去了小敏和怡芳的家。要不是衣服是一样的，她们俩谁也不相信眼前的这个人就是林芳。一个要仔细才能找到五官的脸，大部分人这辈子也没机会亲眼看到。

林芳进屋后拿起桌子上放的零食就往嘴里塞，可是她好像没有什么咀嚼的能力，嘴巴都合不拢。她说自己饿了三天了，嘴巴里全是伤口，手术的开口都在嘴里。过年期间，外面的小餐馆也都没开门，小敏和怡芳看着她觉得难受，两个人说出去给她买点米凑合煮点粥。那一次，林芳抱着粥的时候流眼泪了，她已经很多年没有哭过了，不知道是为了两个人的好还是为了自己的疼痛。

疼痛熬过去后，她去医院拆线，恢复得越来越好，就是有一个问题一直解决不了，不知道为什么左边的脸一直发炎，也可能是鼻子发炎，总之一直有水一样的东西从嘴里流出来。可是这并不影响她，当她照着镜子看不够自己的模样时，那些疼痛好像全部都忘记了。

四

一直以来林芳喜欢一双高跟鞋，透明的高跟，底子也是透明的，上面有一个布艺的蝴蝶结，其实就是一个简单的拖鞋的款式。她在一个杂志上看到过，后来进货的时候特意去找，找到了透明底子的高跟鞋，找到了布艺蝴蝶的款式，可是找不到两个结合在一起的。一个念头闪过脑海，她把两双鞋子都买了下来。

对着店里的镜子，她把衣服一件件地拿出来试。"穿一个低调一点的T恤吧，那下面是穿短裤还是短裙？可是露出两条又直又长的腿，是不是还是有点引人注意呢？还是穿长裙吧，可是这样穿看起来显得好老呀……"接着是化妆，她对着镜子看自己，怎么看怎么觉得毫无破绽，可还是觉得要贴个假睫毛比较放心，眼线是不是还要再重一些呢？还是浓妆看起来不像自己吧？

怕妆花了，特意打了出租车，提着她的两双鞋子。林芳看着窗外，熟悉的城市变得明亮起来，她不知道自己居然是想念他的。在这个城市里，有一个永远那么黑的小矮人，坐在那里，她从来没有见他停下两只手，他没有亲人，也不在乎别人的目光，关键对林芳，他永远都是微笑的。这些念头没有防备地和窗外变换却并没有看进去的景色一起闪过，她立刻摇了摇头。"不是的，她只是想证明没人记得从前的那个自己。"

那条巷子还是有一些变化，从前他的摊位就是一个大伞，现在已经搬到一个简易的板房里，不过那台打钥匙的机器和那个放着乱七八糟工具的盒子，都是放在屋子外面的。板房一间连着一间，都是卖东西的，他的隔壁有一家卖炒货的，还有卖水果的，接着还有一家修鞋子的。有那么一刻，她有点儿生气，这里明明只有一家，也只需要一家修理鞋子的，怎么会多出一家来呢？只是她很快就知道自己是为什么来这里。

"帮我看看这个鞋。"她走过去，特意把声音变得尖细了一些。

他坐在那里，手里正拿着一个书包，在面前的小缝纫机上顺畅和有节奏地扎出一道线。一般他都会把手上的活儿暂时地做完了然后抬起头来，这次也没有例外。

"鞋怎么了？"他好像一点儿都没有变，还是那么黑，头发没有精神地一直耷在头上，那时候她总是建议他可以把头发剪得短一些，他只会咧开嘴笑一笑，任她怎么说都不回答。

"嗯……"她咳嗽了一下，接着说，"你给看看，想把这个鞋子的鞋面换到这个鞋的底子上。"她打开塑料袋，把鞋盒子放在地上，弯下腰去打开鞋盒子。

"坐下来慢慢弄吧。"他说着突然站了起来，不过他很矮，站起来一般人也感觉不到，但林芳知道他站起来，而且她知道他走了过来，把小马扎挪到她的旁边，让她坐下来。她也确实坐了下来，从两个盒子里各取出一只鞋子来。

"这个蝴蝶结换到这个透明的鞋底上。"

"这不是挺好看的两双鞋子，你就当两双鞋子穿多好。"

"你肯定可以的……"林芳说完这句话，心突然有点慌，清了清嗓子接着说，"我觉得应该是可以弄好的吧，就等于把这个鞋面上的鞋带子拔出来，然后把另一个再塞进去，倒上胶再扎上线。"她一边说一边拿着鞋比画着，余光里觉得他并没有看手里的鞋子，而是看着她。

林芳头抬不起来了，不是慌乱的心跳，而是心在颤抖。"难道认出来了吗？"她这么想着，想要站起来转头就跑，又觉得身体被什么压在了这个椅子上，起不来动不了。

"哎呀，给美女弄鞋子呢？"一个声音传了过来，是一个看起来四十上下的男人。

"忙着呢，你一会儿找我。"

"美女鞋子怎么了？给美女打个折嘛。"男人穿了件条纹T恤，一条宽大的短裤，没有坐的椅子了，他直接坐在一个类似台阶的地方。

"鞋子可以弄，但是这个透明的底子是塑料的，我害怕钉的时候塑料会劈开。"

"那就是弄不了。"这时候林芳有点儿想拿着鞋子走了。

"美女让你弄你就好好弄嘛。"

"你走走走，忙完再找你，我这儿忙着呢，你看这一堆活儿。"

"就是来问你晚上去不去，上次问你还说去呢，怎么就不去了？"

"嗯，我先忙，你去做你的事情去。"他对着穿条纹T恤的男人说，然后对着林芳说："你再想想，这两双鞋子都挺好看的呀。"

她应该拿着鞋子就走，可是她又想听穿条纹T恤的男人说话。不用她矛盾，那个男人自己就开口了。

"咱们一起先去洗个桑拿，你好好洗洗，洗得干净了人家姑娘也能给你玩点儿花样。"

林芳突然觉得天气热了起来，热得她想大口呼吸，热得她头上开始冒汗，热得她有点烦躁想发脾气。

"那你把鞋子放这儿晚上或者明天来取，不过这双鞋子就废了。"她听到他这么说着，感觉他在笑，感觉他一定想到了哪个姑娘，想到了会玩花样的姑娘，就想应付地让她赶快离开，这样他们两个人就可以说一些龌龊的话，为晚上做好准备。

"这个侏儒，这个矮子，这个土行孙，这个残废，自己真的是瞎了眼，居然还经常和他聊天，把他当成自己知心的朋友，他不配吃自己给他买的零食，他只配在这里，每天被胶水粘住手指头，被工具锉伤，被风雨吹死淋死，永远没有亲人更不配拥有朋友……"林芳感觉脑袋都要爆炸了，恨不得站起来把脑海里的话全部骂出来。

"你最好还是明天来，我晾一晚上，第二天看看，也许就不钉，这样塑料不会劈开。"

你是晚上想去玩花样吧，哼，原来你还是个臭流氓。林芳心里这样想着，嘴上挤出一句："好，那你慢慢弄。"说完，站起来，价钱也没有说就走了。

"美女，慢走哦。"条纹男人的话和修鞋摊都被她甩在了身后。

五

"你现在有喜欢的人吗？"

"当然有了，你不就是。"

"那我真羡慕你，我就没有。"林芳看了一眼自己的男朋友，说了这么一句话。男朋友笑了笑，觉得她在开玩笑，只有她自己知道她没有。她把头靠过去，这张脸上的鼻子是假的，下巴是捏出来的，颧骨内置后里面盘满了钢丝，具体都在脸蛋的什么位置自己并不知道，还有瘦脸针、苹果肌和额头填充，卧蚕已经融掉了，除此之外，还做了全脸自体脂肪填充，从大腿抽的。分两次，一次性抽出来，半年填一次。双眼皮也重做了一次，在这个基础上还做了眼部提肌肉，这个是从眼中间提起，然后眼尾下至……她靠着他，回忆这些年都受过哪些罪，她觉得自己靠着的只是一个人，并不是感情上的依靠，只是需要一个人而已。于是，她就理解了妈妈。

后爸脑梗后半瘫了，家里的生意也不好做，妈妈和雇来的人每天从早忙到晚，挣到的钱却越来越少了。妈妈很少叫她回家，她回去的路上就知道有事情，原本以为后爸的病情又加重了。她推开门，妈妈一动不动地坐在那里，全部的灯都开着，妈妈的眼睛全是瘀青，她立刻想起熊猫，只是她笑不出来。

"我把你爸送你婶婶家了。"

"他们打你了？"

"你又没有爸爸了。"

"我早就没有爸了。"

妈妈身上还有其他的伤，她并不去医院，只是要求林芳今晚能在家陪着她。母女俩躺在床上，妈妈拉着她的手，对她说："小时候，你做噩梦了、哭闹了，我就这么拉着你的手，你就睡着了，现在你也这么拉着妈妈吧。"她从妈妈的手里挣脱开来，用自己的手握着她的手。

"不要再整容了，你老了怎么办？"

"嗯。"

"找个长命的男人结婚，别像妈妈这样。"

"嗯，睡吧，妈。"

"妈的存款都在招商和邮政，密码是你出生的年份和你爸的忌日。"林芳抓着妈妈的手更用力了一些……她感觉到妈妈的呼吸越来越均匀，渐渐有了轻微的鼾声，那一夜她都没有合上眼睛。

林芳去了婶婶家，早已经没有了记忆里的样子，婶婶当然也不记得她了，问她找谁，她什么也没说推开门就进去了。爸爸躺在客厅支起的一个钢丝床上，电视机发出乱七八糟的声音。

"这人你找谁呢？"

"小芳？"叫她的男人看起来那么苍老，小时候可以把她一把抱起来，举得很高，高过头顶，即使是她后来长高了，还是可以把她轻易抱起来。什么时候开始，他只能这么躺着了，脸也难看起来，好像一块生姜，干巴巴的生姜。

"以后每个月我要给我爸2000块钱，你给我爸买点他爱吃的。"林芳把已经数好的钱从口袋拿出来，卷成卷的钱从手里搁在茶几上。林芳觉得钱也难看起来，这个世界哪里是好看的呢？

"拿着你的钱给我走。"

"谁打的我妈？"

屋子里突然没了声音……声音可以关闭，时间却不会停滞，林芳的日子也不会有个结果，还有她的妈妈她的后爸，每一个人的生活都不变了又变化着。昔日的哥哥和姐姐，曾经帮她和其他孩子干架的人，现在和林芳打了起来。

"你是不是有毛病？你来找我们，你能打得过吗？"哥哥拉住了自己的妹妹说道。三个女人气喘吁吁的，蓬乱着头发。"林芳，你妈真够绝的，用不上了直接给我们送回来了，你算有良心还知道给点钱，看在你也是我妹的分上你赶快走，你，再来气我妈，别怪我不客气。"

"你们谁把我妈眼睛打青的？"林芳本来就大得不一般的眼睛瞪得更大起来。

"她自己不要脸，勾引男人，连自己老公的弟弟都勾引。"

很多年前的记忆不紧不慢地出现在脑海里，那时的林芳还不是现在的林芳，她被揪住头发，被说成是勾引人。那么那天，妈妈是怎么被扯住厮打的呢？又是被怎么辱骂的？林芳就这么冲过去，用头撞向了那个说话的姐姐，她被撞得后退，倒在地上，林芳也被自己的这股力气弹到了地上。

小时候的画面随着那股力气一涌而上，林芳坐在地上哭了。另一个坐在地上的也哭了。

"只有你有妈是吗？我们都没有，只有你妈日子难过，我妈的日子就不是日子了吗？"这样的责问一句句、一声声，本来就翻涌的情绪和往事变得更加激烈起来。那个坐在地上的姐姐被搀扶起来，林芳还坐在地上，她想就这么坐着，静静地流着眼泪，她觉得这样的时刻反而很好。

"你看看你现在把自己弄成什么样子了，你还打架，都不怕不小心假体就出来了。好好的人，你说说你这样。"她仰起头看着对她说话的哥哥。

"我喜欢这样的自己。"林芳站起来，顺手拍了一把身上的灰尘，转身就走了。也许，还顺便抹了一把脸上的泪痕。

这时候的林芳想找人说话，可是说什么，又找谁呢？是怡芳和小敏吗，还是自己的男朋友？她拿出手机对着上面自己的脸看，她已经习惯这张脸庞下的自己。长得难看是不对的，整容也是不对的，那究竟什么才是对的？寻找幸福是不对的，因为这是自私，而自私是会破坏别人生活的。好像最快乐的时光，就是那个让她害怕的土行孙，在她伤心的时候叫住了她，帮她把破了的裙子缝好，没有责问、没有安慰也不需要付出和得到。她会把自己觉得好吃的点心在路过鞋摊的时候，随意地放在那儿；她也会在鞋摊上没有其他人的时候，坐上一会儿，他好像有做不完的活儿，这样她就可以随意地讲点儿自己想说的事情，可以看着今天比较蓝的天空，也可以看着他两只粗短的脏手灵巧地做着活儿；她也可以随意拿起这个鞋掌看看，摸摸那个工具……他还会把盒子里的零钱给她，让她买个喝的，两个人也有你看着我我看着你吃冰棍的时候，林芳不担心被他看着，没有不好意思，也许因为他丑，只有其他修鞋、打钥匙的人来的时候，会让林芳不好意思起来，她立刻就低下头，那些头发全部盖住脸，然后转身就走了。

"我前段时间来改一双鞋子，弄好了吗?"她站在他的面前，一字一句地问着。

"过了这么久了。"

"嗯。"

"你家不住在附近吗?"

"嗯。"

"那你怎么跑这么远……我还以为你不要了，很难弄的，弄到半夜，结果这么多天也没人要。"林芳看着他站起来，今天居然穿了一条浅蓝的牛仔裤。这么短的腿，这牛仔裤是哪里买的?

"一定是因为去找那些女的，所以开始注意收拾自己了，怎么这么恶心!"她在心里想着，他已经把鞋盒子递给她了。她接过鞋盒子，看也不想看，拿起转身就走。听到背后有"喂、喂……"的声音，本来不想回头，然后想起了什么。

"你也不看看，也没给钱。"

"哦，多少钱?"

"你很像我的一个朋友。"

"什么?"

"没什么，给我50吧。"

"钉个鞋这么贵?"

"你试试看。"林芳打开鞋盒子，拿出来，粉色的蝴蝶结下面是透明的鞋底，她转动着看了好几圈，没有任何钉过的痕迹，一点儿胶印一个缝纫过的痕迹都没有……根本就是一双全新的鞋子。她坐下来,把脚塞进去,站起来。低下头看着鞋子,她变得更高了。

"你做得这么好?"

"50块钱贵不贵?"

林芳觉得脚上的蝴蝶结好像不是自己原本给他的那双鞋子上的,但是也记不起来了。她拿出100块钱,顺手把他盖着钱盒子的手揭开,自己扔了进去,然后捡了50块钱出来。

"你连我这里放着钱……"他的话没有说完,林芳的电话响了,是妈妈。她接起电话后,神色变得紧张起来,鞋子也没换,慌忙地转身就走了。

家里来了一个人,一个和从前的自己长得一模一样的人,林芳把钥匙塞进钥匙孔,转动、推开、进去……她看到自己坐在屋子里,坐在沙发上,静静地看着自己,还有也在看着她的妈妈。难道自己还是那个丑八怪吗?她的身体开始发抖,手没有力气抬起来摸摸自己的脸蛋。

林芳的爸爸是自杀的,抑郁症或者别的什么,她被送到了叔叔家,双胞胎的姐姐被别的家人收养……为了不让她有心理压力,这些事情从来没有告诉过她。现在已经来不及告诉她了,她感觉刚才冲向姐姐的画面和很多别的东西叠加起来,一起冲向她,她抵挡不了一个扑过来的自己。胸口好闷,她一头撞向沙发上的那个自己,她要把这些全部摧毁,然后她大喊起来,撕破自己的衣服。她感觉自己和妈妈都过来揪住她,于是她更加拼命地反抗起来,她终于甩开了自己,冲了出去。

街上的人都看见一个上身只穿了胸衣的女人，后面还有两个追着她跑的女人，三个人旁若无人地奔跑着，车辆、人们的目光、风和烈日都被她们抛在脑后……直到有个小矮人挡住了她，他那么矮，他抱住她的腿，拖住了她，让她坐在马路上，没有人知道他对着林芳的耳朵说了什么，但是林芳居然笑了。

元气少女

"谁在拍车呢？"

"我也听见了。"

"我去看看，你坐着别动。嗯？有事就赶快打电话。"

说着打开车门，关上。林薇坐在车里，握着电话，心跳的声音越来越明显。她数着心跳声，直到车门又被打开。

"奇怪了，你刚也听见了吧？可是下面什么也没有。等一下，你姐下去多久了？"

"有一会儿了。"

"我下车了你记得把车门反锁起来，你趴到前面来按这个就行，我去看看你姐，十分钟不回来你就给我们打电话，没人接你就报警。"

"嗯。"林薇答应着，身体已经探到前面，等到车门关上后，她直接按下按钮。看着时间让她更害怕了，凌晨一点十六分，真不知道姐姐为什么这会儿想取钱。凌晨一点十七分，林薇坐车里简直要尖叫安慰自己，她从后座爬到驾驶室，虽然她没有驾照，但也稍微会开，就是用这个车练习过几次。万一有事情，待在这里当然不安全。时间过得很慢，从后座到驾驶座，也只过了一分钟。林薇把攥在手里的手机紧紧抓住，看了看窗外，车都很少更别说什么人了，但是刚刚明显就有什么拍打车门。这么一想气氛更令人不安了，她觉得自己刚才应该和姐夫一起下车。她把手机开锁，摁到拨打号码的界面，这样还不满意，干脆拨出110，就等着拨打出去，突然想起姐夫交代的十分钟不回来，应该先给他打电话，于是删除刚才拨打的号码，从通讯录里找到姐夫的号码。林薇又看了一眼时间，这时已经一点二十分了。

敲打玻璃的声音吓得林薇尖叫了一声，姐夫和姐姐回来了，她打开门，姐夫先上车，给车开了锁。林薇上了车感觉自己还吓得回不过神。

"你要觉得奇怪就打客服电话吧。"

"姐，怎么了？"

"奇怪了，刚我试了几台机子都是故障，我问那个保安他也和睡着了一样，我就又去试，显示取了2000块钱，还出了小票，结果钱一直没有出来。"

"别说了，你快打电话给客服。"

车里没有人说话了，林静拿起手机，拨打了客服电话，里面的声音居然一直是"现在是拨打高峰，请您耐心等待"。车一直往家里开，一路上，林静一直握着电话，听着电话里客服甜蜜亲切的声音。

"见鬼了，这会儿凌晨了，怎么可能是拨打高峰。"进小区的时候林静终于爆发了一句。

林薇不敢多说话，也不敢多问，想起刚刚的一切，她知道姐姐在乎的是那些钱到底有没有被取走，她真后悔姐姐说要取钱的时候她也怂恿着去，要是听姐夫的话就好了。很晚了不该去的。话又说回来，总算是安全回来了，实在是少了2000块钱也总比遇到什么鬼事要好得多。

林薇因为租的房子停水停电，没办法就只好来姐姐这里。林静是林薇的双胞胎姐姐，林静已经结婚两年了，林薇还一直单身。

"姐，姐夫上班了你还不起床？"

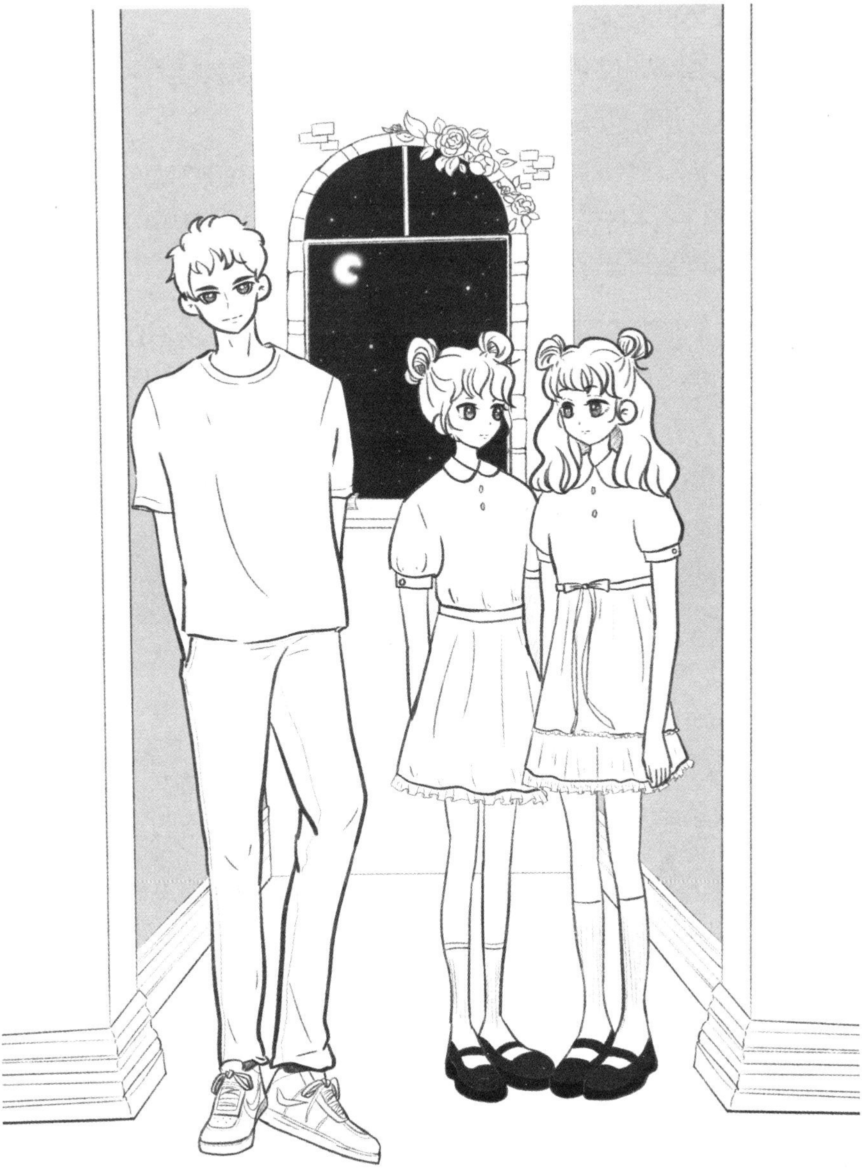

"我又不用上班。"

"你也太清闲了吧,快点快点起来,还要去银行查钱呢。"

"求你别跳床了,我想再睡会儿。"

"林静,你给我坐起来。"林薇站定在床上,手指着被窝里的林静,林静不但不搭理,还把被子捂得更紧了。林薇早知道林静这副模样,她干脆把床当成跳床,用力地蹦跳起来。

"林静、林静大懒虫,快点儿醒来给我醒来,太阳公公亮闪闪,你的被窝黑漆漆,黑漆漆呀黑漆漆,快点儿和我去亮闪闪呀闪闪亮。"

"林薇,你长大一点儿行不?"

"我是元气少女呀!姐,你不上班还不给姐夫做个早饭呀,不做早饭你也不起来自己收拾收拾,不收拾收拾你也不赶快去银行查查钱的事情。"

"操心吧你,你姐夫去查了。"

林薇不在床上蹦跳了,她在床一角坐下来,她决定这么安安静静地坐着,直到姐姐自己起来,她要看看姐姐究竟可以睡多久。林薇没有想到林静真的就这么躺着睡了,她坐在床的边上,可以看到墙头挂着姐姐的婚纱照,她看着就抹起眼泪来。小的时候就是这样,姐姐就是喜欢睡懒觉,林薇起来收拾了自己收拾了东西还弄了饭,姐姐还是在睡觉……可是家里人都喜欢姐姐,家人总是夸奖她听话乖巧。

疯疯张张的林薇觉得命运怎么这么不公平,明明只是相差了几分钟的时间。等她抹干眼泪,平复了情绪,自己打开冰箱找到鸡蛋,弄了一个吃完了收拾好,姐姐才从被子里发出声音。

"林薇，刚刘晨打电话了，说卡里的钱没少。"

"反正又不是我的钱。"

"你吃饭了没有？我饿了呀，帮我看看冰箱有什么吃的。"

"只有鸡蛋。"

"那你给我弄个鸡蛋。"

"凭什么又是我弄？"

"你弄好了咱俩一块儿拿iPad玩游戏，我最近特别爱玩《连连看》，有一关过不去呢。"

"我好不容易休假，咱出去转转嘛，不然多无聊呀，你每天都窝在家里不怕发霉呀。"林薇嘴上这么说着，却已经开始打开冰箱，取出鸡蛋，她知道姐姐吃鸡蛋必须要煎得双面都特别地焦熟，虽然她也劝说过很多次，烧煳的食品对身体不好。但劝归劝，做起来还是照着她的口味来。

"好了，你过来吃吧。"

"拿过来，再带个毛巾垫着。"

"姐，姐夫不是特别讨厌别人在床上吃东西吗？"

"没事的，又没有摄像头。"

"你可真是想赖在床上一辈子呀。"林薇说着，把毛巾和盘子都递了过去。

"哎呀，有你在真幸福呀。"

"我才不要和你生活，我也不知道刘晨后悔不，娶回来一个不上班也不收拾屋子的。"

"我收拾呢。"

"姐，我觉得你这样不行。"

"行了，你操好自己的心就行了。"

"姐，我认真地说呢，如果我是你肯定不会这样生活呢。"林薇说着，已经钻进了姐姐的被窝，靠着姐姐的感觉是她一直习惯的。虽然姐姐从来没有姐姐的模样，可是从林薇记事起就习惯了跟着姐姐，屁颠屁颠地叫着。两个人长得特别像，只是性格差异很大，妹妹热情得有点疯癫，姐姐内向得有些冷漠。假如有宇宙飞船落在她们两人的面前，林薇就会尖叫、蹦跳，这种激动的感觉估计一个月都不会离开她，林薇会和每一个人分享她的见闻，即使只是循环地说着这么一件事情。林静呢？如果是低着头，她压根儿不会愿意抬起头看一眼，世界上没几件事情能引起她的注意。即使是一个这样的姐姐，林薇也习惯了跟着她，也正因为有这么一个姐姐，林薇就更需要让气氛活跃一些。

"姐，昨天晚上吓死我了，你知道不？我和姐夫在车上，感觉有人拍车呢，但是开门又没有人。"

"这一关我总过不了，你帮我一起找。"

"《连连看》有什么意思呀，我和你说昨晚诡异的事情呢，你怎么一点儿害怕都没有，明明就是你半夜要去取钱。"

"你不觉得最诡异的事情都诡异不出我们长得这么像却这么不像？"林静说话的时候也不喜欢抬头，总是继续做着自己的事情，即使遇到录取或者选择这样的大事，她也平静得好像只是告诉服务生需要一杯水。

"就说是，我和姐姐这么不同，是不是我说话说得太多，动作做得太多，所以姐姐就什么都没有了，但是会不会姐姐也把好运气全部带走了，只不过比姐姐晚出生一点儿，可是什么都比不上姐姐。家里人也喜欢姐姐，觉得姐姐稳重大方，可是对我就不一样，好像我叽叽喳喳可以什么都不在乎一样。姐姐也是，嫁人一下子就嫁了公司的总经理，一结婚就可以不用工作待在家里。我真后悔，那天和姐姐换了班，你说我们长得这么像，如果那天是我上班的话，就是我遇到刘晨了。"

"那我和你换换。"

"换换？"

"你过我的日子，我过你的。"

"开玩笑吧？"

"没开玩笑。"

"别胡说了。"

"你记住几点，第一，他回家后你第一句话要说：今天回来挺早嘛，和你那个小蜜玩得不尽兴呀？第二，没别人的时候和他说话爱理不理，就是不好好说话，他说什么都对着回答，如果有别人，就少说话只微笑，没人在的时候从来不笑。第三，如果他对你一直唠叨甚至骂你让你滚，你就哭着打他，抓他踢他都行。我们平时不做爱，除非他要出差的前一天，到时候我们提前换回来就行了。"林静很少会讲出这么大段的话，以至于林薇自己也不知道是为了姐姐说了很多话吃惊还是为了她说出的内容。

"林静，你中邪了？"林薇想起昨天的事情。

"没有。"

"你肯定中邪了，你平时和姐夫这么过日子，你这不是疯了是什么。"

"我是你姐，你想过我的生活我就让你过过。"

"姐，我错了，你生我气了？"

"没有，你记住，一会儿我就去你那儿，你的工作我以前不是也一直做？"

林薇擦了桌子收拾地板，先用笤帚扫了，又拿着抹布包住笤帚的后面掏了床底下、沙发死角，感觉拖把好像用得太旧了怎么涮洗都不干净，于是跪着用抹布擦了一遍。一堆搭在沙发椅背上的衣服也看不出是脏的还是干净，干脆全部洗了。趁着天气比较好，她又把被子拿出来晒晒。虽然姐姐一再强调不要做饭，可是她还是觉得这样不好，反正自己也要吃，就去菜市场买了一些菜；记得谁说男人要多吃西红柿，因为对前列腺比较好，决定做个西红柿炒鸡蛋。本来想烧个自己喜欢的红烧排骨，往肉摊那里走的时候想起姐姐说姐夫喜欢吃素的菜，转身看见蘑菇很新鲜，挑了一些蘑菇准备买点菠菜一起炒着吃。如果再来一个胡萝卜丝营养就全面了吧？不对，已经有西红柿了，都是红色的，还是绿色的菜吧，姐夫好像挺喜欢吃花生米的，就宫保鸡丁吧。林薇又小心地挑了一块鸡肉，特意买了生的花生米准备自己炸熟，外面卖的油炸花生米不能保证油的质量。林薇真的不能理解，为什么姐姐不能给姐夫做顿饭，再怎么也是自己的老公，尤其是姐姐交代的那几点，更是诡异得堪比那晚的事情。

回到家后林薇发现忘记买莴笋了，于是又赶着出去买了莴笋，看见水果摊上的香蕉很好吃似的，买了几根又买了几个梨，冰糖梨水喝着多好。林薇提着菜哼着小曲一蹦一跳的，蹦跶了几下想起自己现在是林静，不能这副模样。距离刘晨回家不知道还要多久，她就先把梨切好，炖在锅里，看着水一点点沸腾起来，再把火关小。找了半天，发现家里根本没有冰糖，不但没有冰糖，她发现连盐都没有。因为心情不坏吧，她准备第三次去菜市场买东西。不能蹦跳着走路，压抑可真不好受，但能享受这样的生活，这又算什么。等她买了一些日常的调料回家后，看见厨房和着火了一般，梨水的锅已经被烧得焦煳。手忙脚乱地关了火，接了一盆水浇到锅里，冒出更大的一股儿烟。林薇吐了吐舌头，转身找电话给姐姐打电话。

拨了号码发现拨打的是自己现在的号码，更觉得好笑了。

"姐，你干吗呢？我干坏事了。"

"叫我林薇。"

"又没人。我刚把你家的锅给烧干了，不过姐姐，你怎么连调料都没有？"

"你不用给刘晨做饭，你做了自己吃就行，他一般回来得不会早。"

"为什么？"

"你自己感觉吧。"

漫长的等待从六点开始，一直到七点，最后是八点。林薇就开始炒菜，她觉得半小时总会回来了，然后就到了九点，本来很饿的林薇已完全不饿了，直到十点半才有开门的声音。

"回来得可真够……够早的，没和你那小蜜多待待？"林薇跟着姐姐练习过很多遍的话，但是已经十点半了，说够早的似乎不合适吧。林薇一边说着一边往门口走去。

"饿死我了。"

"林薇走了？"

"当然，嗯。"她觉得自己应该像姐姐一样，不抬头不看人眼睛说话。

"我说我饿死了。"

"你会死？你能舍得死？"林薇听着熟悉的声音，但记忆里的他脾气很好，总是笑，怎么会一回家就这么阴阳怪气地说话。

"吃饭吧。"她去把桌子上扣在菜上的碗都取下来，然后准备去盛饭。

"你要干吗？做饭了？有什么事你说吧，别来这套。"林薇听了这话心里想说你有病吧，夫妻俩做饭怎么不是正常的事情，但是为了不露馅她只是默默地盛了两碗米饭放在桌子上。

"以后我都做饭，都等你。"

"你有病吧？"

"林薇说我应该做饭。"

"看吧，你妹也觉得你不对劲吧，你不对劲不是一点，不对劲不光是不做饭，你什么都不愿意干，你看屋里……屋里，你收拾了？是林薇收拾的吧？"

"一起。"她觉得姐姐说话都是尽量要简洁的。

"要不是林薇来，我看你也懒得收拾。"

"吃饭。"

"不吃了你自己吃吧。"

姐夫这句话说完，林薇整个人呆在饭桌前，看见一桌子的菜，看着自己等待的时间……如果身份是她自己，她会站起来掀翻桌子。"你是林静，你现在扮演的是林静，你要忍住。"林薇对着自己说，但是她的眼泪还是滴了下来。她不知道自己用了多久才让情绪平复,她终于止住眼泪后,发现刘晨根本没有注意到她哭。林薇再也没有胃口吃了,她端起盘子,什么油炸花生米做的宫保鸡丁,什么对男人好的西红柿,什么爱吃的蘑菇,统统都进垃圾堆,心意如果不能被认可,那还有什么意思。

她想起买的水果来,梨水都煮干了,但是还有一个梨,香蕉也还有,她整理了一下情绪,开始切梨,又切了一个香蕉。端着盘子出去后,姐夫已经在看电视,他给自己倒了一杯红酒。林薇很想知道为什么一天不在家,回家了却不闻不问。

"你吃水果。"

"你今天不对劲呀,有病是吧?"

林薇就没有再搭理,她有点心虚,害怕会被发现,于是她就坐在旁边自己吃。电视上演的什么她根本看不进去,不知是姐夫心情不好还是自己期望太高。林薇开始打量姐夫的模样,头发很黑很浓,她始终觉得姐夫长得算是英俊。他没有换睡衣,只是脱了外套,他一边看电视一边玩着手机,能感觉得出来,他的注意力也没有在电视上,时不时地聊到什么内容他就挺开心,这种笑容倒是和她印象里的姐夫挺像。林薇的脑海里突然想起姐姐给她交代的那几点,她忽然觉得难道姐夫外边真的有别人吗?

"你……"林薇有些语塞,琢磨着怎么更像姐姐的口气。她发出这个长长的字后就没了后面,姐夫也没有搭理她。

"刘晨。"

姐夫发完手里的那个信息,头也不抬地说了一句:"有事你趁早说。"

"你没完没了了?"

"继续说,继续找事。"

"我做了饭一直等你。"

"那怎么了,我又没让你等,我又不知道你做饭。"

"我就不能改?你就不能改?"林薇还在努力地压抑着自己,还在努力地学着林静,可是显然,她装不住事的内心已经不能控制。刘晨从沙发上站起来,他端起红酒,对着林薇说了一句:"你要是能改还真是神了。"

林薇跟着走过去,一把夺过红酒,一口喝下去:"你爱我吗?爱林静吗?"

刘晨一把夺过林薇手里的杯子,已经空了的杯子被刘晨狠狠地砸在地上。

"你要是没事找事就给我滚。"

林薇无法像姐姐交代的那样冲上去又打又闹,即使是这样外向、奔放的性格也无法,她无法理解深情地询问自己丈夫是不是不爱自己了,换回的却是一句这样冷冰伤人的话。

整个夜晚林薇都躺在沙发上,玻璃碎片也没有人收拾,就像没有人搭理她一样。沙发上没有被子没有枕头,什么也没有。她没有睡着也没有没睡着,以至于她也分不清楚自己究竟是林静还是林薇,究竟是在梦里还是现实里。

天开始蒙蒙亮了,林薇熟悉这样的天色,她常常踏着这样的天色去上班,但是今天她并不需要。今天她是什么都不需要做的林静。

打开水龙头,用冷水洗了洗脸,擦干后淋了一些化妆水,在脸上拍均匀了后刷了牙，拿了钥匙和零钱就出门了。外面还是有些凉，和心情相似，她一路的步子很慢，可还是很快就到了菜市场。她看到热气腾腾的豆腐脑，看到圆滚滚的糖糕，看到油锅里噼里啪啦炸的油饼……她买了两碗醋汁的豆腐脑和两个油饼。开了门整个屋子还是静悄悄的，刘晨的鞋子还在。她进厨房，把豆腐脑从塑料袋倒进碗里，把碗旁边多余的汁子擦干净，找了一个纯白的盘子把油饼放进里面，两张圆圆的油饼，重叠地放在盘子里，端上桌子，再放两双筷子和两把勺子。这样的画面就是林薇心里的婚姻，就是林薇想象中姐姐的婚姻。

她想起砸碎的高脚杯，开了客厅的大灯去打扫。

"你还要怎么闹？"刘晨站在那里看着她。

"我扫了咱们吃早饭。"

"你能不能别这么阴阳怪气的？"

"我买了豆腐脑和油饼。"

"你以为你这样我就会好好对你了？我早就告诉过你了，我们的日子就是这样，你愿意和我过，别指望我会怎么对待你。"

"我没指望，就让你一起吃饭而已。"

"你过段时间就给我来一出戏，你自己把懒病给我好好改好就行，没事收拾收拾自己，别乱七八糟的，化个妆什么的，要不出去做个事情，不过你不想做也无所谓，我的心不在你这里，你懂不懂？结婚前我们说过了，所以你以后少这么阴阳怪气的以为能改变什么。"刘晨这么唠叨又绝情的模样林薇没有见过，林薇把一地的玻璃碎碴儿收拾好就自己先坐在饭桌前，却不动筷子，等着刘晨过来。

刘晨在她的面前吃得很快，吃完就去穿鞋子，只留下关门的声音。林薇第一次如此平静地吃早饭，她把一口豆腐脑送进口里，直到豆腐脑全部进入嗓子穿过胸口进入胃，从前她一口还没下咽另一口早就送进嘴里了。她不慌不忙地一口口小心翼翼地吃着，全部的精神都不知道跑去了哪里，直到碗里已经没有豆腐脑，她还在一勺一勺送进嘴里。两个空了的碗和一个只剩下一只油饼的盘子。

正式、公开的恋爱林薇谈过一次，还有一次没有开始没有结束的，虽然恋爱和婚姻总被人说成是两件事情。前晚的刘晨还在眼前，那个果断、勇敢的姐夫和这个绝情、唠叨的丈夫。如果姐夫是爱姐姐的，哪能这么对一个人，她一夜躺在沙发上，早上买了早饭，换来的只有他的警告。

"一会儿中午我给你送饭，以后我都给你送饭。"林薇发了一条微信过去。

"我工作够忙的，你能不能别没事找事。"

"你到底要什么你说。"

"我想好好生活。"她发完这条，拿起两只空碗去洗。洗完了她又开始清洗油烟机，用了洗洁精用力地擦，也还是擦不掉。烧了热水，看着热气冒上来就掉起眼泪。收拾好情绪收拾好厨房，她去看了一眼手机，什么也没有。她觉得累极了。一觉起来已经下午了，她去市场买菜，还是西红柿和蘑菇，花生米家里还有，只要记得买莴笋和鸡肉就行，依旧买了几个梨。

回家熬梨水的时候，想起昨天还兴致勃勃的自己，这一次的梨水不能再弄煳了。她这会儿感觉有点饿，想起早上剩的油饼，油饼又冷又硬很不好下咽，但也没有比心里这么堵来得难受。

电话铃声响起来，林薇接起来："姐！"

"我下班了。"

"今天早班，你吃点儿东西回家。"

"好的。"

"姐，你咋不问我昨天怎么样。"

"能怎么样。"

"你不担心他会发现或者我们发生了什么？"

"不会。"

"你们的生活怎么是这样？你为什么根本不担心？你不爱姐夫还是为什么？"

"他根本从来不注意我，所以不用害怕发现你不是我。"

"那为什么要结婚？"

"你过够了告诉我，我回去了，挺累的。"

"姐，你为什么要结婚呀？"

"你以后也要结婚的。我挂了。"电话只剩下忙音，林薇把其余的油饼吃下去，喝了几口水，梨水的火已经关小了，她开始洗菜、分菜、切菜，等基本都弄好，关了梨水的火，拿了一颗冰糖放进碗里。给自己盛了一碗梨水，书架上也没什么书，还是看电视吧。

林薇发现刘晨回来了，自己怎么睡着了也不知道，以为已经晚上了，去看表发现还不到六点。也许是刚睡醒没想起来，就忘记了说姐姐交代的那句。

"没吃吧？"

"带你出去吃吧。"

"我……你等。"想起了姐姐交代的话还没说，她有点不敢多说话，直接进了厨房，因为都是准备好的。她倒了油，热油的时间又烧了水，把西红柿烫一下皮就会自己剥落，拿了两个鸡蛋打到碗里，用筷子搅匀了放点盐，油已经热得差不多了，鸡蛋下锅翻炒一遍就好了，盛出来等着一会儿和西红柿一起炒。把煮了一下的西红柿取出来，皮已经基本掉了，用刀子切几下就等着下锅……不到半小时三个菜就都端到了桌上，接着盛了两碗饭。

"你有什么事就直说吧，昨晚我态度也不好。"

"吃饭吧。"

"什么事你不说我怎么吃?"这句话明显已经火气上头了，刚拿起的筷子啪的一声就砸在碗上。

"我们什么时候连一起吃饭都要说个事情……事情先。"林薇心里还是有些顾虑的，很担心哪句话暴露自己。

"这要问你自己吧，你说说你什么时候给我好好做过饭？我就是欠你的也不是这么个欠法吧，没谁能这么忍受你，但这样就这样过，你偏偏又过段时间就要找事。"

"吃饭吧。"她端起宫保鸡丁给姐夫碗里拨了一些，也给自己拨了一些。林薇觉得这样也问不出什么，也许哪一天好好找姐姐聊聊，她从来没有料到姐姐的日子是这么过的。在各自的心事中吃完了这顿饭，林薇站起来开始收碗。洗好了后她把煮好的梨水在锅里煮沸腾，往里面放了一颗冰糖，端了出去。

"喝碗梨水吧。"林薇看着刘晨坐在沙发上发呆，就把梨水放在茶几上。她犹豫了几分钟自己究竟该坐下来还是该走，还是转身进了厨房。厨房已经收拾得很整洁了，没有什么可以再做的事情。她此刻有些想去找姐姐，她想认真地问问是怎么回事，或者直接换过来,因为这样的感觉太差劲了。厨房天然气开始烧了起来,她走出厨房,姐夫似乎在洗澡。她拿起桌子上的结婚照,里面的姐姐真的很像自己,照片里的姐夫还是自己心里一直认为的那个姐夫,而此刻洗澡的那个男人是谁?为什么觉得自己根本不认识?

"啊!"姐夫出来的时候林薇叫了一声。

"你见鬼了,快去洗,我在卧室等你。"姐夫光着身子站在林薇的面前,一边说话一边拿着一块毛巾擦头发,她好像看到有水珠顺着姐夫的皮肤流下来,这样更觉得光溜溜。

"洗……洗澡。"林薇回答着,也让自己的情绪稳定一些,她不敢看又不能转过头去,她僵硬得像个木偶。按照姐夫说的去洗澡,洗手间里还有热气腾腾的味道,这更让她想起姐夫的身体,她打开窗户,让这气味快些散发出去。冷静下来后,她出去找电话,把门反锁上后打开淋浴,就给林静打电话。电话一直没有接听。此刻的林薇觉得整个人都蒙了,这种游戏一点儿都不好玩。

"咚咚咚!"敲门的声音让本来慌张的林薇更乱了起来,她竟然直接打开了门。

"你干吗?"

"洗澡。"

"半天了,你到底怎么了?"

"我……"

"你不会中邪了吧?"林薇太害怕了,她低着头走出浴室,走到门口换了鞋子,只握着手机就往门外走。

"你干吗去?"

"我找……"到嘴边的名字还好没说出来,她直接冲了出去关了门。一口气跑出了小区。

"我问你这到底是怎么回事?"

"我……我知道你现在受伤了,可是……?"

"你到底是谁?"

病房里除了躺着的林薇还有另外五个躺着的病人,当然还有陪护的和探病的,所以刘晨尽管愤怒但也无法歇斯底里。林薇一动不动地平躺着,要不是感受到自己的呼吸起伏,她都要以为自己已经死了。事实上,死了的那个是林静。从林薇的世界来说,她听见急促的刹车声或者只是幻想出来的声响后,她就吓得晕倒了,当她醒来后,她就躺在这里。

真实的林静接到刘晨的电话,急促的声音里她听到了一个医院的名字,慌忙赶去的路上,真实的林静也在一阵刺耳的声响中闭上了眼睛,而她并不是昏迷过去,她是真真实实地离开了这个世界。真有这么见鬼的事情,一对双胞胎在前后的时间差里,都出了车祸。联系到刘晨的是警察,林静死了,消失在这个世界上了,但是躺在钱包里的身份证并没有消失……自己的妻子明明躺在另一个医院里,只是断了胳膊,但是为什么会接到死亡通知?

刘晨只能向躺着的这个"不明身份"的姐姐或者妹妹要答案。可是她不说话,此时此刻,她只期盼姐姐能快些出现在自己的面前。林薇害怕极了,她为什么要玩儿这个可笑的游戏,为什么要做这种交换?

"你……你最好说清楚你是谁。"刘晨压低了声音,但是每一个字都不是从嗓子发出来,而是牙齿摩擦后发出的。

"你们究竟要干吗？现在你姐、你妹，反正有人死了。我……"

"刘晨，你连自己的妻子都认不出来吗？"林薇听到"死"这个字眼，想到那个冰冷的姐夫，想到自己想象中的姐夫。

"我……我他妈的就想知道你……你是谁？"

林薇把前倾的身体向后靠去，就像挪走自己的愤怒和悲伤，她闭上眼睛，就像关闭眼前的残酷和冰冷。

"我是谁呢？我一直羡慕林静，现在林静死了，那么我就是她了。"可是姐姐的模样那么真切。

林薇从小喜欢交朋友，对谁都非常友善，初中的时候，有一个女孩偷她的东西，她去理论，女孩子根本不听，大家都给她白眼，姐姐远远坐着一句话都不说，她在全班人的面前气得大哭起来，她最气的是姐姐不帮她，就这么漠不关心地远远坐着。那一刻林薇觉得自己最恨林静，暗自发誓一辈子不理她。

过了几天的某节体育课回来，偷她东西的女孩大叫起来，她书包里所有课本和笔记本都被撕烂了。那个女孩发疯地尖叫，朝着林薇扑了过来，还没打到她，班主任就来了，质问林薇怎么可以做这样的事情。她委屈，只会哭。

"不是林薇做的。"

"那是你做的？"

"肯定是林薇。"那个女孩恶狠狠地说。

"你凭什么说是我妹做的？"

"因为前几天她说我偷她东西。"

"那你偷了吗？"

"我当然没有偷。"

"你当然没偷,为什么林薇就当然会撕你的书?"

"因为只有她和我有仇。"

"你没有偷她东西为什么你们会有仇?"

……林薇记得最后老师把林静带到办公室了。之后事情就没有下文了,放学了,她完全忘记自己前几天才发的誓,凑到林静的身边,姐姐长姐姐短的。

后来,妈妈病逝了,爸爸娶了别的老婆,高中的时候就开始住校,没有考上大学上了专科……闭着的眼睛里一直流眼泪。刚工作的时候,两个人租住特别小的屋子,洗澡都要自己烧水,一个人烧水一个人洗。两人睡在一张床上,自己偏偏又任性,从外面救助回来一只流浪猫。就这么一只一只又一只,每一只抱回来的时候,姐姐都警告她不许再抱回来了,但是家里最后一共有十二只猫,姐姐也并没有怎样。本来就很拮据的生活因为养猫变得更困难起来,原本就不喜欢动物的姐姐,却连剪头发的钱都用来买猫粮。

她终于感受到了自己是姐姐,终于嫁给了刘晨,但是怎么眼泪一直流?

这个世界上就只剩自己孤身一人。她睁开眼睛,模糊了的视线里看到刘晨。她在一瞬间希望时间倒退到某个点,不去做那些蠢事情。姐夫的脸在自己的悲痛和懊悔里变得扭曲起来。成为姐姐的想法却是一直都存在,她是元气少女,拥有着绝对的快乐,每天对着所有人最大限度地微笑,也总是积极向上地面对很多事情,可是好事情都是姐姐的。

"你更希望死的人是林静还是林薇?"

"你问这句话倒真让我觉得你是林静了。"

"为什么?"

"起码林薇比你要阳光开朗,怎么会在自己亲人死了后问出这样的话?要不是你自己没事找事,你妹妹怎么会着急出车祸?"

"你真的觉得林薇是开朗阳光的吗?"

"我喜欢你的安静,可你不能一直这么折磨我,或者说不能一直这么互相折磨。算了,我去处理……处理后事,你稳定好情绪。"

"你是爱我的不是吗?"大概是替姐姐问出这样的一句话,刘晨刚要转过去的身体僵了一下,脸也僵了一下,摇了摇头,转身走了。

她开始思考接下来的事情,也许可以就成为林静,她的生活自己是熟悉的,演下去还是可以的,接下来的日子里好好对待姐夫,好好过日子,也算是一种对姐姐的赎罪。但是她突然很害怕过姐姐拥有的生活,她的脑海里回想起自己前几日的感觉,在一个她原本觉得温暖的屋子里,过上了自己羡慕的生活,换来的却是莫名其妙的痛苦。

每个人都羡慕过别人的生活吧,幻想自己过上那样的生活,究竟在怎样的境遇下才能剔除这种心态,好好地做好自己过好自己的生活呢?

这一天过得很慢,但真的过去了又觉得也很快,脑子里的念头一个接着一个,这个自以为乐观的她一下子被打倒了般,在否定了一个又一个的决定后,夜深人静,病房里只有中年大叔的呼噜声。真相很容易被一种假象覆盖,比如此时此刻,屋子里只有那个发出声响的人是存在的。

不能面对的时候就逃避或者放弃，本来只身一人的林薇选择消失。其实林薇已经消失了，躺在冰冷的停尸间里。她从病床上起来，大叔的呼噜突然高出一声，她身体跟着抖了一下，心跳得更快。她的右胳膊绑着绷带，每走一步都觉得浑身充满了疼痛。她终于推开了病房的大门，大叔又发出一声升调的呼噜，她还是没控制住颤抖了一下身体。

每个人都是孤身一人地走过一生，一路上虽有陪伴，但总不会有人永远和你合拍，会喜欢这样那样的人，会渴望拥有这样那样的东西，会期待成就这样那样的人生……狭长的病区，暗黑的灯光，两边的病房都关着门，只有她一个人迈着步子向前走。有种仪式感，人生浓缩在这条长廊里，每一扇门打开都会有不同的人，他们是诱惑，也是安慰。元气少女一般的她，在没有了姐姐的此刻，像是气球放了气，再也不能圆鼓鼓地飞扬天际。

"为什么会羡慕姐姐？为什么要害死姐姐？"在这样的黑暗又不全部黑暗的夜里，温水煮青蛙的生活再也不想要了，她根本不是别人看到的自己，没有了相伴的姐姐，自己什么也不是了。

"你要干什么？"这个声音传来，她身体又抖了一下。她的步子加快了一些，朝着门口走去。

"你哪个病床的？要干什么？"那个声音越来越近，她的步伐变得更快，拖鞋跑起来踢踢踏踏。

"你哪个病床的？你跑什么？"随着声音还有追上来的脚步声，她于是拼命地跑起来，拖鞋很快就飞了出去，她听着追赶的脚步声也快了起来，她更拼命地跑起来。

"别跑，快来人……"林薇感觉到越来越多的脚步声，两边屋子的门开开合合,越来越多的人走出来,她没有选择地只能拼命跑,除了脚步的追赶声,一扇扇门里伸出一只只手,他们都要抓住她。

"啊……"她吓得喊了一声。

…………

"你叫什么呢?"林薇身体抖了一下,转头看到了姐姐。

"啊……啊……"她吓得更大声惊叫起来。

"你见鬼了?"

"怎么了?说了让你别拍玻璃。"

"姐?姐夫?"林薇揉了揉眼睛,坐在副驾驶位的是姐夫,姐姐坐在后座。

"钱取好了。"姐姐说着。她确定是姐姐,她的声音和她的气息,还有她时不时眨一眨的眼睛。

"林薇你接着开,人少我指导你。"林薇看了看身边的姐夫,她确定是姐夫。

"我刚睡着了,我睡着了,我还做梦了。"林薇激动起来。

"我们去了最多十分钟。"姐姐说着。但是林薇不听,她打开车门,上了后座。她只想紧紧地抱住姐姐。

这不是则味咖啡馆

一

你还记得1989年的事情吗？我记得我就出生在那一年。我还记得我出生的那一天下了大雪，雪花是六个瓣的模样，我啼哭的时候，城墙上已经覆盖了成千上万的六瓣雪花，这是西安最美的瞬间之一，然而我却在哭泣。我记不起我为什么会哭，我猜测是因为觉得寂寞。寂寞是不是不对的？但自杀肯定是不对的。

二

这是7月的一个夜晚，这里已经经历了可以地板煎鸡蛋的一周高温，没有人有心情去看看太阳发出的光是橙黄还是金橘，人们都闷在办公室里，人们宁愿闷在办公室里，这可人的冷气，像一见钟情的眼睛，像饥肠辘辘时装进胃里的面包……整个大楼都因为弥漫了这种冷气才能呼吸，这救人性命的伟大发明。整个大楼里的人都守着网络，要不是屏幕要不是手机，就是工作最忙碌的那么几个，也要把一分一秒琐碎的时间分给手机。

只有一个人在看书，杨霜被冷气包裹着，他也被别人的故事包裹着。

整个大楼里的人都没什么期待和指望，他们有的结婚有了孩子，有的只想着交配，有的想着下一个季度是否还流行破洞牛仔裤

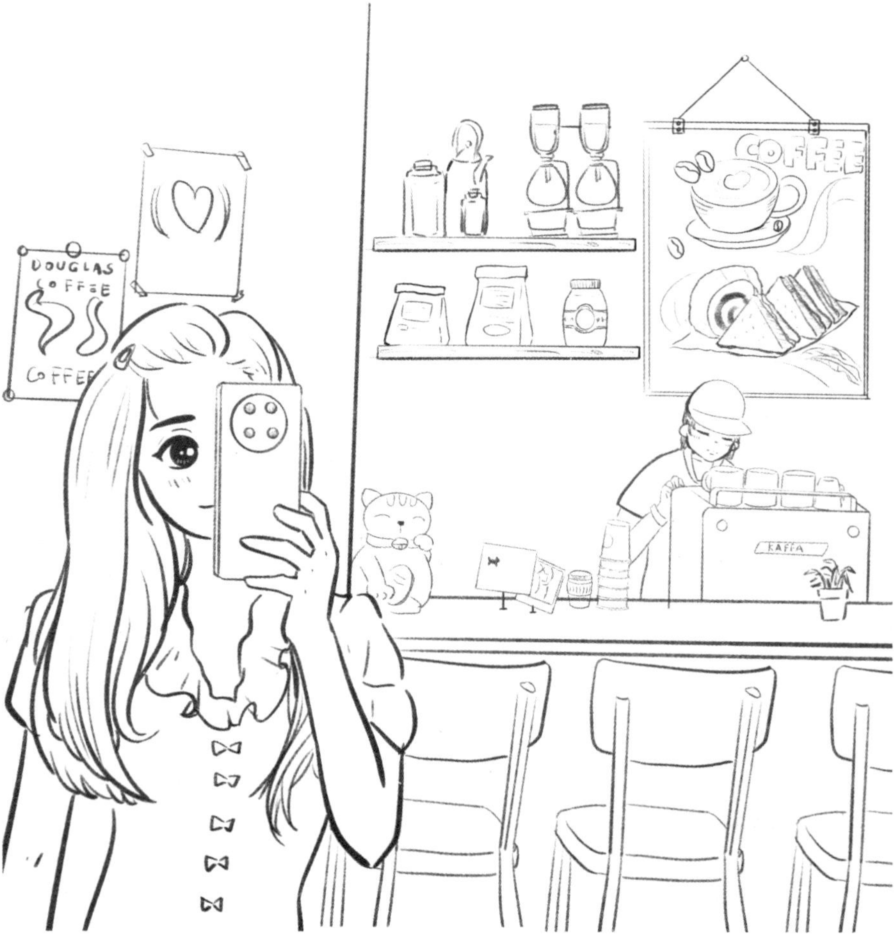
DOUGLAS
COFFEE
COFFEE
KAFFA

里穿渔网袜或者几万块钱的包怎么让人发现并给予赞美。杨霜受够了这些人的行为、声音、思想，不对，杨霜觉得这些人根本没有思想。

这群行尸走肉一般的高级白领，只会虚假地寒暄，吃流水线下完成的外卖，脑子里只有赚钱没有生活。如果真的经济泡沫出现，为了钱估计连自己的身份都愿意贩卖出去。

时间快要到下班的那十几分钟，有时候是半小时，杨霜就按捺不住了。时间像是绑上了沙袋，沉甸甸得每一步迈着都费劲儿。他内心的那点儿盼望终于就要来了，他穿的是莫兰迪色的Polo衫，这是他特别买来的，他希望自己看起来有那么点正式，但又不至于太过分。他计划是穿一件有点粉色的衬衣，短袖衬衣的袖口有一个更深一些的粉色翻边。网购总是让他失望，图片和实物之间差别太大了。

他只能去商场里买衣服。原本他很喜欢在商场里看看，那些可以实际看到的布料和实在贴在身上的触感。一切都变了，商场里永远只有餐饮区挤满了人，他走进卖衣服的店铺，就会被几个导购团团围住，那种热情让他没办法选择。

一件件的事情总算都解决了，包括心理上的。

终于挨到了时间，他只需要推门走进这家咖啡馆，找一个恰当的时间，面对面地看着林楠，对她说出自己放在心里快要几个月的话就好。

店门却锁着。帘子紧紧地拉着，一点缝隙都没有。周五的晚上，这怎么都不是店休的日子啊？

三

许默站在店门口的时候应该是差十二分钟十一点，帘子从屋内的顶上垂下来，她们喂的流浪猫来了两只，正好是白色和黑色。本来她想发条信息给楠楠的，告诉她别着急，她已经到店了，但着急喂猫咪，她就意念里发了信息给她。

小黑和大白开始发出"咯吱咯吱"的咀嚼声。

许默在楠楠的教育下已经养成了习惯，第一步先打开咖啡机，第二步开始烧热水，接着她拉开帘子，光洒进店里，这一刻的明亮尤为明显，新的一天就是从这个明亮里开启的。

她开始把外面的桌椅慢慢摆放出去，她最不喜欢抱那三个油漆桶，圆滚滚的形状必须要用拥抱的姿势，可是客人喜欢，他们照相或者围着它聊天。

许默和林楠讨论过城市存在的意义，本来就是一间间的小房子，越来越多的房子，它们有的叫家，有的叫超市，有的叫酒吧，有的叫服装店，这些不同名字组成的房子就是城市的意义。就和这些油漆桶做的桌子一般，它们让简单的生活更具仪式感。

早上不能扫地，会把财气扫掉。但有时间还是要拖地，虽然头一天的晚上是清扫过的，只是西安这样的城市不比南方，紧关着窗户等到第二天，怎么都还是有一层薄薄的灰。吧台和桌椅也要全部擦一遍，还好店铺很小，所以也不是很费力。

许默开始把沸水灌进保温壶的时候来了一位客人。

"不好意思,我们的咖啡师还没来,您要不喝杯水等等。"

"那好吧。"许默给他倒了一杯水。他带了一本杂志,应该是刚买的,还带着塑封,趁着他扯塑封纸的时间,许默拿起电话拨了林楠的电话,居然是关机。

"是路上手机被偷了吗?"许默在心里念叨着。

"您好,不知道您要喝什么,抱歉咖啡师不知道什么原因没来,我可以做基础咖啡,但是不能和咖啡师比,店里的特色我做不好,您要是不嫌弃就算送给您喝,实在抱歉。"

"那先冰美式就行。"

许默正要开封豆子,想起了什么:"我们有三款豆子,两款是拼配的,还有一款SOE。"

"我要拼配,浓郁一点儿的。"

哗啦啦的咖啡豆倒进磨豆机,香味弥漫开来。

许默正在压粉的时候,又进来一位熟客。

"你也可以做咖啡呀?"

"林楠不知道怎么了没来,我凑合做一下吧。"

"那我喝一杯你做的鲜超人。"

"这个我做不了,都是她的配方呢,要不给你做拿铁?"

"我特别想喝那个,没事,我不着急,我等等吧。"

客人如以往一样,像任何一个周五一样,一串一串像糖糊糊似的,直到许默感觉自己绷不住了。

四

  他们拿到经营许可证的那个早晨，有点像签了房屋合同的那个早晨，忐忑不安的情绪实际上是蔓延过喜悦的。许默总是先开口的那个："我们要吃个好的庆祝一下。"生活中实在有很多这样的瞬间，但是对于这个时代的人来说，什么是"吃个好的"，本身就是一个大问题。北方人喜欢吃面，吃面太普通了，但是内心确实最眷念的就是这个口味，那么庆祝的时刻吃个面条究竟有没有这个仪式感呢？是违背自己的味觉还是违背仪式感？

  许默和林楠同时看了看天空，看了看马路。许默看到天空中有一朵很洁白的云朵，她心想：真是好看的好日子呀。林楠却并没有注意到那朵云，她心里想：天气真好，难得的蓝天。但街道反而看起来更脏了，店铺装修不能太明亮了，不然在北方这样的气候里，会衬托得不干净不清爽。人内心的欲望一波又一波攀升，找不到尽头，于是无法开心。

  开一间小的店铺简直像是打怪升级，一个问题接着一个问题，刚刚明亮起来的天忽然又暗了下来，许默喜欢搂住林楠的一边肩头，下巴靠在另一边上："开店不就和人生一样，一个问题一个问题，总是有一个解决的过程嘛。"

  "你别靠着我，够烦了。"林楠推开许默。许默就要亲一下她，不管亲到没亲到，就发出一个吻的声响。许默总是想用这种方式让林楠放松一些。

林楠干什么都认真，因为太认真弄什么都太费劲。装修时候的每一个尺寸，林楠每天都眉头紧锁着和工人师傅说这个说那个。许默每一天做的工作，就是安慰林楠和工人师傅，工人师傅觉得林楠不可理喻，林楠觉得工人不够认真。上门头是装修里的最后一步，这些都是林楠坚持的，"左边一点右边一点，左边的靠上了一点点……"林楠的声音左右摇摆。

店铺终于装修好了。

……

被喝干净的杯子里，风吹过的时候，吸管会随风摆动起来，那是饱含喜悦的舞蹈，在林楠的眼中是这样的。她知道客人喜欢它们，所以喝得一点点都不剩，她就会感到满足。许默理解林楠的这种感受，她知道林楠做的不是生意，但是本着这种态度，林楠一定会迎来好生意。

熟客一个接一个。第一个来的女孩就成了第一个熟客。

"林楠的咖啡是真的好喝呀。"

"那你不是奔着我才经常来的吗？"

"也有关系吧，但是前提是林楠的咖啡好喝呀。"

"我的蛋糕很难吃吗？"许默笑着问。

"但是咖啡真的很杰出。"其实许默喜欢客人这么说，每个人要的东西都不一样，她可以从很多东西中获得快乐，夸她长得好看她快乐，夸她做的蛋糕好吃她也快乐，她给客人端去一杯水客人说"小姐姐真贴心，谢谢"后她也会高兴，她的快乐来源于自己，外物只是一个诱因。而林楠的快乐很单一，她执着自己的手艺。

"因为林楠的咖啡已经不是'好喝'，而是'杰出'。"这句话从她的口中说出来，许默看了一眼林楠。正在擦拭吧台的她五官舒展开来，焕然一新。

五

"我有时候会觉得很开心，因为他们喜欢我的手艺。"

"那有时候不开心呢？"

"他们也不全是喜欢我的手艺。"

"先有了你才有了手艺不是吗？"

"大概是因为我的手艺很廉价，喜欢起来很容易。"

许默是想让林楠高兴才告诉她已经有了122个会员，122是个什么数字呢，是她们第一天的营业额，许默在那天就告诉林楠，等到我们有了122个会员的时候，我们就要休假一天。那时候觉得是遥遥无期的事情，她们一个四十平方米的小店，一个会员最少是600的充值，要有122个实在是太难了。许默发现在第四个月的今天她们就做到了。

"你还记得我们说过的休假的约定吗？"

"记得。"

"那你明天要干吗？"

"你会一起吗？"

许默当然会陪着林楠一起了，她们在高三分班时候认识，在那次分班中许默认识了很多人，但是这些年过去，很多人都不认识了，很多人都变了模样，只有林楠一直没有变。她长长短短的短发,像她为各种事情不变的执着一样。

"你除了咖啡唯一的爱好就是散步了吧。"

"唯一的爱好是和你做咖啡和你散步。"

"楠楠,今天你是太高兴了吧。"

"看我说这些你又不相信。"

"这是我第几次陪你走城墙了?"

"春夏秋冬走完,还有春夏秋冬嘛。"

"你看那里,我们学校后面,你说那是你最喜欢的一段路,骑着车子在斑驳的树影下。"

"那时候还小,总觉得寂寞。"

"现在有这么多人喜欢你的咖啡喜欢你,你应该不寂寞了吧?"

"我们想让大家喜欢,我们尽心尽力,付出特别多,但是依然很多人来说我们,生意好了同行来差评说拉肚子,找关系不让我们外摆,我们真心真意想让他们从一杯几十块钱的东西里喝出幸福,但现在我没有那么强烈的感觉了。"

"我觉得你是太累了,或者我们接收了太多不好的信息,我们努力做好这件事情,这就是意义就应该获得快乐。"

"可是人的生命值多少钱却没有人定过价,它给你的时候是白给的,收回去的时候也是无偿的。它值多少钱呢?如果你好好观察一下周围,就会发现有时候它值不了几个钱,甚至是一文不值。有时你累得满头大汗,费了好大劲儿,事情还没有起色,这时你心灵深处便会泛起一种感觉:你的生命并不太值钱。"

"怎么没有起色?大家都肯定你的手艺肯定你,你给所有客人的其实不仅仅是一杯咖啡。"

"有时候我都不知道我是在卖咖啡还是在卖情绪。"

"你看今天天气好吧?很少见这样的蓝天吧,这样的蓝天就给了我们散步的好天气,你也一样,很多人在忙碌中来喝一杯你的咖啡,这一杯喝下去,就是给了他们这份蓝天。"

"我只是说说,终归可能还是生意。"这是许默第一次从林楠的口里听到"生意"这个词。

"这对我来说是生意,对你却不是的,你是有这份喜爱和执着的。"

"因为我喜欢咖啡,所以你去学习做甜品,这样可以成就我开一个店,面对很多现实,其实我不想喜爱了,可是我觉我停下来就会让你所有的付出毫无意义。"

"怎么会呢?你的人生有你的意义,我的也一样,他们喜欢你的手艺,也不妨碍喜欢我,而且工作本来就是工作,你有时候比较理想,而我现实一些,我们的组合不是很好吗?"

"如果真的没有我,你会对我失望吗?"天边有一群鸟飞过,远处很多汽车在疾驰,没有谁能看到其他人内心的真实。

林楠认真地看着许默。

"如果没有我,你会失望吗?"

"会特别失望。但我不会怪你。"

六

"请问您要外带还是在这里喝?"

"可以在这里喝吗?"

"当然可以。看您要热的还是冷的，我们有传统咖啡也有特别调制。"

"我看一下想想。"杨霜看到面前的这个女孩，两个麻花辫，嘴巴眼睛像是天生笑着的，热情得让他有点紧张。

"您可以坐着，想喝什么了再说。"说这句话的女孩转过头来，最长的鬓角也盖不住耳垂，裸露出耳朵和脸颊柔和的线条。她的身体也跟着转过来，走到自助水台前倒了一杯水放在一张空着的桌上。

"欢迎光临"，他听到短发女孩接着说了一句，很快继续回到吧台里，另一个热情的女孩就把刚才对他说的话又说了一遍。人就开始两个三个地进来，杨霜看着吧台前面排起了小队，他有一点儿后悔自己应该刚刚就直接点单，他心里是想好了要澳白的。到一个新的地方，他就纠结起来。

短头发的女孩一直在做咖啡。随着放进不同的咖啡豆，机器也发出不一样的声响。店铺不是很大，可以听清楚压粉器在咖啡粉末上转动的声音，近似齿轮声。奶缸发出另外一种音响。他站起来目光看向短发女孩，她的手臂在咖啡杯上按照某种轨迹转动……他看到一个看起来非常漂亮的拉花。

"可以给我一个澳白吗？我也不着急。"

"好的，您喜欢用浅烘的豆子还是深烘的？"回答杨霜的是长发的热情女孩。

"都可以。"

"好的，那就给您一杯好喝的澳白。"她说着朝着短发的女孩说："记得哦，好喝的澳白。"但是短发女孩只是低头耐心地做咖啡。

容器是一个透明有花纹的玻璃杯，可以看到一个漂亮的桃心，一层一层的纹路看起来奶泡打得非常好。短发女孩做好了直接放在他的桌子上，很小声地说了一句"请慢用"。杨霜感到胸口有点慌乱地跳，大概是屋子里弥漫的咖啡香气的原因。他端起来喝了一口，用桃心的尾部对着嘴巴，也并没有大口地喝下去，让桃心不会太变形。

"有丰富的坚果味道，牛奶的香甜也没有遮住咖啡的香气，薄薄的奶泡绵绵的，是一杯入口非常香甜的澳白。"杨霜在心里这样念叨着，准备用这样的话和短发的咖啡师打开话题。

"给我出一个浓缩。"进来了一个客人，直接越过热情的女孩对着短发咖啡师说。

"前面还有几杯，您稍等一下。"

"我喝完就走。"

"没事没事，我不着急，你先给她弄吧。"已经落座的几个客人都这样说。

"味道太杂不干净。"杨霜看到那个插队的女孩这样说，她扎了一个辫子，侧面看着不胖不瘦。

"这杯可能萃取不足，那我帮您调整一下萃取状态。"

"味道过于焦苦，不好喝。"

"那我再帮您萃一杯。"

短发咖啡师的声音一直很平和，客人的目光都已经集中在吧台，杨霜已经要从凳子上站起来。

"尖酸，根本无法下咽。"客人直接把刚入口的浓缩吐在咖啡杯里。

"那实在抱歉了,我可能做不出您想要的浓缩,您可以不用付钱去别家喝,如果您愿意我也可以暂时把吧台让出来,请您自己来做。"杨霜在短发咖啡师说话的时候站起来又坐了下来。

"你们家是怎么做到前几名的,真的喝不下去。"

"我们咖啡师和客人已经让您插队优先喝了咖啡,可是您不喜欢,给您倒杯水,您可以漱漱口,去寻找您喜欢喝的咖啡吧。"杨霜看到短发咖啡师已经低头开始做别人的咖啡了,另一个女孩开始和这个客人说话,他打了结的心稍稍松了一下。

"尖酸尖酸呀,喝不下去。"

"那您喝完这杯我再给您倒杯水您漱漱口。"热情的女孩说完,转身接过咖啡师做好的一杯咖啡,送去了他旁边的一个桌子上。

"请问这上面是桂花吗?"杨霜问道。

"不是的,这款上面是咸蛋黄。"热情的女孩继续热情地回复。

"特别好喝,是楠楠的特调。"旁边的客人撕开吸管外的塑料纸,扎进咖啡里喝了一大口,跟着接话道。她的声音故意很大,杨霜觉得是为了给那个客人听的。

杨霜像是接到了话,顺势站了起来。

"您的澳白特别好喝,奶泡打得刚刚好,还有坚果的味道。我还想尝一个有咸蛋黄的那个,感觉很特别。"

"谢谢喜欢,澳白给您选了一个浅烘的豆子,是拼配的,那您稍等,我还有两杯,稍后给您端过去。"杨霜看到楠楠这么从容地回答,心上拧着的疙瘩全部打开了。这时热情的女孩又给那个女客人递了一杯水,但是她直接转身走了。

"那个女的什么鬼呀,故意来的吧。"

"给她喝什么喝,她就是来捣乱的。"

"楠楠你没事吧?肯定不是你做得不好喝……"许默从七嘴八舌的话里插进去,拉着林楠的胳膊说,但是被林楠打断了。"你别担心我,我自己做的咖啡什么样我心里还是明白的。"

"对呀,你别生气就好。"

……杨霜觉得他似乎是被口味征服的,但似乎又是被第一眼的感觉征服的。他开始想念这里,一有时间就要来喝咖啡,他认识了很多这里的熟客,有弹钢琴的音乐老师,还有写诗的诗人,银行的工作人员和不愿意透露身份的熟悉脸庞,每天来这里喝下咖啡,却把自己的烦恼吐露出来。在长发女孩旁边,林楠总是显得有些冷,杨霜感觉到,她的微笑只是职业性的,尤其是当有人开始抱怨自己的生活时,她的情绪会不太明显地波动起来。

这让杨霜更想接近真实的林楠了。

七

许默发现,不愿意透露身份的熟客,看起来穿戴时髦精致,说起话来像是有着殷实生活的姐姐,其实只是一个家庭妇女,她之所以穿戴这么精致,只是因为可能这是她唯一的社交。弹钢琴的女孩之所以那么瘦,是因为她为了演奏穿上漂亮的礼服上镜,在刻意地节食,没有食物的填充让她更加焦虑,于是她在失眠的摧残下呈现出一种怪异的瘦。银行工作的熟客倒是真的因为爱喝咖啡而喜欢这里的，但更因为她在午休的间隙来到这里，咖啡会给她一种放松的状态……都市不就是这样嘛，堵车总是有原因又没原因，大家每天抱怨却谁也不愿意走，所以许默知道这些熟客的爱不管是什么都不重要，他们是什么模样也不重要，人与人相隔的门永远无法打开，哪怕是一起为了这杯咖啡而在同一个空间里，这都是表象，只是在自己的世界里自顾自地沦陷。

许默也不是没有发现林楠的变化，或者是从同行的诋毁开始，食药局的人来说有人喝了拉肚子开始，林楠被气得身体发抖，然后是城管来要求立刻收掉外摆……一件件的事情让林楠看起来更坦然了，她一句话都不说地想办法解决事情，甚至是面对有的客人当面把咖啡吐在杯子里的时候，她也像没有发生一样。可能在别人身上，这样的变化是成熟，许默知道，在林楠的身上却不是。

两个人都喜欢高中时候学校后门的那条路，走在城墙根下面的时候，会有一种说不出的踏实感，还有只有西安长大的女孩才有的那种情怀：城墙像是独一无二存在的东西一样。城市和城市越来越像，网络让流行普及得更快，城市中的人和楼房也越来越像，而这里却是哪里也无法比拟的。

林楠第一次和许默说到未来，她说她的未来一定是在西安，就在城墙下面，她要开一家有着好喝咖啡的店铺，人们来了走了，走了还想来，每个人都想带走这里的咖啡，又想把一些情怀留下。

……

"你看天气多好，很少见这样的蓝天吧，这样的好天气我们散步多好。你也一样，很多人在忙碌中来喝一杯你的咖啡，这一杯喝下去，就是给了他们这份蓝天。"当许默站在城墙上和林楠说这句话的时候,她提到了"失望"时,许默已经完全地发现了面前的林楠变了。

可是发现和不发现又有什么区别。

许默也发现了那个总来的男人喜欢上了林楠。他总是想着词语和楠楠说话,他对咖啡的赞美总是那么专业又透露真诚,他的眼神也和别人不一样……但生活着的人们啊,就算看到日子一秒秒地变化又能怎样,我们可以伸出手拉住这个人,但谁也不能拉住变化的时间。

快乐只属于自己。分享的时候只能算是传递了,但并不能真实地被接住,但是悲伤和痛苦却可以肆意蔓延。人们把寄托放在一杯特别好喝的咖啡上,花三十几元就买了个匠心之作,便宜啊,而林楠自己呢?

林楠觉得越来越糟糕,而她能做的也只是原地等待。

于是在应该充满恋爱和美好甚至应该有更多狂欢的7月来临的那个周五,许默像往日一样地打开店铺,熟客一个两个地来,所有人的生活都没有任何变化,杨霜满怀期待地准备和林楠表白……

杨霜站在紧闭的店铺面前,店铺没有留下任何话。许默正在警察局,警察说还没有到二十四小时,不能完全判定什么,也没有找到任何尸体,但是许默有些失控,她拿着林楠给她发的信息一遍遍地强调:林楠是夏天的生日,为什么她要说出生的那天下雪了,她还说自杀是不对的……

八

你还记得1989年的事情吗？我记得我就出生在那一年，我还记得我出生的那一天下了大雪，雪花是六个瓣的模样，我啼哭的时候，城墙上已经覆盖了成千上万的六瓣雪花，这是西安最美的瞬间之一，然而我却在哭泣。我记不起我为什么会哭，我猜测是因为觉得寂寞。寂寞是不是不对的？但自杀肯定是不对的。

我仍然有很多话，你可以当成解释或者诡辩，我仍然想说，想说给你听，你却已经觉得没有必要。

……

再也没有人愿意在白天里贩卖蓝天一般的情怀，但每个人的生活还是生活，城市、车辆、从城墙上升起再落下的太阳……为了保护自己，实在要学会太多不那么必要的技能了。

那时候许默不是没有想到过孤独，只是没有想到，一切朝着温暖的方向前进后，孤独是结局，也是宿命。

这些人住的城市，至少还有短暂的夏天，有更长的蓝天。

赌　狗

小林喜欢的第一个男孩是隔壁邻居，男孩皮肤白皙有一双玻璃球一样的眼睛，之所以记得这么清楚，是因为那时候男孩们都喜欢玩两种游戏，其中一种就是弹球，邻居男孩玩得特别好，每次都能赢一大把弹球。小林去他家玩，他举起两个弹球在阳光下给她看里面的颜色，她惊喜地说："你的眼球和弹球一样在阳光下会发光。"邻居男孩还有一只小猫咪，猫咪是白色的，右边的脑袋上有一块黑色，小林说："猫咪应该叫小黑，因为它的头上有一块黑色。"

　　"猫咪叫小白，因为全身都是白色的。"

　　"可是白色的猫咪很多，这个脑袋上有一块黑色是它的特点，所以应该叫小黑。"

　　"可是我觉得小白好听，小白小白小白，喵喵喵，小白喵喵喵。"他说着就抱起猫咪，把自己的左脸贴在猫咪的身体上，来回地蹭着，一边蹭一边朝着小林做出陶醉的模样，小林忍不住伸手，并不是去摸小白，而是摸了一下他玻璃球般的眼睛。

　　你总不会只喜欢一个人的，还会有第二个、第三个……高中暑假的补习班，她迟到了，第一排靠近门的那里空了一个位置，她就坐了下来，上课的时候她无意地看了一眼男孩，心里想：长得真好看。第二天来上课的时候，她习惯地还坐在那里，接着有个女孩坐在了旁边，上课的时候那个女孩一直问她认识上节课的男生吧，她实话地说并不认识。到了课间的时候，男孩居然走了过来拍了拍她的肩膀，小林盯着他看，他把一个项链递给她说："送给你的。"塞到她的手里，就走了。

　　小林追出去，他已经不见了，然后她就站在教室门口等他，到了上课时间他还是不来上课，小林正犹豫着要不要先去上课，她突然感觉被一个力量抓住，就这样被他拉着走到了教室的最后面。老师已经来了，她只好坐了下来。她的心就跳得很快很急，手里还握着那个链子。

"你的链子干吗给我？"

"你干吗不给我占座位？"

"我……"

"以后你只能当我同桌。"

"为什么？"小林问完这句话，男孩突然钻到桌子下面，他的个子很高，钻下去很费力气，桌子也被他的身体掀了起来。

"你干吗，快站起来呀，一会儿老师看见了，上课呢。"

"你好无聊。"

"你坐回来呀，你要干吗，捡东西我帮你捡。"

"你好无聊呀，你居然还穿了短裤在裙子里。"小林看着他蹲在那里仰着头对她说，他的眼睛小小的，一脸严肃。小林整个人都蒙住了。

……他们就成了再也没有分开的同桌，男孩会骑着自行车去接小林，补习快结束的时候，男孩突然抱来一只小狗，白色的小狗，没有办法带到教室里，两个人就坐在路边的台阶上。男孩手很大，小小的狗一只手就托了起来，他把狗狗凑到小林的脸边，狗狗伸出舌头舔了她。

"好恶心。"她说着，男孩把手从她面前挪开，把小狗凑在自己的脸上，狗的舌头又在他的脸上，舔得更起劲了。小林看着侧脸的他，有一个遥远的画面突然飘过来，她很想伸手去摸摸那张脸，近在眼前的脸就变得遥远起来。

"狗狗亲了你，也亲了我，现在该我们亲亲了。"这句话在小林耳边但是随着记忆摇曳起来，夏天的阳光透过盖住天空的大树，一簇簇、一道道，随着他印在脸上的嘴唇一点点扩散，那一点点的感觉就像爬山虎不知不觉爬满了整面墙。

那是小林第一次晕倒。

第二次晕倒，她看见男孩没有骑自行车，手里拿着一个滑板，后来她常常觉得那是自己的幻境，男孩把滑板放在地上，冲着她招手，一只脚踩上了滑板，另一只脚轻轻地在地面上点了一下……之后发生的一幕就让小林晕倒了。他在小林的生命真切地出现过，真切到她两次晕倒，第一次晕倒的时候被他托住了，没有造成任何危险；第二次的时候，小林磕烂了脑袋。后来小林左边的脑门上一直有一个缝的疤痕，她喜欢用手抚摸这个伤疤。

再后来小林没有晕倒，她都不记得老师把她从教室里叫出去后，他们上了出租车去了医院后发生的一切，她也记不起来自己的悲伤……只记得婶婶一只手抱着她一只手抹眼泪，好像让她难过就哭出来，但是她哭不出来。她再也没有见过父母，她也记不得最后一次见面的情景，她再也不喜欢笑和哭。

不知道什么时候开始，开始流行喜欢明星，古惑仔成为很多人都喜欢的对象，再后来郑伊健演的角色都会受到大家的欢迎，小林就记住了一个词语："天煞孤星。"心理暗示这东西，不像月亮挂在天边，你等到天黑抬头才能望到，它无时无刻地都在笼罩着你。

于是小林就过上了自己觉得希望拥有的生活。忘掉小林后，她只记得自己是小怪兽。

她坐在沙发靠着墙的位置,昏暗的灯光下,她乱蓬蓬的短发从来不用梳理,很多男孩的头发都比她的长,她染了灰色,过度的漂洗让头发几乎发白了。长期不见阳光,她的皮肤变得更白了。小怪兽不喜欢化妆,因为喝醉了常常忘记卸妆,可是染了这种头发之后,如果没有一个重的眼妆,她每每喝得晕乎乎的时候,看到洗手池上面镜子里的自己都会被吓一跳,有种把内心暴露出来的感觉,所以她还是会化妆。她会用手机定个闹钟,早上的时候爬起来卸了妆,再继续睡觉。她的耳朵上有七个耳洞,她全部戴上很小的黄金环,每一个就小拇指盖那么大,右边五个,左边两个,都在耳骨上,其中右边有一个是在耳朵中间的那块小小的骨头上。

有人指着那个白头发的女孩对他说:这是小怪兽。

他的脑海里浮现出来的是 Fendi 这个牌子,有时候刷朋友圈,常常看到卖货的发"小怪兽",一个三角形的黄色眼睛……这个"小怪兽"靠着墙,左边的腿蜷缩着,右边的其实也是蜷起来的,因为手里夹着烟,时不时地要抖动烟灰,这才放下一条腿来,支撑着地,前倾了身体去弹落烟灰。她拿烟的姿势不是食指和中指,她的大拇指和食指捏着烟嘴,每吸一口烟都好像饿极了,也可能是因为太瘦,身体都跟着吸烟用力。但是吐出烟的时候又很轻,也还是因为她太瘦,感觉整个身体都跟着吐出的烟飘了起来。

他是狗子,在这间酒吧里大家都这么叫他。但凡世界杯或者欧洲杯以及五大联赛中比较重要的比赛,他都在这里。是的,他自己开了一个彩票店,还有这间和人合伙的酒吧,他给任何人推荐买球，10块钱的比分到上百万的输赢，麻将馆里的大爷大妈，酒吧里买醉挥霍的年轻人，任何客户狗子都不会拒绝。他觉得自己的人生没有什么令他激动的，除了买球时跳动的比分后出现的高赔率，这时候会升腾出一丝丝满足，再也没有什么了吧。这样的满足也在慢慢地升级，从前他给人推荐并不抽钱，从请客吃饭喝酒到各种礼物，后来渐渐变成抽钱……现在又成了另外的模样。迈出第一步的时候其实挺难的，他自我麻醉地告诉自己，这就是赌博，本来赌博就是高风险的事情，他可以推荐对的买法，可以给对方赚来成倍的钱，当然也可以推荐错的买法，买不买又不是他强迫的。他也为此吃过不少苦头，欧冠最后一场比赛，皇马对马竞，皇马赢2.2平3.0马竞赢2.97，皇马开的初盘平半高水，但是交易量又是大热的情况下，庄家的赔付率太高，他断定肯定无胜，考虑到大赛都是平局很没意思，他果断买马竞赢。但是他没有给别人这么推荐，他一番讲解后，推荐了一个老客户买的平，这个人跟了他很久，也赚了不少钱，对他深信不疑。

结果比赛出来居然是平，点球皇马5比3赢了马竞。那场比赛那个客户买了10万的平。狗子根本没有给他买，等着比赛出来这10万就是自己的了。结果他自掏腰包给人家赔了20万。还好欧洲杯就要开赛了，狗子只能这么安慰自己。

狗子转到别的桌子上应酬了几杯，再回来的时候，看见小怪兽不抽烟了，怀里抱着他的"叮当"。她的腿还是蜷在沙发上，叮当就卡在她的腿和肚子中间，她低着头，认真地看着同样认真休息的猫。

"我家叮当一般不接客。"

"这猫叫叮当?"

"是的,这是我的叮当。"

"你给它起这么难听的名字考虑过它的感受吗?"

"这样呀?可是这是我的猫。"他开玩笑地说着,小怪兽就突然抬起头,一动不动地看着他。灰暗的灯光下,她的头发显得很亮,两个眼睛就像是镶嵌在脸上的黑洞,这样的目光看得他突然不知道怎么接住,好像正在手里剥的热鸡蛋,很烫又很想吃,舍不得扔掉。

叮当就被她塞到怀里,他居然都不知道是怎么塞进他手里的。

"生气了呀?你为什么叫小怪兽?"狗子一边抚摸着叮当,一边看着她问。她也不回答,只是这样盯着他,就这么几分钟,她的目光就转到桌子上,自己端起酒杯开始喝酒了。

狗子的注意力开始集中在整理自己客户上面,欧洲杯就要开赛了,比赛越到后面越难买,可是只有开始看得准,才会得到信任。他了解这种心态:越是一直赢钱,越是想要赌得更大。他开始频繁地出入合伙的酒吧,和人喝酒、聊天,寻找着大的客户,寻找着将要来到的刺激感。

"叮当狗。"小怪兽把他的猫塞进他怀里说。

"你叫我?"

"嗯,看你不忙了,既然是你的猫,你要多给它关爱。"

"我要忙着赚钱给它买罐头呀。"

"得了吧,罐头几个钱。给我买1万法国赢。"小怪兽把一沓钱和刚才塞给他猫一样塞他怀里。

"你还赌球呀?我还以为你塞钱给我让我给叮当买罐头呢。"

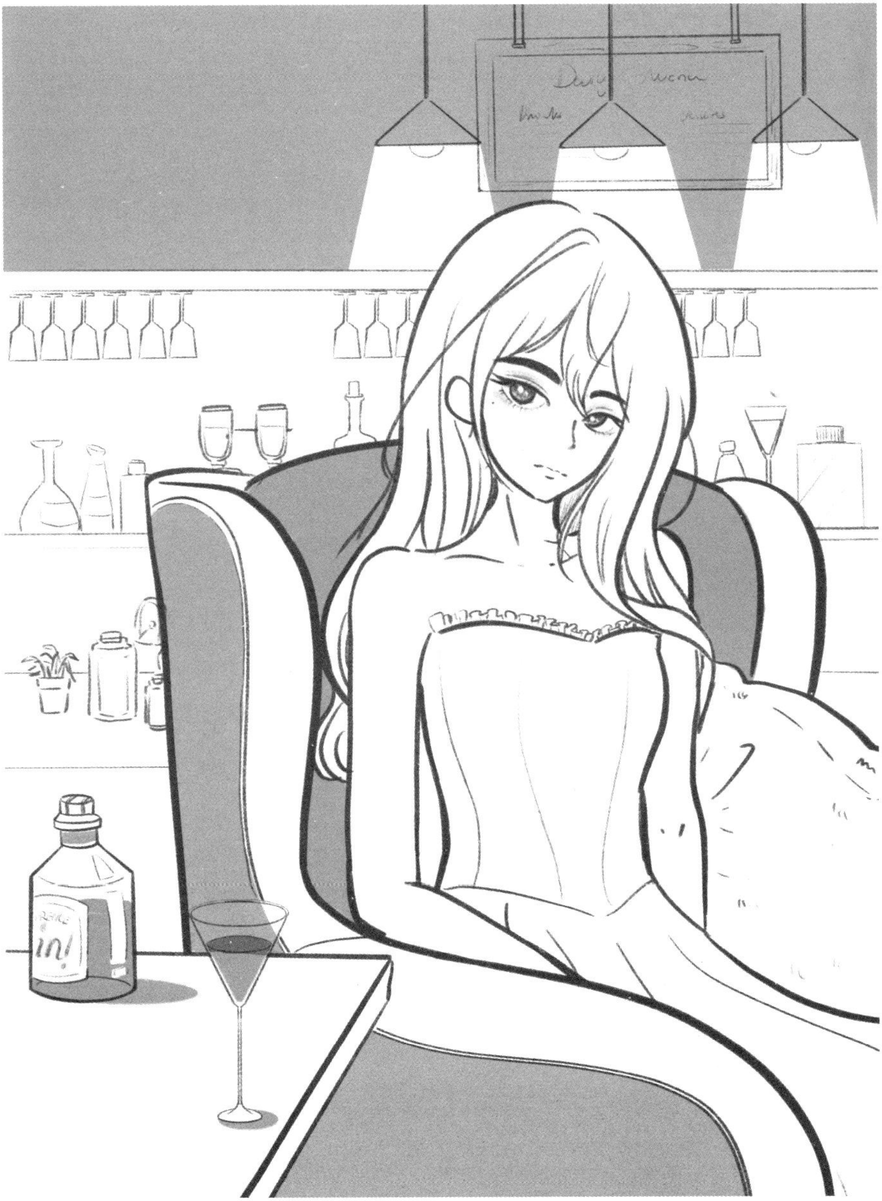

"赢了的话给叮当猫买罐头。"

"输了呢?"

"输了你自己买。"

"你看不看足球,怎么想起来买球了?"小怪兽用那种比黑夜还黑的眼睛看着他,这一次她没有不说话走开,而是坐在了他的身边。她太瘦了,屁股大腿蹭着他的身体几乎没有什么人类的感觉。她轻微地蹭了蹭他,示意他给自己让点位置。

坐下来后,她从包里翻找什么,但是没找到。

"你不抽烟?一个喜欢赌博喝酒看球的人怎么会不抽烟?"

"第一场别买了,蚊子肉。或者少买点,你看不看球?这个就是为了看球的时候有点儿意思。"

"我要一直买,要不赢钱,要不全输了。"

"你这样的心态最不能买呀,你是不是找不到烟?你抽什么给你拿一包去。"

"你连猫都舍不得给人抱一下,还舍得给我买包烟?哼。"小怪兽说完,就站了起来,但是她并没有拿走包,酒吧里灯光闪烁,一下子就看不到她了。不一会儿又回来了,点了一根烟,还是大拇指和食指捏着烟,用力地吸了一口。随着烟吐了出来,她开始说话:"我喜欢意大利,我运气很好,我会一直买,赚够50万,押意大利和比利时的那场。"

"哈哈哈……那我觉得你就能看四场意大利了。"

"给我买个2比1。"

"威尔士赢?"

"去死,英格兰赢5万,然后1万的比分,2比1。"

"英格兰根本就是坑好不好?我知道你前几场都赢,但是你不能这样。我们买比赛都是看盘口的,不是胡乱买的,你运气好,是很好,但是赢了也不能任性自己随意买。"狗子不知道自己怎么会这么认真地劝她,好像是用他的钱一样。说完后他就感觉到了,于是他又补了一句:"随你。"

"抽根烟冷静冷静。"小怪兽把自己刚含在嘴里的烟递了过来,他接了过来,吸了一口,很呛,咳嗽了起来。

"叮当今天还抽烟了。"

"老子被你气死了。"

"气什么气,赢的钱给叮当的叮当猫买了那么多罐头,不高兴呀?"

"今天要是2比1,我一口气吹一瓶红酒。"

"两瓶!我出钱。"

"哈哈,让你花钱买个教训。"

那场比赛是威尔士先进的球,上半场就进了那一个球,小怪兽坐在他的旁边,进球的时候狗子抓过小怪兽手里的烟狠狠地抽了几口,他已经不会因为抽烟咳嗽了,他每天坐在小怪兽的旁边看球赛,进球或者打偏了的时候,小怪兽手里的烟就这么递进他的嘴里。开始的时候,他会一边抽一边骂小怪兽,但是每次都接受了。一场比赛和一场比赛中间还有好久的时间,他有时候和其他客人聊球赛,吸引他们买球,小怪兽就坐在他的旁边抱着猫玩,偶尔插几句话,都是给他泄气的话,可是他一点儿也不生气。累了小怪兽就睡觉,她的身体小,一个小沙发,她盘起腿就能装下身体,他就会让店里把空调关了，其他人埋怨他，他只是白白眼也不去理会。有一次小怪兽趴在他旁边睡着了，叮当猫就卧在她的背上，他伸手想把猫抱下来，感觉压住了她，碰到了她的头发，头发干得像冬天的芦苇。在黑暗中闪烁的灯光下，黑猫身体下的小怪兽突然像是枯萎了。她总是穿着黑色的衣服，只有头发是明亮的，而这份色彩却也不是充满生机的。狗子心颤了一下，手立刻缩了回来。

下半场的时候英格兰终于进了一个球，小怪兽就要了三瓶红酒，说现在就醒上。他嘴上问她是要输了自己吹了吗？心里却希望喝酒的是自己。

"两瓶当然是你的，另一瓶我自己庆祝的。"她说着把一口烟吐到他的脸上。

"少嘴硬。"

眼看着比赛剩下十几分钟了，狗子的心慌极了，小怪兽却还是缩着两条腿，抽烟的时候就放下一只脚，光脚点在地板上，支撑身体往烟灰缸里弹烟灰。狗子后来想这个女人是不是偶尔可以穿越时空，最后几分钟的时候英格兰居然进球了，比分锁定在2比1。

他一口气干了一瓶红酒后，拿起另一瓶，小怪兽拉住了他的手。

"咱俩碰着杯慢慢喝好不好，庆祝我们赢了。"狗子伸出手，手在半空中停了一下，放了下来，和上次一样，一种奇怪极了的感觉，让他定在那里。

……狗子第二天醒来的时候是在家里，浑身难受得要死，印象里三点是波兰和德国，他看盘口看得很准，觉得这场德国大热，但是肯定不是赢，也许是酒劲，一般很少买比分的他买了1比1。他伸手去摸手机，想看看新闻。

"这个浑蛋小怪兽,究竟让我喝了多少酒,耽误我做买卖。"他心里念叨着,觉得从床上直起身子后,后背像是被划烂了一般,和宿醉后的那种酸困不一样。去抓手机的手转而去抓后背,一触碰手就弹了回来。

"哎呀……"疼得叫出声音来,"昨天喝多了肯定蹭哪儿了,很久没这么疼过了。"他起身,去洗手池前找镜子。背过身子扭着头去看后背。

"小怪兽,你昨天对我做了什么?"他打了不知道多少遍电话,才听到她懒洋洋的声音。

"好困。"

"你是不是疯了?"

"叮当你喊什么喊呀。"

"我不喊你我喊谁?我还要打死你呢。"

"昨天在我的鼓动下你买了1万的1比1呢,赢了还要打死我呀?"

"啊?是1比1吗?"

"是呀,我买了2比1中了,你买了1比1也中了,这么高兴的夜晚。"

"起床,出来吃饭。"

"我睡觉,我不吃。"

"我去接你,给我发定位。"

"你要杀了我呢,我才不送死。"

……定位很快就发了过来,狗子看着屏幕小怪兽头像下发来的那个地址,为了她的听话高兴得想笑。背部隐隐的疼让他又回到镜子前,他看到一个黑色的猫咪,下面写着一串奇奇怪怪的字母。

"有什么关系呢,反正也不讨厌猫咪,反正也不讨厌小怪兽。"他这么想着,突然觉得哪里不对。

"你是不是疯了?这明明只是一场计划好了的事情,你想搞砸吗?"狗子根本没有给小怪兽买2比1这样的比分,他根本不相信英格兰会以2比1这样的比分赢过威尔士。好在自己昨天喝多了买了1万的1比1,这两笔钱就这样差不多抵销了。"妈的,这个小怪兽真的是有狗屎运。"他说着,抹了一把自己的后背,疼痛的感觉,他用这种感觉提醒自己:只有钱才是实实在在的。

他开着车特意绕到商场,买了橱窗里的裙子才去了小怪兽住的地方,等她拉开车门的时候,果然是一把抓住装衣服的纸袋就扔到后座去。她关门坐下来的同时,狗子转身把纸袋子拿过来,从里面掏出裙子扔在小怪兽的腿上。

"抹布?"

"去换上我带你玩去。"

"你有病吗?"

"是你有病。我问你,我背上那些字母是什么东西?"

"你自己要文的,我怎么知道什么东西。"

"不是你我怎么会文身!"

"文在你自己身体上的东西和我什么关系?"

"你带去文的。"

"谁说的?而且我带你去死你去不去?你要找事也要找给你文身的人。"

"行了,去把这个换上和我出去,算你赎罪。"

"赎罪?"

"我以前喜欢过一个女孩,她特别喜欢飞儿乐队,他们有首歌的MV里面,男的把橱窗砸烂给女孩拿了里面的新衣服,然后两个人亡命天涯。那女孩说觉得特别浪漫,可是那时候我不敢那么做,所以错过了。"

"然后呢?"

"你他妈现在穿上橱窗里的衣服和我亡命天涯。"

"哎哟,你砸橱窗了?"

"我晚上文身,早上砸橱窗,你真以为我演MV呢。"

"我不穿,我好讨厌白色。"她说着中指和食指拎起衣服在空中抖了抖接着说,"而且这个白色没什么设计好像抹布。"

"快去穿。"

"那你承认你就是编了一个故事其实是想给我送礼物。"

"快滚去换,不然哪天把你灌醉了给你文个'我是猪'在脖子上。"

小怪兽套上白色的裙子,又肥又大的裙子好像麻袋,她对着镜子里的自己,深棕色的眼影和白色大褂子配在一起真不好看,她发现原来白色也可以显得她这么消瘦。她一屁股坐在马桶上,想起医生说的话,想起的全是飞儿乐队那个MV的画面。她知道那是哪一只MV,很早以前她最喜欢看那个MV,最喜欢幻想自己就是里面的那个女孩。她觉得此刻自己更想成为那个女孩,就这么去天涯,反正也没有明天。

狗子坐在车里,等着她出来,他一边好奇小怪兽穿上那个的模样,一边告诉自己一切都是计划。然而他刚刚讲的那个故事是真的,可是有什么呢,那个姑娘不是还是找了更有钱的人,这么一想,狗子的心情就平静或者更加混乱了。

衣服也不是纯没有设计感,前面的那片布料比较短,后面的那片比较长,右边腰部设计了一个大口袋,小怪兽把手塞进去的时候感觉非常不爽,左边的永远都塞个空。她在脑袋上套了一个粉色的发带,本来是她为了洗脸方便买的,有天照镜子发现搭配她灰白的短发十分好看。既然穿了个这样的白布袋子,就干脆换一下风格。

"你怎么这么瘦?"

"这个衣服好不爽,怎么只有一边有口袋。"

"我带你去喝咖啡吧。"

"赢了钱这么抠门。"

"你能不能变成好好的姑娘,你看你头上乱七八糟的毛,还有你耳朵上那些洞,还有……今天没有画黑漆漆的眼影呀?"

"一个靠赌博为生的人怎么好意思说我不是好好的姑娘,你明明看到的只是我的外表。"两个人都不说话了,小怪兽不知道自己怎么说出这样的话来,狗子也一样,不知道怎么接下去。

"其实吧,我不想有什么光明的人生,我就想活到35岁,晚上宿醉,白天昏睡,想打孔就打孔,想文身就文身,想和谁好就和谁好,再过几年,老了丑了没意思了就去死。"小怪兽接着说道。也许是为了缓解突然的尴尬,也许是突然想到自己,用这样的话来安慰自己。

原本是不会赌博的,小怪兽虽然看起来喜欢玩乐,不着边际,但是她知道赌博、毒品和嫖娼都是不能触碰的，会上瘾会沉迷会万劫不复。然而现在没有其他办法了，她的生命本来就成了一场赌博，她得了肝病，不治疗人生就基本没有了，唯一的方法是吃一种美国进口药，当然不是说吃了就一定能好，但是胜算会比较大，药一颗就要7000美元，一个疗程下来至少200万。听他们讨论赌球也不是一天两天了，开始因为自己是意大利的球迷就听听，得知生病后的某一天，突然想要搏一搏。

他们吃了特别辣的四川火锅，狗子感觉自己辣得眼泪都要出来了，小怪兽却嚷嚷着不够辣。他不知道小怪兽居然喜欢喝那么苦的咖啡，吃起巧克力一口塞进两块，嘴巴鼓鼓的半天也不咽下去，最后融化了的黑色放在舌头上伸出来给他看。她的双脚总是不能好好地放在地板上，永远有一只是蜷缩在椅子上的。她说她只穿一种样子的鞋子，只是为了方便脱下来。狗子突然对她充满了好奇，比如她的父母是做什么的，比如她的钱是哪里来的，比如她为什么会如此地生活，比如什么是她在乎的，比如她的心里自己是什么模样的……

每天都在比赛，都在浑浑噩噩地给别人分析，揽钱的感觉比好奇重要多了，感觉也要好太多了，狗子告诉自己又不是十几岁的少男。第二轮比赛，冰岛和匈牙利，开始看的是冰岛胜，临场看赔付压力觉得是平局……英格兰对威尔士，威尔士先进球，看的是英格兰赢……葡萄牙对奥地利，看赔付还是平局……波兰和德国，也觉得应该押平局……

就这样比赛进入了四分之一，小怪兽和他已经连着好几次买比分都是输了，从未押中过一次，这样的情况下，让人有些急躁。今晚是法国的比赛，三点的时候法国对冰岛，早晨还没有睡醒过来，狗子的电话就来了。

"醒得这么早呀。"

"今天买比分，听我的。"

"什么比分呀？"

"法国对冰岛的，不要相信什么冰岛是黑马，一般一次有一个黑马已经了不得了，威尔士已经是这次的黑马了，冰岛走到今天也有运气成分，不可能赢法国，你要相信我。"

"你做梦了是不？"

"什么做梦，是认真分析的结果，而且今天肯定是大比分，4比1或者5比2，我看好这两个比分。"

"你是不是最近连着黑失心疯了，给你买件红衣服，老老实实穿着睡觉起来买个输赢行了。"

"你要听我的，这次要听我的。"

"5比2的赔率是多少？"

"150。"

"那我买10块钱的。"

"你听话好不好？"

"你睡醒了再说好不好？除非……"

"除非什么？"

"除非你告诉我你穿越了，现在你回来了，知道比分了，然后我现在就把所有现金提出来，房子也去抵押，买比分。"

"穿越了就买大乐透了，买什么比分。"

"再见。"小怪兽直接挂了电话。但是她已经醒了，刚刚她一边说话一边慢慢坐了起来，她缩起双腿，一个胳膊抱住自己的膝盖，一个胳膊抬起，手指头在抓不住的头发上面来回搅动着。150倍的赔率在她的脑海里翻滚起来，以前看球的时候，翻滚的都是足球，现在居然全是数不清的数字，赌博这件事情真是上瘾，金钱是带劲的毒品。如果10块钱就是1500，那么15000就是……数字在脑子里翻滚起来，她数学一直不好，在心里赞叹过狗子的数学那么好，每次随便报出一个赔率，他都一口报出价格。原本小怪兽从未想过有一天自己要算数字，她不需要很多钱，也不想要多么光鲜的人生，喝个小酒就能让她觉得很兴奋，在眼睁睁看着自己喜欢的人一次次消失后，她的人生已经简单得多了。

原本只是想救命的，为什么有了心动的感觉？

那天晚上英格兰赢了比赛，因为英格兰的第二个球是最后时刻才踢进去的，当时小怪兽内心其实是紧张的，但是狗子问她的时候她很冷静地说："肯定会进的。"结果真的如愿了。小怪兽那个比分赌的不是那2比1比分的赔率，而是赌自己和狗子的关系。她不敢去爱一个人，她害怕自己会把爱的人一个个害死，所以赌了自己也不相信的比分，赢了她就去爱，输了就滚远。

然而狗子其实没有给她买比分，他当然不相信会中那个比分，他甚至不觉得英格兰会赢。但是进球那一刻的神奇依旧深深地感染了他，不仅是最后的结果，明明没有买比分的他却时刻地给英格兰鼓劲儿。他喝了打赌输的酒，说不清是为了自己该死的感情，还是为了自己输掉的那些钱……一会儿就上头了，之后他就断片了。

其实文身前他们是有过交流的。

"你为什么喜欢猫呀？"

"我从小就喜欢。"

"那你为什么喜欢足球呀?"

"我从小就喜欢呀。"

"这是什么狗屁答案。"

"就是从小喜欢,不是第一天喜欢的。你为什么喜欢足球呀?"

"我喜欢的第二个男孩喜欢足球,喜欢英格兰。"

"那你喜欢猫是因为你喜欢的第一个男孩喜欢猫吗?"

"是因为我从小就喜欢猫。"

"你怎么学我。"

"如果我死了,你会记得我多久呢?"

"我会一直记得你的。"

"那把我文在你的身上可以吗?"

"文个小怪兽吗?哈哈哈哈……"

"文个黑色的猫,文一个我们从小都喜欢的,文一模一样的两个黑猫。"

"那我的猫要比你的大。"

"这又是什么?"

"我的身体比你大,所以我的猫要比你大,这样……"

"这样什么?"

"这样比较配吧。"

对一个事件与不确定的结果,下注钱或物质价值的东西,其主要目的是为赢取更多的金钱或物质价值。这大概就是赌博最浅显的解释。而实际上,金钱承载的对于赌博的人来说,绝对不单单是更多的金钱。是的,人们总是被一个虚假发光体迷糊,从围观的状态小心翼翼地走进其中,都自信满满可以全身而退,然而那颗或者好胜或者贪婪的心总是暗藏汹涌。赌博,只不过是被自己滚动起来的自信滚成了漩涡,你自成陷阱,从哪里往外爬?

那天的狗子不知道哪来的神经,告诉每一个店里的人,冰岛和法国的比赛,不买4比1就买5比2。在酒精和音乐的蛊惑下,150倍的高赔率更是很快就在每一个听到者的脑海里,排山倒海的金钱潮涨潮落般,大部分人抱着买个100块钱纯粹玩玩的心态,赢了就是15000块钱。

小怪兽坐在黑暗里,她第一次感觉自己被黑暗包围,她看到有一束射灯般的光一直从天花板打在狗子的头顶,狗子在灯光下比画着手势说着,她无法看清他的脸,周围的人都是被黑暗包围着的。她突然觉得这一次会不一样,噩运一次次带走她的爱人,这一次降临自己身上,狗子不再会因为她遭遇意外。她感受到胸口那股激动的热流,让她枯瘦的身体被灌溉。她回过神来,发现手里的烟已经燃烧出一截长长的烟灰,她前倾身体去找烟灰缸,那一刻,烟灰随着身体的惯性落在了地板上。就像下决心的时候往往都是无声的。

她摁灭了手里的烟。

首先她要开始戒烟,当然还有酒,她觉得自己一定可以赢下去。

"我买10000块钱的5比2。"

"什么?你坐下来说。"狗子正在和一群人说着,身体自觉地给她挪一个位置。实际上,他早就等着她。当一个你在意的人躲在一边看着你的时候,这种悄悄只是做给周围人看的。

"我说我要买10000块钱的比分。"

周围人立刻叽叽喳喳起来，人的声音和音箱发出的声响是不同的，虽然不如音箱般轰鸣，但人是活物，有气场。整个酒吧重心的活力都围绕着小怪兽。狗子看她，不能多看，立刻拿起手机帮她买入。

"你买得太多了，1000块钱就了不起了。"

"小怪兽，我看最多3个球，5比2简直痴心妄想。"

"我觉得根本就是冰岛赢，怎么就把10000块钱扔着玩了呀。"

……

她站起来，拉了一把狗子的袖口。两个人走到了洗手间，周围暂时安静下来。他们一人一边站在洗手池的两侧，镜子里是两个人的侧面，他们面对面。

"结果不是可别哭。"

"你见过我哭吗？"

"笑都没见过几次。"这句话一出口，小怪兽的脸上浮现出一抹笑容，好像变成另一个人。

"我回家看比赛了，害怕一会儿哭给你看。"

"这几天不对劲呀？"

"你才不对劲，等着结果出来被店里客人砍死吧，买这么邪门的比分。"

"那你还买这么多。"

"拜拜啦。"镜子里小怪兽的侧影变成背影，狗子也变成镜子里的背影，镜子里只剩一前一后的两个背影，直到什么也没有。

比赛在三点钟的时候准时开始，小怪兽一个人坐在地板上，屏幕上绿色草地上很多缩小了的人开始跑动，电视机里传出解说员的声音。屋子里只有她一个人，电视的声音让她觉得嘈杂，她干脆换成了静音。

"开始了开始了。"

"你在看吗？"

"你来店里吧。"

"路上的时候我给你手机直播，你快来呀。"

"店里今天特别热闹。"

"你是不是在睡觉呀，我给你打电话了？"

手机里狗子的微信一条一条刷屏，她茫然极了，明明觉得不可能的比分，为什么还要买那么多。不过对于她来说，1万块钱还是10万块钱都没有什么意义了，很快这些钱都不会是自己的。

好像还是抱着希望吧。她拿着手机不知道回复什么，有好多想要诉说的话，却不知道从何说起，又怎么讲起。

狗子的电话就打了过来。她看着电话，挂断了。

"你还是回家保命吧。"

"都买了那么点钱，谁会要我命，除非是你。"

……法国和冰岛，上半场的时候球员就像开了挂，冰岛完全不是前几场的冰岛，法国一个球接一个，中场休息的时候，已经4比0了。

"你看看我说得怎么样。"屏幕上传来这个，小怪兽已经很久没有这么激动的心情了，她从地板上转移到了沙发上，拿起一个垫子抱在怀里，还是无法控制自己的心情，把手机凑到嘴边，给了屏幕一个响亮的吻。如果狗子在，她会把他抱住，这么给他一个吻。赢了就会有150万了，距离治病的钱好近，天哪，真的会那么幸运吗？

下半场开始，冰岛在56分钟的时候终于进了一个。

"我说得怎么样，我说得怎么样，已经4比1了，还差两个球了。"

"那不是还差两个嘛。"

"你就等着吧。"

法国接着在60分钟的时候又进了一个。

"啊啊啊啊啊……"

"你叫什么呀。"

"我是替你叫呀，150万呀。幸亏我没告诉别人给你买了这么多。"

"为什么呀？"

"担心你的安全呀，害怕别人绑架你呀。"

"这不是还差一个球呢。"

"天哪，你能不能激动一点儿，眼看就要赢了。"

"哦！"小怪兽在屏幕上打出这个字的时候，其实她抱着靠垫哭了，眼泪哗啦啦哗啦啦，足球场上的一切都被泪水弄得看不清楚，赌球这件事情，超越了看球人原本的目的，尤其是随着赌注的砝码越来越大。小怪兽越哭越委屈，而这种委屈让她感觉舒服。

电视机突然就蓝屏了，上面显示一行字：您因为欠费无权观看！一脸泪水的她这下看清了电视，破涕为笑了。她抓起手机，对着电视拍了一张照片，发给了狗子。

"你这是什么情况，关键时刻。"

"没事我给你直播。"

"现在就坐等冰岛进球了。"

"整个酒吧里的人都在作法,冰岛一定要进一个呀。"

"啊啊啊啊啊啊,你紧张不?"

"小怪兽!"

"进球了!"

"进球了!"

"去他妈的,法国进球了。"

"怎么办,6比1。"

"好伤心。"

小怪兽看到狗子发来这样的微信,后面还跟着一长串心碎的表情。她就坐在沙发上,怀抱着垫子的胳膊拿着手机,电视机还是继续蓝屏着。她安慰自己:哪有那么神奇的事情,赌博就是赌博,怎么可能中150倍。

"哈哈哈哈哈,快给我下跪,逗你玩呢,自己搜消息呀。"

"85分钟的时候冰岛进了球,现在结束了,我们赢了。"

"小怪兽,我们赢了。"

很多画面好像明信片,从记忆里一张张邮寄来:大拇指和食指捏着一小截烟、蜷缩在角落里的身体、耳朵上一个又一个的小环……狗子洗完手,抬起头的时候,镜子里出现自己的模样,那个模样的脑子里全是另一个人的影像。自己活在什么样的世界里?就像面对球赛,原本一片盎然的绿茵场,被一个足球闹得翻了天,狗子随着他们,忽而冷忽而热,忽而明快忽而阴暗,忽而平缓忽而旋转。他的生命里亮着一片光,是一个耀眼的黄金梦,当然穿过耀眼很可能是万丈深渊，但是他不害怕。

却害怕她了。他把身体转动，半侧着身体看镜子。裸露的后背一个黑色的小猫，他拿另一侧的手臂去够那个黑猫，已经长好了，没有疼痛的感觉。不是对着镜子，也感受不到那里多了一块文身。

"就是自己抚摸自己皮肤嘛，干吗要生出那么多乱七八糟的想法？"他在心里这么告诉自己。

"不过就是一只赌狗！"他抽回抚摸后背的手，指着镜子里的自己说。"不……过……就是……一……只……狗！"又说了一次，一个字一个字反而让他内心更加慌乱。那个头发又白又短又枯的姑娘，穿着加小白裙子也好像套着大麻袋，鞋子从来都不好好穿在脚上，坐也坐不端正，用劲儿地喝酒，奋力地抽烟……自己怎么会被这样一个奇奇怪怪的人吸引，又干吗要手软？

她要把150万全部押在最后一场比赛，她完全地信任自己，这两点就够了呀，这种千年难遇的好事终于轮到他的头上，但是他为什么这么犹豫？

"小怪兽，你再想想嘛！"

"你赢了150万，根本连你的户头都没有进去呢，一直放我这儿，现在全买了，好赖给自己留一点儿嘛。"

"这是赌球呀，也是赌博呀，我也不是神，也可能会买错呀。"

"如果你真的想买，要不买个100万？"

"我觉得100万有点太多，你还是买50万吧。"

狗子还是没有忍住，掏出手机就开始噼里啪啦地打出一条条的信息。

"本来就是你帮我赢的。"屏幕上亮出这几个字。

"你怎么那么傻呀,那也是你决定买你赢的呀。"

"赌博就是越赌越大,你买比分那个完全是运气,你不要陷进去。"

"呵呵。"小怪兽就回复了这两个字。

你不入地狱谁入地狱!

决赛是法国和葡萄牙。法国初盘,让葡萄牙半球高水,本届欧洲两队的走势,法国一路强势,葡萄牙一路磕磕绊绊,无论是从纸面实力,还是从受热度,法国都是受热方。开赛前法国78%的交易量,顶半球高水,如果法国赢的话,庄家的赔付率将会空前巨大,所以本场比赛,法国90分钟内肯定赢不了比赛。决赛一般都是加时赛分胜负,狗子的心里判断的是买平。

"那150万全买法国赢了?"

"嗯。"

"决赛我真的看不出来,就是觉得法国一路都踢得好,葡萄牙你自己也看了,平进了决赛也是搞笑。"

"晚上一起去酒店看吧。"

"咱俩?"

"对呀。"

"我不照顾生意了?"

"法国赢了的赔率是多少,赢多少?"

"1.7的赔率,赚105万,加上本是255万。"

"赢了分你55万。"

"真的假的?"狗子这么说着,心里却知道,他买的是平,赔率是3,比赛结束后,不出意外,他就有450万了。当然也有可能不是这个结果，但是他觉得法国赢是最不可能的，最坏的结果法国赢了，这笔钱本来就在自己名下，就是打官司小怪兽也赢不了。

"输了我就没办法了。"小怪兽声音很小地吐出这几个字，那些字变成气一股脑儿地涌入狗子的眼睛里。狗子心里念叨着："还不是和我一样有贪念的人，活该相信我。"嘴里却说出了："要不还是买100万？"

"我们都是活生生和心意抗争的人，晚上一醉方休。"她说完，转过身去，没有停下脚步。

狗子并不是很明白。

感情和人生是不是就是这样？靠猜？靠蒙？靠赌？

比赛是凌晨三点，小怪兽调好电视，坐在地毯上，靠着后面的床。脚的旁边放了红酒、洋酒还有啤酒，切好的红色草莓，剥好的黄色柚子，片状的绿色猕猴桃……还有一盘核桃，是刚刚下来的鲜核桃，小怪兽剥了一个下午和晚上，指甲缝和手指上全是一道道的口子。狗子很快就会从他们相识的店里出来，夏天的晚上还是热的，赌球的人因为最后的一场比赛而更加躁动，因为钱！城市里的夏夜总是比冬日热闹，除了灯光，轰隆隆的空调消耗着世界，穿着太少让男女容易相爱，叶子随着气温的下降渐渐变黄的时候，热烈的爱却不像四季更替有个过程，它们来得快去得也快。

城市让人记不住每一个相爱的瞬间，都被高楼遮盖，都被车声碾压。也许，只是也许，会有一些什么在心底，雨水洗刷不掉，风儿吹过亦不散落。

两个各怀心事的人。小怪兽要他喝醉，狗子也必须喝醉，比赛每一分钟都是煎熬。黄金梦就在眼前，而他怎么一点儿也不开心。

足球在绿色草地上跳跃、翻滚,他的眼里只有她,心里也只有她,怎么会是这样的结果?狗子就喝酒,一杯杯地喝酒,他闭上眼睛,干脆什么都不看。

"你的手好小。"狗子也靠着床,他吃了很多新鲜的核桃,喝了很多酒,闭着眼睛还是忍不住抓住了旁边小怪兽的手。他把手一直拉到自己的嘴边,亲吻了它。他看到手上剥核桃留下的口子,他看了她的脸。

就感觉她的眼睛黑漆漆的,像黑洞。

一杯杯地喝,三种酒混合的力量让狗子想说话说不出来,只有她的目光。狗子拉着她的手,一把拽进自己怀里,他给了她很用力的吻,用尽了小怪兽吸烟那般力气。之后,他就这么沉沉地入睡了。他觉得幸福极了,幸福得像只狗,明天早上醒来,他要全部告诉她,自己是个骗子,但是骗子爱她,求她给骗子一个机会,他想着自己下跪的画面,好像求婚。

他喝醉了,他吻得小怪兽嘴流了血,小怪兽一点儿也不疼。她关了电视机的声音,屋子里都是狗子的呼噜声,真是漫长的比赛,九十分钟的时候补时了三分钟,她拉着熟睡狗子的手祈祷着奇迹发生。

九十二分钟的时候,法国一脚射门……有那么一刻,小怪兽看到了两个人的未来,她从来没有感受过胸口有这般剧烈的感觉,跳楼机升入最高狠狠坠落,机器坏了,她被摔死了,速度太快,兴奋和疼痛也就有一下。

九十二分钟法国一脚射门打中了立柱,球弹了出来。

九十三分钟,比赛结束。

法国和葡萄牙平局。对于赌球来说，这之后的输赢都没有什么意义了。

小怪兽拿起自己的手机，发送了一张照片给狗子。是文身师傅给他们文身的合影，一个大的猫和小的猫，大猫那里文的字是花体写法的西班牙文"小林爱你"。小猫下面写的是"爱你的小林"。

小林这一次终于是自己选择离开了爱的人。她没有再看一眼狗子，没有拿走任何东西，没有停下脚步。

天亮起来的时候，下雨了。讨论决赛的人还会讲起这场比赛，夏天的热还没有散去的时候，人们对球赛的热情就会没有了。雨水在窗户上滑出一道道痕迹，画出一个男孩躺在女孩身边。女孩还说了几句话，只不过是掩饰内心的鬼话。风声比音乐声美好，因为浑然天成，想起你比看着你美好，因为不是所有感情都能剪成连贯漂亮的窗花，大部分都在练习中残破掉了。

还在下雨，这一刻永远不会腐烂。

香俏

一

清晨总是美好的。身体包在被自己暖和了的被窝里,安静、舒适、自我。

刚刚的梦境打破了一切:她拼命撕扯自己的衣服,声音里透出歇斯底里。是什么声音?好像在喊着非礼,又好像不是……

身上已分不清楚是汗水还是泪水,她无法从梦境中抽身。

突然,她醒了。以最快的速度抱住自己的身体,身上全是汗,内裤紧紧地贴在身上。这时,她好像才听到自己的呼吸,终于回到了白天里。

奇怪恐怖的梦境让她越想越混乱,梦里明明只有自己,那么是为了什么情绪失控?那个非礼自己的人是谁?

香俏在19岁这年做了这个古怪的梦。也是这一年,她接到了专科落榜的通知书。现实的失落很快将梦境全部覆盖。

妈妈叫她吃饭她也不愿去,又回到炕上,蒙着被子想哭,眼泪却挤不出来。

"大白天的你起不起来?"

"我烦!"

"有饭吃你还烦,这么大了不出嫁,还懒,以后饭都是你做。你爸爸在外面挣钱让你们上学,我一个人伺候你们几个……"

眼泪一下子就流下来。两只手抓住被子往上一拉,没用什么力气,就把头也盖在了里面。

她索性肆意地哭起来，并没有哭出多少眼泪，听到妈妈的声音，以为又是来唠叨，气得在被窝里捂住耳朵。

"你爸不在你就当祖宗吧。"

"你弟弟妹妹没在，不然哪有当大姐的样子。出来吧。"她感到妈妈手掌的力量，不轻不重地拍着自己，这才慢慢从被子里钻出头来。满眼泪花的眼睛面对突然的光看不清楚，手里就被塞了一个湿热的东西，她把手凑到眼睛上擦拭了几下，眼睛和脸都舒服多了。

炕上放了过年才拿出来的小桌子，爸爸喝酒看春晚才用的。桌子上面没有酒和小菜，只放一碗稀饭两个包子。离小桌不远，妈妈坐在炕边，没有脱鞋的脚翘在半空，上半身拉得长长的随着手里的小笤帚一动一动。

"你就不能歇会儿，扫来扫去的。"

"吃点儿东西吧。"

"我一会儿起来扫炕，你歇着吧。"

"快吃吧，都凉了。"

"你脱了鞋坐上来吧，炕上可暖和了。"

"我一早就给炕添了柴火，烧得旺当然暖和。"

香俏钻出来，抓了包子吃起来。

"羊肉的？"

"你别哭了，本来也没想让你继续上学，认几个字就行了，上那个学有啥用，回头找个好婆家……"

"我不找，我还小。"香俏说着端起碗喝了一口稀饭。

"你也不小了，我像你这么大的时候都和你爸结婚了。就是生你生得晚。"

"为啥?"

"我那会儿怀了就掉,掉了两个了,要不也许老大就是个儿子。"

"掉了?"

"干活累,哪像你。"

"那你咋怀上我生下来的?"

"你婶婶看着不行,给我弄了猫胎盘,晒干砸碎了让我喝,就怀上你了。"

"哦!"

"可惜是个女娃。"

香俏正和妈妈说着话,突然和爸爸一起打工的建民叔跌跌撞撞地跑到她家院子里吆喝起来。她赶紧下炕迎上去。

打工的爸爸出车祸了。

家里离不开妈妈,弟弟妹妹太小更不可能去处理这样的事情,香俏只有19岁,没去过城里,但这次只有她去了。

妈妈拿出家里所有能凑出的钱包好给香俏。换上妈妈给她缝的带兜兜的内裤,为了保险起见,妈妈拿着针线,给她把那个兜兜又缝了起来,并反复叮咛"一定要把你爸照顾好"。

二

坐上车,建民叔就闭着眼睛休息。香俏的眼睛却闭不住。冬天的北方天灰蒙蒙的,越看越烦躁。急刹车拐弯,香俏的焦躁变成了闷热,她的肚子开始难受,来不及想肚子是怎么了,头又开始涨。

"香俏，晕车了？"建民叔突然睁开眼问她。

她想张嘴说难受，但是又难受得张不开嘴。建民叔递给她一个塑料袋，她撑开就吐了一袋子。吐后舒服多了。这样的感觉并没有多久，刚才的难受又重复着来了一遍，并且难受也翻了倍。她不想进城了，本来就充满恐惧的她更加渴望下车。

"叔！叔……"

"咋了？"

"叔，我不想进城了。"

"难受了就继续吐，坐几次就好了。"

"叔，让我下车吧。"

"你闭上眼，睡着就不难受了。"

香俏强忍着，终于昏昏沉沉地和痛苦说了再见。

城市的夜晚好混乱。车上亮着灯，房子高高低低的也亮着灯，就连树上都好似开了一树的灯泡花。奇妙的景象好像大山连绵一样没有尽头。香俏努力地挤到窗户边上，浑身的力气都用在眼睛上。巨大的高楼，密密麻麻的车辆和明晃晃却混乱的夜晚弄得她大脑空白起来。

下车进了医院，建民叔领着她走了好一阵子才看到躺在楼道里的爸爸。

"爸……"香俏眼泪就滚了下来。

"累了吧？家里都好吗？"她俯过身子靠近爸爸，拿胳膊抹了把脸上的眼泪鼻涕，说"都好都好"。她看到爸爸在流泪，流泪的脸像地里浇灌的田一般，亮晶晶的。

"吃了吗？带馍馍和菜了吗？我娃晕车，估计也饿了。"

"爸，你吃点儿吧。"香俏弯了腰去拿放在床边的布包。

"你们都累了，帮我挪挪，给你们留点坐的地儿。"

"吃点儿吧，香俏，给你爸拿出来。"香俏翻出妈妈装的馍馍和菜，建民叔从床底下拿出一个带盘子的饭缸和筷子，她把馍放在盘子上，拨了一点儿咸菜。

"你先吃，我带着香俏熟悉一下这里的环境，给你弄点儿热水当稀的喝。"香俏端着饭缸跟着建民叔走，建民叔边走边给香俏介绍哪里是厕所哪里是热水间，又告诉她明天不要在医院里买饭，出了医院过马路往前走的饭店给的饭又多又便宜。建民叔嘱咐了很多话，说他明天就要去工地干活了，不一定能来，让香俏机灵一点儿，告诉她医院让给钱别给，因为给也不够，把家里带的钱藏好了，不管医院还是撞人的或者警察来了，不知道的就不说，实在不行的时候就哭。

他们再回到病床前时，香俏爸已把碗里的馍吃完，咸菜还剩一些。香俏的爸爸说还是家里的饭香，还想再吃一个。香俏想起来还带了鸡，把盛了水的缸子递给爸爸，又去袋子里摸出那包鸡肉，扯下一个鸡腿放在小盘子里。

"给你建民叔也扯个鸡腿吃，吃了再走。"

"不了，已经耽误了几天，我得赶快回工地，明天要是来不了我就后天来。香俏，把你爸照顾好，门外面那椅子可以睡，床下面有薄的单子，医院里比咱农村暖和，不太冷，你靠着你爸床睡也可以。"香俏陪着建民叔走出摆着各种床的病区，走到电梯跟前，建民叔又告诉她上下楼就坐这个，走楼梯比较累，解释了两个按钮，下楼的时候按朝下的箭头，上楼的时候按向上的箭头，去几楼就按电梯里的数字。

香俏回到病床前,爸爸把鸡腿塞到她嘴边让她咬一口,她一点儿胃口都没有。

香俏正和爸爸拉着家常,护士来了。香俏也是第一次看到这样的仪器,一块布缠在胳膊上,一根管子一头连着这块布,一头连着一个长方形的铁盒子,护士小姐的手对着一个圆球一下下地摁着,绑着胳膊的布就鼓了起来,一会儿又把气都放了……她有点想问这是什么,但是并不敢开口说话,就只能呆呆地站在一边,小心地看着护士操作完一切,接着在床头绑着的一沓纸上写下一些东西。

"你女儿?"

"是的,我家大闺女。"

"长得挺漂亮。"

"谢谢谢谢谢谢。"

"扶你爸上厕所的时候要小心,到门口的时候喊一声,如果里面没人再扶着你爸进去。"

"谢……谢!"香俏突然发现护士是在和她说话,急忙点着头道谢。她不知道怎么称呼,是叫护士,还是叫阿姨或者姐姐。她看到护士的眼睛很黑,睫毛那么长而且翘,眼睛上还有淡淡的紫色,嘴唇上的口红也好看。

到了晚上九点半护士就请家属离开病房了,一个床位只允许留一个陪护。香俏的爸爸主要是腿不方便,晚上并不用一直陪着。香俏取出一个被单,安顿了一下爸爸就到病区外面。那里有四排椅子,第一排和最后一排的椅子是可以横着躺在上面的,只是能躺着的已经有人占了位置。香俏在最边上的座位坐下来。医院里很暖和，不用被单也可以，她就干脆把被单叠成方块放在腿上。

一天就这么快地过去了。她静静地坐在病区外楼道的椅子上，却一点儿睡意也没有。

三

王缜第一眼看到香俏，觉得香俏好像是认识多年的小优。扎着干净的马尾辫，脸蛋小小的没有一点儿多余的肉，眼睛瞪得大大的，好像第一次看到这个世界，不怎么笑，整个身体散发着陌生和距离的气息，不主动走近你，你也轻易不敢靠近过去。出于职业的原因，他没有和香俏打招呼。虽然他差一点儿就要走过去问她。回到办公室，半杯茶都喝了下去，脑中还是"小优"的模样。

他再次走进病区时，"小优"就在病房外过道上坐着。她捧着饭缸，一口口地喝着里面的水，随着头的抖动，王缜看到马尾辫儿一下下地晃动。她的辫子不粗，越往下越稀疏，那么一小撮儿的头发一抖一抖的就像在他的皮肤上扫动，随着"小优"喝东西的节奏，王缜觉得自己也咽下去了好几回口水。他知道这个小姑娘不可能是小优。小优的爸妈都是教师，病床上的这个男人他是知道的，外来农民工出了车祸，交警来了好多次，一直扯不清楚责任人，撞人的那家也就是送人来的时候交了一次钱，现在还差的费用也不愿意再交。

王缜回到办公室，不由自主地打开了很久都没有打开过的抽屉，翻出来一个信封，信封里有一张照片。

照片里的小女孩扎着马尾辫，穿着校服，个子挺高，手，松松垮垮地装在衣服里。书包袋子是黑色的，勒在肩膀那里，锁骨很明显地立在脸蛋下面。可能是职业病，王缜看着她的那两根骨头，越看越心疼，每次都要嘱咐她多吃点儿饭。这么看着，他估摸小优应该比刚才那个姑娘要大一些。他收起照片，锁好了柜子，准备忙完工作就回家去。

最近王缜的爱人带着孩子旅游去了，家里只有他，他也就尽量晚点儿回去。看了看表已经快十点了，脱了白色的褂子，取出大衣，锁了门，快走到电梯前的时候他习惯性地看了一眼休息区，早已经习惯有家属在那里睡觉了。不料刚刚从他脑中赶走的那张脸却出现在面前。

她的头发松散开来，身子半斜着靠在椅背上，脖子支撑着脑袋直直的，没有要睡觉的意思。侧面看起来脸部到脖子的弧度很漂亮，本来就瘦，又是高个子，锁骨就像是刻意镶嵌进去的。王缜神使鬼差似的，朝她走了过去。

"来照顾你爸爸的？"

"嗯！"香俏抬起头看着这个和她说话的男人，有点儿眼熟。

"晚上就这么坐一夜呀？"

"嗯！"

"那挺累的。你……挺孝顺。"

"嗯！"她突然想到他穿白大褂时的模样，更不敢多说话，也不知道说什么。这时候肚子突然叫了起来。

"没吃晚饭？"

"嗯。"

王缜突然很高兴，那种高兴是很久没有过的。

"我也没吃饭，一起去吃点？"他说出这句话，感觉面前的"小优"瞳孔都放大了，手把头发拽了几下，顺便勾到耳朵后面。

"我是你爸的医生，叫我王医生。"

"嗯！"香俏说完这个字，过了几秒钟才反应过来，一下就站了起来。腿上的被单也就滑落在地上了，王缜弯下腰去帮她捡，她赶紧也弯下腰，两个人都伸出手去够，手碰到一起，两人就本能地抬头看对方，靠得那么近，医院白色的灯光下面，他看到"小优"头发挂在耳朵那一边，夹在耳朵和脸蛋之间有一层细细小小的绒毛。

"我帮你把毯子放我办公室，你等我一下，省得你回去放毯子吵醒你爸爸。"

这一次香俏没有回答"嗯"，她就站在那里，脑袋上下用力地晃动了好多下。她跟着王医生穿过医院的大厅，那么多的屋子，那么高的屋顶，那么白的墙，还有那么亮的灯光。他们走出医院的大门，一阵风就呼呼地吹来。

"你披上吧。"王缜把衣服给香俏搭在肩膀上。

"以后进屋子要脱外套，室内比较暖和，这样出来就不会感冒。"王缜说着把"小优"肩上的衣服用力地拉了拉。在夜色里，他更觉得香俏和小优像极了。两个人对视了一眼，他觉得自己多年都没有如此地心跳加速过。

香俏就这么跟着王缜走，目光跟着他的身体又不敢多看，脚步跟着他的步伐又害怕超过了他。

香俏人生第一次进了西餐厅。这么晚了餐厅里的灯火居然比医

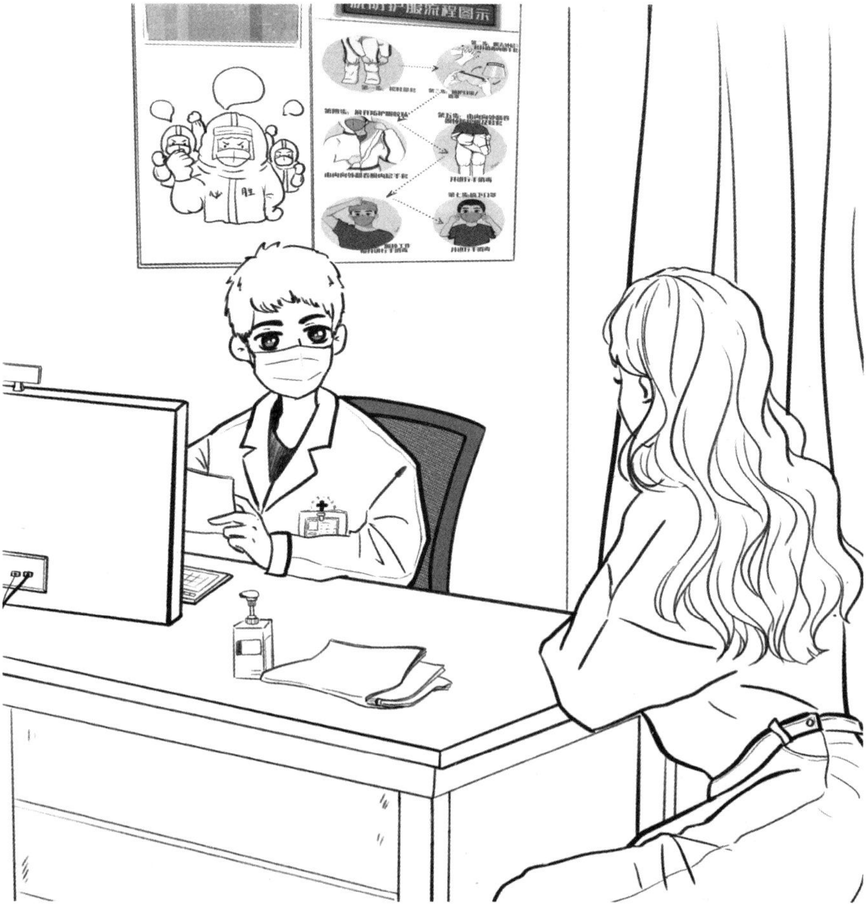

院还要明亮，人一点儿也不少，她坐在一张桌子前，时不时地朝着王缜的背影看，又立刻低下头来。香俏是第一次用手拿着一个好像馒头的东西吃，味道是淡淡的甜味，里面的肉又脆又香，王缜把饮料杯推到她面前，她学着别人把吸管放在嘴里却迟迟不敢吸。

"你吃不吃薯条？"

"嗯？"她拿着的汉堡举在面前，又是只有一个字。

"我去买，买回来咱俩都去洗手，刚才我居然忘记叫你洗手。"

……他把薯条都倒在托盘的一边，另一边挤了四包番茄酱，他告诉香俏怎么吃，让她学着自己的样子，她看着他的目光好奇又害羞，虽然迟疑着但她还是跟着他那么做了。王缜的内心被眼前这个酷似小优的香俏刺激着，这么多年没有了的激情，这么多年埋藏了的感情，这么多年封存了的记忆，在这一时刻似乎要爆发了。

王缜从来没有见过小优本人。他还在读医学院的时候，学校里面的女孩特别地少，那时候在杂志上刊登座右铭，然后附上自己的名字和地址，如果有人看到觉得好就会给你写信，一来二去就成了笔友。

他和小优就是这样认识的。除了写信，后来有了寻呼机，小优给他留言后他就给她打电话，那些日子是他最美好的时光。

王缜的这个夜晚都恍如梦中，刚刚面对面的"小优"是那么真实，一切和他想的一样：虽然在电话里她有说不完的话，但是见面了，她只剩下害羞了。唯一不同的，是"小优"爱笑。他想到当年买两个馒头就着榨菜，喝几口冷水就是一顿饭，省下钱来都打电话给小优；想起自己接到寻呼机的呼叫，为了第一时间就能去电话亭，专门买了二手自行车；想起收到了小优的照片，拿着信在阳光下看，里面的人形就透过信封衬托出来，他还能记得自己那一刻的激动，久久地对着阳光看着那封没有拆开的信，居然就是不敢打开……

"那个姑娘不是小优！"这个想法一次次地袭来，压得他起不来。这些年忘记了的事情就这么一下子涌来了。昨晚的美好感觉全部转换成反面，他不想去单位，他是如此害怕见到那个姑娘，他知道那不是小优，并且明白自己早已失去了小优。等他起来准备喝水，情绪影响了身体，他的胃病开始犯了。

"要是小芹在，还会有碗热的稀饭喝。"他这么想着，胃更疼了。环顾屋子，这周没人打扫，已经蒙了一层灰。对于爱人的想念也浮上心头，但是明明又在想念小优……

吃了胃药又在医院门口买了包苏打饼干，今天还有好几台手术要做。

四

"好点儿了吧？家里人来了？"

"我家大闺女来了。"

"再过几天就能出院了，为你这案子我也是费了劲了。"

"赔偿的事？"

"你自己不遵守交规，弄得我们……"他刚说到这里，香俏端着饭缸走了过来，看见有人步子就慢下来，眼神也飘忽地朝两边散去。修长的脖子、修长的手指,他脑海里闪出"亭亭玉立"这个词。

"香俏,过来叫叔叔。"

"叫什么叔,叫大哥就行。"

香俏慢慢走过来,目光看向这个男人。她也觉得应该叫他叔叔,穿着制服的人她觉得都是大人,所以就应该叫叔叔。

"这是我大闺女,19岁。"

"你那个老乡呢?你闺女能处理得了吗?"

"她跟着跑跑腿没问题。"

"叫我李哥吧,你爸爸这案子,以后去局里签字问话你就跟着我。"

"让您费心了,费心了。"

"可不是,为你爸这事我都跑了无数次。"

"我们都是农村人,出来打工不容易,您是公安领导,全都靠你了。"香俏的爸爸一直说着好话,半躺在床上的身体也随着语气鞠躬,香俏更是不敢说话了,眼神也不敢看这个爸爸嘴里的公安领导,她不知道是该微笑还是面无表情,只觉得心跳得特别快。

……

"你爸的事情别担心,哥肯定给你办好。"

"嗯。"

"饿不饿?"他问香俏话的时候,总是会去看她,目光里有一股东西,像是要看透她,这让香俏害怕。从来没有男人这么看着她,这让她不敢回答。

"哥带你去买件新衣服吧,给你买件新毛衣,一穿就和城里姑娘一样。哈哈,不对,比城里姑娘漂亮。"

她想问不是要去公安局办理她爸赔偿的手续,但是又不敢多问。爸爸让香俏跟着这"李哥",走时又特意嘱咐了几句,让她一定要"有眼色",赔偿的问题就靠这个人了。这会儿她小心翼翼地想着爸爸的话,想着爸爸的处境,想着出门前妈妈的眼泪和嘱咐……

香俏跟着"李哥"坐电梯直接到负一层,这一层都是汽车,灯光很暗,除了车还有垃圾堆,一下子到了另一个世界。她跟着他走,走过一排排车,都是从未见过的景象,香俏不敢好奇,紧跟着。最终停在一辆汽车前面,她记得是一辆银色的汽车,上面蒙了灰尘,让银色看起来并不闪亮。李哥自己开了一边的车门,香俏站在那不知道要干吗,他就下车,从车的前面绕了过来。

"咋不上车?"

"我?"

"这么就打开了,你来用力。好了吧。"他拉起她的手,塞到一个银色的扶手里,然后用力地摁,车门就打开了。

"在家不干农活吧?手还挺嫩的。"

"嗯。上学。"

"来,咱们把安全带系上。"他说着,身体全部倾斜过来,呼吸一下下地都打在香俏的脸上,但是很快,一根带子就从右肩膀一直到左边的腰部,她就被固定住了。接着他还说了什么,但是香俏没有听到。也许是因为刚才靠得太近,也许是因为车子发动的声音吓了她一跳。

车子在路上穿来穿去,香俏在他的介绍和问话中慢慢地没有那么拘束和害怕，她知道了他有一个女儿，知道他的工作是站在马路上指挥交通，还知道他是读过大学的，这让香俏的心里一下子对"李哥"崇拜和羡慕起来。一路上她的注意力都在听他讲话上，初次坐车时候的那种眩晕呕吐都没有了。

车还是停在地下室。城市里好像只有大楼，每个大楼里都有地下室，然后都要有车停进去坐着电梯才能上来。

他们直接到三楼。出了电梯，眼前一片金碧辉煌，一个个的小店铺，屋子的顶都特别高，很多的灯泡，还有一些好像是宫殿里的水晶。她觉得刚刚放松下来的情绪又提了起来，她看着周围的人，看着自己穿的小花裤子和棉袄，有点想把这些都藏起来。

"哥带你买件新衣服。"李哥说着就拉着香俏的胳膊。一排排的店是分开的又是连着的，里面全部都是各种各样的毛衣，她知道这种衣服。

"给我看看有没有适合我妹子的。"李哥对着一个和香俏妈妈年龄差不多的女人说着。

"这里的款式都太老气了，你应该带你妹去负一层，那里都是小姑娘穿的。"服务员说这话的时候上下打量香俏，香俏不好意思极了，只好把目光躲闪到一边，刚好看到了一件红色的，有高高的领子，上面有很多闪亮的像钻石，她忍不住多看了几眼，然后就被李哥拽着又去坐电梯了。

"忘了，姑娘家衣服在楼下，这里你嫂子来买得多。"他们说着走着，这会儿坐的电梯就好像楼梯一样，她开始有点不敢踩上去，因为一直移动，李哥让她不要去踩黄线，站在黄线的中间。他们一前一后地站在电梯上，香俏犹豫了一下还是抓住了他的胳膊，旁边的黑色扶手也是移动的,这让她有点不敢去抓。

她僵硬地站在电梯上,跟着电梯向下走去,坐了三个这样的电梯,他们才到了那个"给小姑娘买衣服的地方"。直接走进正对着电梯的一间,李哥说的话还是那句,让服务员帮着她看什么适合。

服务员是个挺年轻的姑娘,穿着白色的衬衣和红色格子的裙子,黑色的袜子下面有一双红色的皮鞋,嘴巴涂得红红的,和电视里的人一样。接着又来了两个女孩,年龄差不多,穿的衣服也一样,鞋子是黑色的,有一个头发很长很卷,眼皮上面涂得亮晶晶的。她们就拿来好几件衣服,有一条红色的裙子,上面还有黑色的花朵,还有黑色毛衣和短裙子。

"我看那个模特穿的粉色毛衣适合我妹。"

"哥你眼光真好,广告款,宋慧乔穿的。"

香俏接过那件毛衣,跟着服务员去了一个小门,打开门里面四四方方的,有一个小的座椅。

"美女,你试试看,给你拿的中号,看你个子高,不合适了叫我。"香俏拿着毛衣站进去,里面有一面落地镜,她第一次见这么大的镜子,上上下下地看自己,看得自己都不好意思了。她脱了棉袄,把里面一层层的衣服都脱了,拿着毛衣摸了一遍又一遍不敢穿,想起刚才模特好像就这么穿了一件毛衣,于是就光着身体套上,摸起来绒绒软软的毛衣,穿在身上有点扎。她脱下毛衣,穿上了自己的两件线衣,又套上毛衣,对着镜子看了好几遍,一时间不知道自己是谁又身处哪里了。忽然想起缝在裤子最里面的钱,这让她紧张了一下,伸手去里面摸钱,都在,缝的口子也没有打开。

"美女好了吗?我进来帮你看看。"

"啊……好。"

"美女好瘦呀，给你拿个小号的就行，你等一下。"

红色皮鞋的服务员帮她把两层衣服去掉，说毛衣里面不用穿那么多，告诉她是有貂绒成分的，非常暖和。等她出来站在李哥面前的时候，她看见他手里拿着一张票递给服务员，嘱咐她们把其他衣服包起来。然后服务员就拿了小剪刀，让她别动，从她背后剪下衣服上的小牌子。

"哥，你看这裙子妹妹穿上也好看。"

"裙子就算了，哥看你这鞋子好看。"

"我们的工鞋，哥你去那边看看，有运动鞋，我们这鞋不舒服。"

李哥从烫了卷发的女孩手里接过袋子，香俏立刻跟上他出去了。

"喜欢不？"

"是不是很贵？"

"哥给你买件毛衣没啥贵不贵的，再去买双鞋子，你要运动鞋还是皮鞋？"

"我……我不要了。"

"还是见外，哥见你就觉得特别亲。哈哈，走，吃饭去。"

"不是……要办手续？"她想叫声哥，但是叫不出口来。

"吃了再弄嘛，有我在，你担心啥。"

这一次车并没有停在地下，而是一个小院子。走进大楼的时候，门是旋转着的，香俏不知道为什么城市里的东西都让人觉得害怕，通过旋转门，里面更豪华，灯光不是亮堂堂的，而是黄灿灿的，脚下面是好多颜色的地毯，踩上去软软的，有点像长了草的田地。

七拐八拐地走就到了吃饭的地方，吃饭的地方很暗，一边一个沙发样的座椅，中间一张桌子。他们各自坐在一边，有年轻的服务员拿着单子来询问。

"哥给你点好不？这里牛排好吃。"香俏听了点点头，虽然她不知道牛排是什么。她看着两个人交谈了一会儿，然后服务员拿着单子就走了。

"以后有什么困难就和我说，一会儿和哥喝一杯，要办的事情不着急，都办好了，看到你第一眼就觉得特别喜欢，有缘分。"

服务员把一瓶酒打开，倒在玻璃瓶子里，玻璃瓶子的下面是透明的圆环，倒进红色的酒后很漂亮，还拿来两个杯子，杯子也是透明的玻璃，有长长的腿。另一个服务员还给他们的桌子上点了一根大蜡烛。她只见过红色的和白色细长的蜡烛，面前的蜡烛是粉红色的。

"干杯，喝了以后这个妹子我就认下了，有什么困难都可以找哥。"他举起倒着红色液体的杯子，香俏赶紧学着他的样子也端起来。玻璃杯子发出清脆的声响，香俏学着一口喝干了杯子里的酒，又酸又涩的味道在口腔里，咽下去后，有一股子劲头冲进鼻子里，眼泪就涌出了眼眶。

"哈哈哈，没喝过吧？开始是觉得不好喝，慢慢你就会喜欢，这是法国的红酒。"香俏不知道法国是哪里，她只尝过爸爸和叔叔喝的白酒，又辣又呛，比起白酒，这个确实要好很多。他们又碰了几次杯，但不是每次都喝干净里面的酒，服务员端来一盘子绿色的菜叶子，没有加热全是生的，还端来一盘肝，李哥告诉她是鹅的肝脏，也是法国进口的。服务员接着端来个黑色的铁盘子，应该很热，上面的肉还随着油在翻腾。这也是她第一次用叉子吃饭，电视里见过，自己从没有用过。李哥让服务员帮他们切成小块，她看见她们左手拿着叉子右手拿着刀子，用叉子按住铁板上的肉，右手很熟练地就把肉切成一块块的。

"好了，一会儿需要什么再叫你们。"李哥对服务员说完，拿起叉子叉了一块，朝香俏伸了过来。

"啊，张嘴，尝一口好吃不。"香俏张开嘴，肉送进了嘴里。从见到这个男人开始，每一件事情都让她那么着急，生怕跟不上节奏做错了事情，吞下的第一口食物也是这样，几乎是硬生生地咽下这块牛肉。

"好吃不？再喝一口酒，这样搭配是绝配。"在李哥的嘱咐下，香俏拿起杯子，一大口酒又咽了下去，刚好帮助把那块肉咽下去。

就这么几杯酒下去，香俏觉得有一股神奇的力量，这力量让她大胆地拿起叉子，把铁板里切好的肉放进嘴里，并且慢慢咽下去。她抬头看着时不时说话的李哥，眼前浮现出王医生的模样，还有王医生请她吃饭的情景。那天的灯光比这里明亮多了，就好像王医生的笑容。

"想什么呢，还是喝酒喝高兴了？"李哥的话把香俏从回忆拉了回来，她看不到自己脸上浮现的笑容。

"酒量还挺好的嘛，好吃不？外国的饭你喜欢吃不？"

"我吃过外国饭。"她的情绪渐渐松弛下来，有了想说话的冲动。

"哪个国家的？"

"薯条。"

"啊哈哈哈，医院旁边吃的吧？那是快餐，咱吃的这种才是真正的好西餐。"

香俏想着，什么时候王医生会和她来吃这种好的西餐呢？她越吃越高兴，还讲了很多话，比如家里的弟弟和自己没有考上学的伤心，她没有发现自己有说话的天赋。一瓶酒很快就喝完了，李哥又要了蛋糕。他给自己要了咖啡，给香俏要了一杯"长岛冰茶"。虽然是冬天，香俏穿着毛衣在这样的屋子里，还有个冒着热气的铁板让她觉得很热。

蛋糕端上来了。放在她面前的是长方形的粉红色，上面还放着草莓，旁边还有一个只有两个刺的小叉子。李哥的是一块黑色的，不如她的好看。李哥告诉她给她要的是草莓奶油蛋糕，小姑娘都比较喜欢，让香俏先尝尝他的巧克力的。她还尝了一口咖啡，只觉得热和苦，没有其他感觉。等她的"长岛冰茶"上来，圆柱形的玻璃杯里好几种颜色，一根粉色的吸管，旁边还有一个粉色的透明桃心的棒棒。她拿着吸管一口气喝了半杯，特别热的身体稍稍有了缓解。这么好喝又好看的东西这是她有生以来第一次喝到，很快就喝完了一杯。等到第二杯还没有上来的时候，她就觉得有点晕，浑身软，脸上好像发烧了一样。

她后来记不得自己究竟喝了几杯，只觉得自己身体好软，腿累得没有力气，连坐在沙发上都觉得很困难，她就努力使劲，努力地喝冰水……

"哥带你睡会儿吧，看你难受的。"她感觉有人在自己耳边说话，她听得很清楚，她想回答，可是说话的力气都没有。有一段时间，她知道自己一个人靠着沙发，她也不知道李哥去了哪儿，她就是难受，除了发烧无力，几次她想找人来问问他去哪儿了，可是一用力一想说话她就想呕吐。

五

她恍恍惚惚地睁不开眼睛,也不想睁开眼睛,她听到有人走近了自己,觉得是李哥,又觉得不是。

当她靠在墙角缓缓醒来的时候,她看清楚了那个男人,刚刚还坐在饭桌前的一切就在眼前但又变得遥远起来。她想说话,说不出来什么,她听到很近很近的水流声音,还没弄清楚是什么,就觉得有温热的水从自己的头上一直淋了下来,水流哗啦哗啦流得满脸都是,无法睁开眼睛,她就干脆闭得紧紧的,不一会儿浑身都湿漉漉的,那种温热舒服的状态就没有了,因为贴着身体随着一股股的水让她觉得不舒服,她拿手去抹脸上的水珠,随着一阵阵的热气,她更是连抬手擦脸的力气都没有。

"醒了吗?你喝多了,哥给你洗个澡。"她听到他说,然后她感觉到一双手在她的身上开始动作。他的动作很快,等她感觉衣服被脱了的时候,她的两条腿已经光溜溜的了,她看着自己赤裸裸的两条腿,这时候她想到自己的内裤里面还缝着的钱,浑身没有力气的她努力地想要起来去找内裤,但是一个男人的手一把就摁住了她,然后她感觉上身的衣服像被扒了皮一样被拽下来,头发遮住了她的视线。接着又有水柱冲了过来,她感觉一只冷冷的手在身上来回地游动,手上沾着湿湿滑滑的东西,她使劲地抬起一只胳膊,把沾在脸上的头发拨开,她看到自己身上满是白色的泡沫,一只手来回地在她身上搓动着。

她顺着手看到李哥的模样，吓了一跳，刚刚还在找装着钱的内裤的心情一下就没了。她叫着："啊……啊……干吗……"身体想往后缩。

"哥给你洗洗，你刚吐了，别动，要不你自己难受。"李哥的话并不能安慰香俏，她的眼睛里全是自己满是泡沫的身体，光溜溜得刺眼。那只手在身上来回地揉搓，她觉得自己像一条鱼，被一点点地刮掉鳞片。她在恍惚中很快清醒过来，她意识到此时此刻的自己没有衣服……

"哥……"香俏特别地害怕，这个她叫不出来的字眼终于就叫了出来。"让我走吧……我好了……哥……让我走吧。"她的话都淹没在水流里，李哥就好像没有听到似的。恐慌中她还是站了起来，可是她不敢跑，她想找个东西遮住自己的身体，又突然想着还要找到缝着钱的内裤。

"你着急啥，泡沫冲干净啊，刚还吐了，都走不了，把你抬过来的，你别摔了。"虽然李哥这样说，她还是很害怕，她很想走，又不敢跑，更担心那包钱……

水冲得越来越急，越来越近，终于停了。李哥拿起一个白色的大毛巾，一把包住了她的身体，遮挡住身体让她稍稍放松了一些，可是一整套的深呼吸还没有做完的工夫，她的身体就被抱离了地面，头被倒着甩在李哥肩膀的后面。

"啊……啊……不要……"她叫着，其实她已经开始有了力气，被扛在肩上的她却不敢太过用力，她喊的声音也越来越小。

"妹子你乖点，你把哥都折腾死了。"

"啊……放我下来。"

"这不就放你下来了,以后咱俩关系就更亲密了。"

"啊……哥……不要……不要过来……"

"哈哈,别害羞,以后你要啥哥都帮你。"刚刚被扔在床上的香俏抓住了枕头,抱在自己身体前面。

"你刚把哥折腾得,现在乖点,你爸的啥事情以后都是我的事情了。"香俏被李哥压在床上,香俏感觉身体上的李哥是那么重,让她不能动弹一点儿,身下的床怎么那么柔软,好像要把她陷进深渊一般。房间地上暗红色柔软的地毯,屋顶上镶嵌着一排排的灯发出明亮但柔软的光,让屋子里充满了软绵绵的气氛。有这样的两个人,正在这样的气氛里,一个人在用尽力气想压住一个人,另一个想用尽力气抵抗,而抵抗只能是软绵绵的。

她终于没有力气了,只能闭着眼睛。其实什么也看不到,床单上的白色被她湿漉漉的头发弄得乱七八糟,当然还有随着她身体扭曲的动作后留下的横七竖八的褶皱。等到一切都结束了,湿漉漉的痕迹还有身体和被子的褶皱也都会消失掉,从她身体里流下的其他痕迹可能会让李哥交上一些钱作为清洗费。最终,这里还是干干净净的,什么都没有发生过一样。

六

王缜的每天都过得很快,今天也不例外,只要有手术,时针就变成了分针。中间休息的时候他让护士直接给他买了饭送到办公室,他不想见到那个姑娘,可是去上厕所的时候,还是朝着休息区的椅子望了又望，就算不是同一个楼层的，还是要多留心几眼。等到手术都做完了，他在办公室整理的时候，心慌得更加厉害了。他开始想她，想她昨天是否休息好了，想她今天都做了什么，想她有没有吃饱吃好。

"感觉怎么样了？"

"王大夫，好多了，你说我这骨头什么时候能长好？"

"快了，你家闺女不是来了，人呢？"

"她去交警队了，可怜我们这些农村人，看我们老实，一直也不赔医疗费。"

"哦！自己下床小心。"王缜说完回到办公室，感觉失望极了。他整理病历，精力怎么都集中不了。

下班之前又装模作样地去病房转了一圈，他的"小优"还没有回来。天黑了，走出电梯的时候心跳都加快了。他觉得打开电梯门转一下弯好像就能见到她。和昨天一样，她会松散着头发，安静地坐在休息区的椅子上。已经快要四十岁的人，王缜却紧张得好像青春期的少年，脑子里空白到不知道要对她说什么。

然而休息区并没有她的身影。病房区的玻璃门已经锁上了。

……又是难熬的一夜，他躺在床上，刚刚为了见到"小优"，他换了白大褂，找了个病历假装去询问，病区里大部分人都睡了，"小优"的爸爸也没有见到"小优"的身影……

王缜再见到"小优"的时候是她在水房拿着饭缸接水，这次她的马尾辫并没有绑在头顶，就在脖子后面。她也没有穿外套，里面的衣服换了一件毛衣，贴身的款式下显得更消瘦，侧面的角度鼻子和胸部的线条更好看了。

"去把你爸的病历和治疗卡拿来。"

"啊！"她轻轻地叫了起来，正在接水的手抖了一下，王缜立刻冲过去把她的手推到一边，热水就淋到了自己的手上，立刻就红了。

"……王大夫，你没事吧？"她惊慌地看着他。

"快点儿整理拿来，我在外面等你。"他说着就转身走了。这么近距离地说话，他听到整间水房里都是他心跳的声音。他先找护士用冰敷了一下，没有起泡，就是有点蛰疼，抹了一些药膏。等他去病区门口的时候，"小优"已经站在那里了。这么熟悉的医院，他觉得好像多年前幻想的事情发生在眼前了，穿过一道门，或者透过玻璃窗，小优就会突然地出现在眼前。

"你的手可以抹点香油。"她说话的时候只要目光交汇，就会立刻躲闪。王缜听到她的关心，也许只是错觉，他觉得"小优"的脸上印上了一层晚霞般的红色。

"没事，病历和治疗卡给我。"

"没有病历，有这个卡，还有这些……票。"

王缜做了这么多年来第一次做的事情，一件在上学时候和小优讨论过的事情：遇到了特别可怜但是没钱看病的病人，他会不会用自己的钱给病人看病。他记得他说肯定不会这么做，因为他没有那么多的钱。但是小优坚持让他一定要做好医生，要有怜悯之心，说到激烈的时候，小优的语气坚定得像是在开辩论赛。

香俏跟着王缜在医院里上上下下地穿梭着，医院对于王缜来说太熟悉了，对于香俏就如同迷宫一般，她不知道王医生在干吗，她也不敢多问。

"你爸的住院费我都帮你垫付了，再过几天就可以出院回去休养，这样你也不用每天在板凳上睡觉了。"

"这……警察……警察大哥说可以赔偿。"

"赔偿了再说，到时候还我也行，或者不还也行。"

"我咋给我爸说呢？"香俏看着王医生，她有话想说，可是张不开口，她的牙齿咬着嘴唇，两手拽着毛衣。

这是她人生穿的第一件毛衣。进城后的每一件事情都让她欣喜中带着害怕，激动里带着疑问。

王医生盯着她，看到她紧绷的身体耸起的肩膀，粉红色毛衣显得她皮肤有些黑，她的手还用力地扯着自己的毛衣。

"你紧张干吗，我去说。"王缜说着，他的手伸过去拉了一下她拽着毛衣的手，她的手很凉，但王缜感觉自己的皮肤像是被火烫到了一样。

七

这一天他不安的心总算平静了下来，他很想打电话给小优，告诉她：自己帮助了一个病人，他还是愿意遂着小优心愿的。

王缜还是不想回家，他还在期待着走的时候可以哪怕只是看一眼"小优"。只是因为帮他付了费用又不好意思去找她。他有点饿，但还是在等着病房关灯后，她大概就会坐在休息区了。这么想着令他几分钟就会朝着表看一眼。

"谁？"

"王……王大夫。"他站起来开门,王缜并没有想到打开门后看到的居然是"小优"。这一次她的马尾辫扎得整整齐齐的,几乎没有任何盖住脸的碎头发,袖子在胳膊上被卷起了几层,露出一小圈的胳膊,左边的胳膊上套着一个彩色的绳子,绳子很细很细。白色的灯光下,嘴边有一圈细细的汗毛,她的头微微低下朝着左边,也能看到右边的脸上也有一层细细小小的汗毛。

"年轻真好。"王缜很小声地嘟囔了一声。

"我……可以进来吗?"

"哦,请进请进。"王缜伸手拉了一下她,刚好拉住他红绳子的那一段胳膊,这次不是冰冷的。他把她拉了进来,自然地关了门。

办公室没有沙发,只有一个可以检查身体的病床,这里并不是门诊,所以基本都是他用来休息的。他帮她拉了一把椅子。

"坐,来,喝水吗?有茶叶。"他边说边转身去找杯子,取出纸杯,找茶叶。

"红茶还是绿茶?"拿着纸杯转身问"小优",她的身子只坐了椅子的三分之一,挺得直直的。

"给你红茶吧,绿茶凉。"他找出红茶盒子,给纸杯里倒出一些,拿起水壶,把倒好的茶杯放在她面前的办公桌子上。

"小心烫。"

"我……我爸让我来谢谢你。"

"哦,你爸让你来谢谢我?怎么谢?"

"我……"香俏一下子就站了起来。王缜本来下意识地想要伸手拉住她,把她摁在椅子让她好好坐着,但他眼睁睁地看着那个喜欢的姑娘,她的脸上非常明显地一下子全红了,头发扎得一丝不苟，耳朵也看得真切，像个西红柿。这样的情况下，王缜的一句玩笑倒让她不安起来。

"坐坐，我开玩笑呢，以后再也不开玩笑了。"他故意放出几声笑，想让"小优"放松下来。他的笑声还没有在屋子里安放好，"小优"的脸突然凑了过来。

王缜的脸被烫了一下。他忽然想到水房里淋在手上的热水。他还没来得及明白她亲了自己脸上的哪一块皮肤，整个脑子里都是开水淋在胳膊上的画面。这让他有点不敢看"小优"的脸。

"我爱一个人有错吗？爱是错吗？"这是小优在电话里几乎要失控的话。那时候他知道小优说的那个"一个人"就是自己，但是他却没有勇气。现实的状态下和幻想的世界里，他知道自己必须要脚踏实地地走在自己该走的路上。于是，他就有了现在的妻子，有了永远看不完的病人，有了现在越来越多人的尊敬。

"小优"整张脸上都是泪水，不是一颗颗的，而是一串串的，顺着脸颊流到下巴，滑进脖子里。

那时候，电话那头的小优是不是也是一边说话一边这么落泪，哗啦啦啦的泪水洗刷了脸，得不到他的任何回应，泪水最终滑进脖子里流进心里，把爱的小苗全部淹死。

王缜慢慢地走近她，他用左手的大拇指帮她抹掉右脸上的泪水，又用右手的大拇指去擦左边的，两只手其余四个指头刚好捧住她的脸蛋。

"湿漉漉的一张小脸。"王缜对着她说。她的泪水更多了。

"别哭了，和你开玩笑呢。感谢什么呢，快别哭了，我又没欺负你。"他说着笑着，但是他越笑心里越难受，这么清秀干净的脸，泪水应该已经遮盖了她的视线了。王缜终于没有忍住，他也不知道是怎么发生的，他就这么捧着一张脸，把它捧到自己的嘴边，他的嘴里全是咸咸的味道，他想把捧着的这张脸全部吸进自己的身体里，他感受到她的配合，但是又完全不在一个音调上，他是如何地深情，她却是一张紧紧闭着打不开的嘴巴。

王缜稍稍冷静下来，捧着脸的两只手换到她瘦弱的胳膊上，她的个子真高，两人几乎是平视着。

虽然渴望，但是他更疼惜她，他小心翼翼地吻她。刚刚吻干的泪又簌簌地挂满了整张脸，这一次她的泪开始有了声音，先是感觉到他双手捧着的"小优"身体的抖动，接着他的目光里，那张动人的小脸蛋一会儿摇头一会儿点头，嘴里好像要说什么，但也只有断断续续的"我……我……"

他的右手朝着她的身体后背伸过去，身体随着胳膊的活动，稍稍地向后退去，左手和右手都向下滑，这样的瞬间，他似乎吻了一下她的耳朵，他忽然用尽全力一把抱起了"小优"朝着病床走去。屋子里静悄悄的，没有任何声音，原本他想对着她说："别害怕，我会对你好的。"但声音却全部掩埋在这样的安静里……

爱本来是一件很纯粹的事情吧，欲望也许比爱还要纯粹。

王缜抱着她，他看着这个眼睛紧闭的姑娘，更加觉得这是在做梦。她的头发覆盖在白色的单子上，突然显得多起来，他用手轻轻地把它们整理在一起，露出她的脸蛋。

脱了她的毛衣，身上是一件洗得有了小洞的灰色秋衣，他的动作更轻了。把这件衣服也脱了，因为渴望，他急促的动作中连着她里面的小背心一起脱了下来。

王缜却有了第一次上手术的那种兴奋和紧张。"小优"躺在那里，瘦到是他熟悉的一副人体骨骼图，裸露的上半身瘦到连腰翘都没有，还有她好像少女的胸部。王缜都不知道自己的呼吸有多急促，他伸手去解她裤子上的扣子，去拉拉链，碰到了什么东西，再看是一条自己记忆里妈妈穿的那种高腰花短裤，只不过上面缝着一个蓝色布料的小兜兜。

他知道里面是钱。

心疼交织着欲望，他有点害怕，或者"害怕"这个词语并不贴切。

"你愿意吗？"他知道这样的时候问出这样的话，很不合适，而这样的话还是就这么飘了出来。躺在那里的半裸着的香俏就这么缓缓地睁开了眼睛，两个人就这么对视着，王缜有一种要被这样目光吸进去的感觉，这么清澈，有一刻，他几乎忘记自己要做的事情。

香俏是愿意的，她去找王缜的时候就是愿意的，可是一切和她想的差别太大了，当她望着王缜的时候，她如果不立刻迎上去，有一些画面就会立刻涌现，她害怕原本心甘情愿的事情变成另一个模样。

……

八

王缜下班后第一件事情就是去他亲手布置的小屋。进到小屋后的第一件事情就是无论"小优"在做什么，都要拉住她的手，就这么好好地看看她。看着看着，她就不好意思起来，虽然她并不挣脱，她的头就微微地向下低，对着他就是一个微笑，他常常就控制不住地一把抱住她，她全是骨头的身体就拥在他怀里，让他心疼。

王缜好像找到了多年前梦寐以求的生活。屋子是他亲自去挑了租下来的，家具都是现成的，生活用品这些自己从来没有买过的东西，现在也推着超市的购物车，一车车为她准备好。

牙刷、杯子、毛巾、浴巾就连睡衣拖鞋都要精挑细配，"小优"喜欢粉色，他就给自己搭配蓝色的，如果没有同款的蓝色、绿色、黄色什么都可以，只要能搭配成"情侣款"。床单也挑少女系类的，被子不能在超市凑合买。当他一件件地完成所有能想到的这些家常事务，连他自己都不相信。这些年，王缜都是工作工作工作，就连吃饭都经常忘记，一门心思就是干好工作，从来没有享受过这种日常却琐碎的生活。每次回到这个小屋子，弥漫的都是自己的心思，怀抱着她，就是怀抱着自己的遗憾。

"为什么？为什么？你能不能告诉我？为什么只能去爱别人？我爱一个人有错吗？爱是……"这么多年的梦里抑或一个人独处的时候，他都能恍惚地听到她的话，他拿着镶嵌在水泥墙上的电话听筒，好像罚站的孩子，他听到小优的声音从那边传来，一句一字冷静清晰的声音渐渐变成哭腔直到完全被哭声淹没……那是他第一次听到小优的哭声，也是最后一次。

他也不是不爱他的妻子小芹。他还在大四教学实习的时候和朋友吃饭，小芹就是朋友的朋友。他只记得当年的小芹有一双特别修长的手，和她矮小的身材很不相称，其余的就什么都不记得了。之后的某一天，小芹来找他。护士报给他一个名字的时候，他疑惑地觉得从未认识这样的一个人。小芹刚剪了短的头发，穿了一条连衣裙，背着一个特别大的黑色皮包。那个皮包里放着她自己做的咸菜和红烧肉，还有很多塑料包装的牛奶。

两个人面对面的时候，小芹是这么说的："我从小就很崇拜医生，你是学医的，也算是我认识的第一个医生朋友，那天认识你很高兴。"王缜，隔三岔五的就有红烧肉吃，早上的时候还能喝一包牛奶……吃着吃着他们就在电影院里拉了手，这也是王缜第一次亲吻女人。在他的宿舍里，舍友都不在，两个人拉着的手变成抱在一起，从床边倒在床上。两个人又害怕又激动都是第一次……

王缜人生第一次为了爱情伤感起来就是在自己的第一次后。他躺在床上想起刚刚发生的一切，觉得荒唐又可笑，他想起小优的模样，想起她的声音，想起遥远却就在心里的小优……王缜觉得自己背叛了自己，他的欲望背叛了心，他的眼泪一滴一滴地落在了变成男人的那个夜晚。

他不知道怎么面对爱着的小优，也不知道怎么面对善良的小芹。

很多人生都不是自己选择的。王缜终于下定决心想要和小芹说清楚，而他还没有去找小芹，小芹就来了。她神秘且喜悦的模样王缜记得特别清楚，就像记住自己当时复杂的情绪一样清晰。

"我爸妈同意我们的事情了，而且我爸说他托好关系，你可以去唐城医院上班了，正式编制。"唐城医院，全市最好的医院，他从未敢奢望的医院。

王缜站在水泥墙前面，这里有一排公用电话，成了他记忆里最美好的角落。他听到小优的声音，他觉得自己什么也听不清楚。他告诉小优，他就要成为真正的医生了，那边传来笑声，那笑声里夹杂着一句"好像你以前是冒牌的一样"。王缜更伤心了,他屏住呼吸一字一句地说:"小优,我要结婚了。"

电话两头只剩下安静,安静得两人都能听到彼此掉眼泪的声音。

"那小优要祝福哥哥了!"好像是她先挤出这样的一句话,又是沉默……

"为什么?为什么?你能不能告诉我?为什么你只能去爱别人,为什么我不能爱……"一字一句的话变成断断续续的哭腔,王缜第一次听到小优哭,也是最后一次和她通话。

小优再也没有给他写过一封信。他的寻呼机上再也没有出现过任何关于她的信息……

大学毕业,他去了所有人都羡慕的大医院,然后结婚,有了孩子,他的医术也越来越好,名气也越来越大,他的孩子一天天长大,他心里的那个人渐渐淡化了。

现在一切都不同了,他下班后不再一门心思研究病历,他期待着早早回家,带着喜悦的心情走在路上,走进小区,走上楼梯,走进屋子,他的脑子里都是"小优"。他们一起去超市,下楼梯的时候他都要拉着她的手,出了楼梯他会松开,虽然他一刻也不想松开,他会刻意走在她旁边靠后一些,人少的时候,还是要时不时地碰一下她的胳膊。

本来令他厌烦的闲逛也变得有趣起来,三层的超市也不觉得大和嘈杂,他告诉她货架的位置,带着她去买喜欢吃的食物,告诉她蔬菜、肉这些东西买了该怎么称量,带着她在儿童食品的货架前给她挑选口味……每一件事情都因为一个人而充满了乐趣。

九

"你怎么回来了？不是明早手术？"

"爸爸，你吃饭了吗？"儿子听到爸爸回来小跑着出来了，打开鞋柜取出拖鞋，等王缜脱了鞋袜，他就把鞋子放进鞋柜，再把爸爸的袜子拿起来飞快地扔进洗衣盆里。儿子有时候会说，"今天的袜子好臭"或者"爸爸今天的袜子不臭"。

"明天手术有点问题，取消了。"

"那你也不给家里打个电话，你儿子每天都想和爸爸一起吃饭。"

"剩的我吃几口就行。"

"行什么，本来就有胃病，我给你下面条去，几分钟就好。"小芹说着已经卷了睡衣的袖子，往厨房走去，边走边说："儿子，拿了袜子记着洗手。"

厕所里和厨房同时响起了水流的声音。儿子洗了手拿着试卷就跑了出来。

"爸，你看我考了98，就差一道题，下次我努力考满分。"

"可以了，谁还能不出错。"

"早知道你回来我就不让我妈签字了，我想让爸爸签字。爸，我给你说，我们班上……"小芹的动作特别快，没几分钟面条就下好了，臊子也是新炒的，小芹从来不让他吃剩饭。

"快去做作业，让你爸吃饭，作业做完了再过来和你爸说话。"王缜闻着这面的味道，就觉得饿了。

王缜端着小芹做的面条，热腾腾的雾气里他看着这张熟悉的脸，屋子里的儿子乖乖地做着作业，这个小区里亮着灯的窗户里都有这样的画面吧。

　　"你看出来我烫头发了吗？"

　　"好像乱了一些。"

　　"对了，你多久没给家里钱了？什么情况呀？"

　　"工资不是都给你了？"

　　"最近没有家属感谢你？"

　　"你又不是不知道我本来就不想收。"王缜说这句话的时候不敢看小芹。这些日子他回家越来越少，对儿子和她都很少关心。

　　小芹总有做不完的家务，还要辅导孩子，这些王缜都不用操心，他以前是没时间操心，现在也还是没有。他躺在床上等着小芹忙完哄了孩子过来。

　　在这样的夜晚里，王缜突然感到有愧小芹。

十

　　"这么晚了，医院出事了啊？"

　　"没……挂了，骚扰……骚扰……"电话又响了，王缜干脆关了手机。

　　最近，王缜去香俏住处少了，已经有近一周没有去了，香俏不停地打电话，白天还好，半夜老打让王缜心里很不安，他怕让小芹发现。

第二天上午，王缜把医院的工作简单地交代了一下，谎称胃痛身体特别难受要请半天假休息。他必须去看看香俏，叮咛她一下，他最近忙，妻子在家，以后少打电话给他。

他敲门，香俏问了一句谁的同时就打开了门。她穿了一条短裤和背心，头上还包了毛巾，手里也拿了一块毛巾。

"你回来了？我正收拾屋子呢。"她说着一把就把毛巾从头上拽了下来，头发倾泻下来，她好像很高兴，脸上全是笑意。烫过的头发都是乱蓬蓬的，王缜又想起昨天小芹的模样，他深呼吸了一下，再一次下定决心，他必须对香俏有个交代，他们不能再这样继续下去了。

"我以为你生气……生气不理我了。"她把头上的毛巾搭在椅背上，右手一直把蓬松卷曲的头发往下摁。

窗帘拉开着，当初选的朝阳的，这会儿屋子里明亮极了。这样的时刻，当然应该伸过手揽她入怀，阳光下初夏的早晨，多好的时间。

"你坐下来，我有话和你说。"

"你今天没有上班吗？吃饭了吗？我去超市买……"

"你坐下来吧，我有几句话和你说。"

"哦！"王缜看着她坐下来，她身上的T恤一边的袖子翻了上去，露出整个胳膊，她还是那么瘦，这样的头发和她稚气的脸蛋显得不伦不类。

"咚咚咚……"

"有什么人来？"

"没……有……估计是警察。"

"什么警察?"

"那时候帮我爸处理事故的。"

"他怎么知道你住这儿?"

"我……"

"咚咚咚……王缜,开门吧。"

王缜觉得眼前一下子就黑了又亮了,黑得看不见又亮得看不清。

"找你的?是谁?"

"你一会儿什么都别说,是我老婆。"

小芹进屋子后平静的脸上时不时地抽动。他看见小芹坐下来后,手几次都握住了又松开,又好几次想开口,但是都咽了回去。

"这是……"王缜想打破该死的平静。

"你是小优?"

她不回答,她的头盯了地板,什么话都不说。

"你今年几岁?成年了吗?"

"她……"王缜想说话,他看见小芹的身体在发抖。

"我是王缜的老婆,你有什么想和我说的吗?"王缜看到小芹的身体越抖越厉害,说出这几个字的时候,两只手用力地抓着椅子,木头发出"咯吱咯吱"的声音。他站起来,两只手握住小芹的胳膊,想让她平静下来,小芹却用力地甩了一下胳膊,没有甩掉。

"小芹,你跟我走,我们出去说。"说完这句话,小芹突然站了起来。小芹的个子小,站起来仰着头看着他,她的眼泪就下来了。她伸出手自己在脸上抹起来……

"这是我最后一次来这里,我准备最后一次来的。"

小芹在脸上乱抹的手垂下来:"你对着小优再说一次刚才的话。"

"这是……"

"你看着她说。"两个过了那么多年的人,就这么面对面着。

"可是……我怀孕了。"

"你别胡说,不可能。"

"我就是怀孕了。"

"你疯了吗?"他要给小芹解释,看着小芹的身体像是被抽掉了骨头,向着地板栽下去,来不及扶住她了,王缜于是扑倒在地上,小芹的身体砸在他身上。

他抱起小芹,顾不得自己的膝盖上已经渗出了血,香俏跟过来拉住他的胳膊:"你的腿流血了。"

"松开!"王缜的两只手抱着小芹,不然,他真想打她。

"我和你一起去。"

"你……你这个疯子,别再找我。"

"你……我怀孕了。"香俏的脸上也是泪。王缜想起那天,就是那天,她在他的办公室里,也是这样的脸。王缜不想看她,低头看了一眼昏迷的小芹,发现她的左手指甲上全是血,一定是刚才抓椅子太用力。

他用力把小芹往上抬了抬,抱得很紧了,头也不回地冲了出去。

十一

"哥……李哥……呜呜呜……"

"喂?喂?"

"李哥……李哥……"

"香俏？咋了？遇到啥事了？"

"呜呜……我，我……"

"你等会儿，哥和朋友吃饭，你这是咋咧？"

香俏自己也不明白，她找到公用电话就拨通了李哥的手机。李哥还算义气，一会儿就过来了。

香俏一见李哥就开始哭。

"你哭什么？别哭哭啼啼，慢慢说，咋了？"香俏的眼泪就立刻收住了。香俏用自己能做到的最平和的语气叙述了刚才发生的一切。

"你当着人家老婆说你怀孕了？"

"嗯！"

"我的好妹妹呀。"

"我害怕。"

"你害怕你还那么说？那你怀孕没？"

"我不知道。"

"走走走，咱们出去说话，我带你吃点饭去。"

"我不想吃。"

"那我也不能和你待在这里呀，这要是我媳妇，不把你这里砸个稀巴烂，你也跟着被撕烂了才好。"

"我害怕。"

"赶快先跟哥走，我先下楼，院子门口等你。"

李哥说他喝了酒，没有开车。天已经黑下来，他们上了出租车。

"去哥家，回去慢慢说。吃饭了没？"在后座上，他的手放在她的腿上，轻轻蹭着说。

"没，没吃!"

"晚上住哥那儿，给你下点面条，有啥也别和自己过不去，哭呀哭的还不是自己伤心。"他们下了车，是一个小的农贸市场，李哥买了面条和青菜，还给她称了点核桃酥之类的点心，买了一块卤好的肝。

"一会儿到了门口，走我后面，别太近了，跟上就好。我家没人，但是院子里万一遇到熟人。还有呀，我家有个猫，你不用怕，它估计看到你都吓得不出来。"香俏就在夜色里跟着他一前一后地走，他家的楼道就有门，进去了还有电梯，电梯里只有他们，李哥摁了七层。

门口站着一只猫，一只白色的大猫。她还没来得及多看几眼，猫就转身跑了。李哥家的地板也是乳白色的，在灯光下干净发光。猫咪转身跑得太快，爪子和地板发出摩擦打滑的声音。

"先吃点儿点心，我给白妞和你弄点吃的。"临走进厨房，又说了一句，"哥家就是你家，随便点儿。"

香俏的脚塞在一双很小的拖鞋里，脚后跟挨着地板凉凉的。电视机闪着光发着声音，电视机旁立着一张穿着白色裙子的女人的照片，远远看起来，好像是明星。沙发很大，她只坐了一点儿，她把身体试着稍稍往后靠，感觉整个人都要陷进去。窗帘是拉着的，不是从前见到的一个布帘子，布帘子上套着小的布帘子，布料的边上还有一圈小的花边。她静静地看着，目光落到了猫咪的身上，它就站在里屋的门口，一动不动地看着她。

从来没有被一只猫这样看着，她赶紧转移了目光看着电视机，也不敢多看一眼屋子里的模样。

香俏在吃面条的时候,她听到了猫咪轻轻的叫声,让她想起村里一年有,另一年又没有的猫叫。那声音在夜里"嗷嗷嗷……"地听着瘆人。这只白猫的叫声也瘆人,软绵绵、甜腻腻的,像是女人捏着嗓子发出来的。

"哥下的面条好吃不?"

"嗯!"

"我去取个换洗的内裤。"

香俏一直想不明白为什么城市里的人都那么爱洗澡,做爱前要洗澡,做爱后要洗澡;出汗了要洗澡,睡觉前也要洗澡。王大夫常常早晨出门前也是要先洗澡。

李哥带她睡觉的床都特别柔软也特别大,她穿着他给她的T恤躺在床上,衣服的布料绵绵滑滑的,特别舒服。她的头顶挂着很大的镶嵌在白色金边相框里的照片,里面的李哥手里拉着那个穿白裙子的女人,她猜想这个就是结婚照。她的脑中好像闪现了什么别的图像,李哥的模样变成了王大夫,她立刻深呼吸了一下,不敢去想。卧室里的灯也是白色的,家具也是白色的,还是那么明亮,这一次她没有喝酒,刚刚的画面在脑海里却让她有点眩晕。

"今天的事不用怕,以后有哥呢?"

"我,我,"她的话没有说出来,李哥就已经跳上了床,她的嘴巴就被堵住了。香俏把被子蒙过两人的身体,这样她就更觉得安全起来。

"你不想我,我可想死你了。"李哥伏在她的耳边,被子里呼吸的气息更加剧烈,她的呼吸也跟着耳边的呼吸声沉重起来。香俏不自觉地伸手去抱他,他的身体宽阔、瓷实,她闭上眼睛,更加大口地喘息起来。

十二

这一次,香俏是真的怀孕了。

香俏先是呕吐,乏困,什么都不想干,开始她还以为得了什么大病。给王缜打电话,不是无法接通就是关机,她又不敢再去医院找他。告诉李哥,李哥一听就让她去医院检查,化验结果出来,孕检尿检阳性。她一看结果,更吓得不得了。还是李哥帮忙拿主意,要么打胎把孩子做掉,要么回农村赶快找个男人嫁了瞒过这事。香俏在惊慌痛苦中挣扎了几天,终于下定了决心,还是赶快回农村先嫁了。

……

香俏坐在婚车里,穿着大红色的裙子,手上戴着一枚亮灿灿的金戒指,虽然是大喜的日子,但她却一点儿也高兴不起来。她厌烦土坯房,厌烦老老少少穿着土拉八几的衣服高高低低地站满两边,脸上流露出的那种羡慕又好奇的傻样子,她更厌烦的是有些孩子跟着车跑,一边跑一边拿手去摸车。车里的男人她也不喜欢,他穿着一身西装,打了一个红色的领带,一说话,脑袋上已经有了很多道的皱纹。

"毕竟自己是从城里回来的,怎么都不能和农村的那些姑娘一样。"她自己这么想着,又看了一眼旁边的男人。

"香俏，你真好看。"她对着他微笑了一下，她知道自己好看，她现在更加知道自己好看。

……

"你给咱家建个厕所。"

"啥厕所？咱家后院不就是？"

"你让我蹲露天上完茅房，自己铲了土盖上去？"

"那还要咋？"

"我要马桶，像城里有冲水马桶的厕所，坐在上面上厕所。"

"别逗了，还坐着，不怕沾一沟子屎。"

"你知道啥。"

"好了好了，累了一天了，赶紧上炕睡觉。"

"你又想干啥？"

"你说我干啥？嘿嘿……你是我媳妇……"

"你去洗洗？"

"洗啥，耽误时间。"

"刷牙去。"

"牙刷都不知道扔哪了，别折磨我了……"

香俏的肚子一天天膨胀起来，越来越大。村子里关于香俏的各种传言越来越多，也像她穿的花裙子一样越来越乱七八糟。

孩子终于生下来了，是个女儿。算命先生还说，这孩子命里缺水，于是起名叫淼淼。

十三

香俏的女儿过完周岁生日,她也到了22岁。

这一年春天和夏天之间有着模糊的界限,就好像少女和少妇之间不好区分。她决定要回到城里去。她坐上了大巴车,车站的男人抱着孩子,隔着玻璃和她招手,她的眼泪就下来了……一路上她再也没有晕过车。

李哥给她找的第一份工作是学习做美甲。她22岁,与其他美甲女孩相比,她居然是最大的。一个月有四天的假,平时分早班和晚班,早班要九点半到下午七点半,晚班是十一点到晚上九点。不管住宿每个月的底薪是800,管住宿的话就只有600,然后根据办卡顾客和每天的工作量拿提成。香俏刚来还是学徒,李哥帮她交了1200元的学费,第一个月是没有生活费的,李哥又给了她1000元钱。

她休息的时候,只要李哥不忙,他们就会混在一起。酒店没有以前去的那么高级,但比宿舍要好得多,香俏可以好好洗个澡。她对洗澡有一种特殊的情感,当淋浴温热地打在身上的时候,她感觉到自己年轻的气息,更感觉到有一种优越感。人的记忆真是奇怪,她居然记不起来自己第一次用淋浴,她被灌得大醉,躺在酒店的厕所里,那是她人生的第一次。

"李哥,你觉得我有什么变化没?"香俏从浴室出来,光溜溜的连浴巾都没有裹。

"你变化太大了。"

"老了？丑了？"她低下头来。

"就你这模样呀，越来越好看，谁能看出来你生过娃娃。"

"我看同宿舍小姑娘的乳头都是粉嫩的。"她一直低着头看自己的身体。

"下次有空请你要好的姐妹一起吃饭。"

"听我说人家粉嫩，这就要认识？"

"还吃别人的醋呀。"

"李哥，你以后都会对我这么好吗？"

"你只要别给我惹事就好。"

"我……"

"快过来，让哥好好心疼心疼。"

时间总是走得很快又悄无声息。香俏在城里一晃就是半年，中间的时候她男人来看过她一次，她却不想告诉她工作的地方，说自己这里上班老板管得严，地方也不好找，让他找地方住下她下班了就过去。提前请好了假，香俏恨不得脸上打一层腻子，眼睛上的眼影描了一遍又一遍。

她男人住的地方很偏，特别小的招待所。其实和她住的宿舍差不多。她走进那个招待所的时候就开始不高兴。她敲门，男人开了门就把她往床上推，屋子是两张小床，放着一个小书桌，也没有厕所。

"我刚下班，你别把我妆弄花了。"

"可想死我了，你身上咋这么香。"

"因为我干净。"

"我已经洗好了,你放心。"

"你来找我就做这个。"

"不做这做啥,你是我媳妇。"

十四

香俏在美甲店刚刚过了学徒期,她的手又细又长,老板有什么新色新花样都拿着她的手试,也有心把她留下来。这家店里还有化妆的,她也跟着慢慢学。她学会了盘头、贴假的睫毛或者是给客人烫睫毛,虽然化妆出来都是大浓妆,但是很多人都很喜欢。后来她给客人开脸,就是用棉线把嘴角和脸上的汗毛去掉,她做了几次就学会了,而且每个客人都说她"开脸"一点儿也不痛。

香俏的孩子3岁的时候,李哥的老婆和娃从国外回来了,不是短暂地回来过个节,而是回来生活在一起,这么一来,香俏常常一个月也见不到他一次。

王啸天是香俏在夜店认识的。店里的女孩过生日,一般大家会去KTV,她们每次去的那家居然歇业了,大家商量了一下去夜店。几个女孩第一次去夜店,进去了才知道如果要桌子,最低消费就要1500元,来都来了,五个女孩站在那里都不想走,震耳欲聋的音乐和闪烁的灯光,舞台上还有穿着比基尼跳舞的女人,这些都只在电视里见过。这时候王啸天就出现了,他趴在香俏的耳边自我介绍了一下,说他们几个朋友喝酒,想请美女们一起玩儿。几个女孩眼神交流了一下就答应了。

香俏不敢喝得太多，但是一杯杯地碰着加上音乐的刺激她还是兴奋了起来。王啸天拉着她去舞池跳舞，舞池里拥挤而热烈的气氛很快让他们贴在了一起，只是微笑的她跟着音乐越跳越高兴，她的一切都跟着放肆起来，两个人的手再也没松开，一直拉着走出了夜店，走到了王啸天的家里。

王啸天的家不是很大，也不豪华，可是香俏很喜欢，有两间屋子，还有厨房和洗手间，距离她上班的地方稍微有点远，但是走上十几分钟就有直达的公交车。王啸天比她大五岁，没有成家，单身汉一个，自己做点小生意，一阵忙一阵闲，挣了钱就会塞给香俏一些，喜欢抽烟喝酒，有时候也会带着她去玩，她可以感觉到王啸天其他朋友对他的羡慕。在夜店玩的时候，他的朋友借机摸过她，还表示过她这么漂亮，能跟她好简直是天大的福气。这些都让她更加得意，她也喜欢和王啸天在一起，他们一起喝醉了回去闹个翻天覆地，醒来了一起坐在床上抽烟，你一口我一口，屋子里好像着火了一般，然后就在这样的烟雾中又闹腾一番。王啸天年轻身体很好，有时候香俏觉得自己要被他弄死在这个床上了，可是过几天她又想。

那天应该刚好降温，她记得特别地清楚。她挤公交车被冻了一路，店里也没有开暖气，中午的时候就冷得不行了，王啸天刚好在家没事干，她就给他打电话让带个衣服来接自己。快到六点的时候比较忙，来了几个一起化妆的女孩，估计晚上要出去玩，她的电话一直响就没注意，然后她就看见了自己男人……他穿着破旧的夹克，深灰色的裤子和绿色的布鞋，站在店里叫了一声"香俏"，旁边还领着一个娃，娃扎了两个冲天的小辫，穿了一件红色碎花的衣服。

她放下手上的活儿就把他们往店外面拉。

"你咋来了？还把娃带来了？"

"娃想你，给你打电话你也不接。"

"你咋知道我在这里。"

"你跟我回家吧，都快过年了。快，叫你妈跟咱回家。"

"我店里正忙着呢，你先去找地方住下，明天我找你们，咱回头说。"

"明天？我俩在店里等你下班。"

"你先住下，娃也累了，我下班找你。乖，先和爸爸走。"

"妈妈，我想……"

"小香。"王啸天手里提着她的外套朝着这边走过来，她听到这个熟悉的声音，就感觉心里"咚"的一下，她对自己男人和娃说了句"你们先走，我去忙完了找你们"。话都没说完就朝着王啸天的方向跑去。

"谁呀？"

"走走走，家里来的亲戚，要钱的。"

"什么情况呀？"

"快走快走。"

"妈妈……呜呜……妈……"香俏拉着王啸天恨不得立刻消失在这里，可是4岁的孩子不仅吐字清楚，哭叫起来的声音特别洪亮，孩子挣脱了爸爸的手朝着她这边追过来，一边哭一边跑……

在上次他男人来的小旅店里，她找到了他们。香俏开始发高烧，从旅店被送到医院，在走廊里挂着吊针。

"昨天那男人是谁？"香俏不说话，他男人把娃抱到对面的椅子上，对着娃说了几句话后过来对着香俏说，"那男人是不是淼淼的亲爸？"

"你胡说什么？"这一次香俏开口了。

"咱俩离婚吧，淼淼不是我娃。"

"你疯了吗？"

"我不想吓到娃，村里人都说你在外面找野男人，淼淼也不是我的娃，你自己最清楚，别逼着我做亲子鉴定，我也丢不起那个人，你好好地和我离婚，娃不是我的我也不要，礼钱你一分也不少地退给我，利息我也不要，不然你不要脸我也不要脸了，你父母也别想要脸了。"

十五

送走了男人和女儿，香俏急忙去找王啸天。她想告诉王啸天她的一切，告诉他这不是她要欺骗他，请他原谅，她可以跟她男人离婚。

香俏一连几天去王啸天家敲门，每次都坐在门口等上好久，但都没有等到王啸天。

终于在一个早晨等到了王啸天。他一身的酒气，歪七扭八地往家里走。

"骗子，你还来干啥？"

"你听我说。"王啸天站在她的面前，伸出手突然捏住她的脸蛋，然后甩给她一个巴掌。

"你这个骗子。你有男人，你有娃，还整天装得跟大姑娘一样。"他转身去开门，香俏也顾不得脸上火辣辣地疼，跟着他就进了屋子。

"你咋还有脸来找我。"

"你听我说，我……我离婚，我……我不离开你。"香俏说的是心里话。

"给我倒杯水。"

她赶快去厨房，接了自来水赶快烧，烧好了，拿着两个大碗来回地倒，忙活了半天，水终于不那么烫了，小跑着给王啸天端过去。

他端起水开始喝，"咕嘟咕嘟"的，香俏又赶快去厨房再倒水。她又找出一个碗，一手一只来回地把水倒过来倒过去。突然，一个力气把她推了一把，两只碗都倒在案板上，水顺着案板往下流，同时香俏被直接按在满是水的案板上。

"给老子趴着不许动。"她被摁着，脸和身上都沾上了水，她感觉自己的裤子被往下拽。

她开始了一种全新的生活，常常因为鼻青脸肿无法去上班。她不出门，害怕自己走了后王啸天就再也不给她开门了。他对她的态度也时好时坏，心情好的时候给她带些吃的，不好的时候她就只能饿着肚子。

"为什么男人会是这样呢？"她一个人坐在屋子里的时候有过这样的想法。香俏也没有什么深刻的思想，她只是疑问一个男人为什么会好好的就变成了另一副面孔。

噩梦也许会有一个好的开始。王啸天居然带她出去吃饭，就和以前一样，他很认真地问了她离婚的事情，虽然没有给出承诺，但似乎是要和她好好在一起。香俏像是抓到了重生的机会。她每天收拾屋子，每天按时上班好好存钱，给他做饭……她憧憬着两个人的生活，觉得爱情和幸运还有一切她能想到的美好的词语都要出现在自己的生命中了。

……

香俏穿了一件桃红色的连衣裙，上面一颗颗五颜六色的仿钻让裙子看起来更加廉价，这样的廉价和她的模样形成了鲜明的对比，她贴了睫毛的眼睛更加有神。她的脸色看起来也红润饱满，涂了过红的嘴唇稍微掩盖了她本身的美丽。但这个艳丽还是会吸引人想要多看她一眼。只要你停顿了目光，你就会再多花一些时间来仔细看看她其他的五官，更会为她的修长的身材赞叹，同时为她庸俗的打扮而叹息。

王啸天端详着她。这样的情况很久都没有发生过了，香俏早就忘记了王啸天还会这么认真地再看自己，带着那种欣赏和怜爱的目光。他轻轻地抚摸了一下她的脸蛋，露出一个在香俏眼里充满爱意的微笑。

"以前我对你不够好，以后你好好帮我做事情，我一定好好对你。"

香俏很想对他说，谢谢原谅我，以前都是我的错，不该瞒你，以后我会好好对你，我会赚钱我也会节俭。但是她没有说，她把头低下去。

王啸天带她去吃饭。他在为了一个新的生意努力。他摸了摸香俏微微低下的头说："今天请客吃饭的这个人是'我们俩'未来美好生活的关键人物。"

她的头终于抬了起来。她看着王啸天。她觉得从来没有这么清楚自己现在想要的东西，不就是面前的这个人吗？她终于找到了对自己的肯定，对未来的肯定。

王啸天说的这个关键人物又胖又矮。但是香俏为了她和王啸天未来的美好一点儿都不讨厌他。香俏不让服务员来服务，自己给他添茶，在他提议"让美女也喝一杯"的时候她一点儿也不拒绝，拿起白酒就干了三杯，酒桌上的气氛越来越好。

王啸天提议接着去KTV。

饭店外面的风很冷，香俏稍微清醒了一些。他们上了出租车，香俏先进了后座，那个男人被王啸天也请到了后座上，一路上男人的手开始乱摸香俏的腿。她是清醒的，只是不敢说，偶尔礼貌地轻轻推开，然后给他有点害羞的微笑。她告诉自己不能坏了大事。

KTV里摆满了啤酒，王啸天让她陪着好好喝。她想告诉王啸天刚才车座后排发生的事情，却也找不到机会，望着他坚定渴望的眼神，她没有犹豫，拿了啤酒就倒了满杯。香俏还和他情侣对唱，唱一首就要干一瓶，胖男人还自己点歌，如果香俏不会唱的话就得干一个。她觉得肚子越来越胀，头越来越沉，喝的酒也越来越多。

她靠在沙发上想休息一会儿。她感觉有人在亲她，开始以为是幻觉，然后她觉得身体被一只手揉搓着。她睁开眼睛，KTV里的灯都关了，只有电视屏幕里还在放着歌曲，她看清楚了是那个胖男人。

她推开他，胖男人哈哈哈哈地笑着，说："小香看来真的喝多了，走，咱换个地方。"

王啸天进来的时候她已吐了一地，她想告诉他刚刚发生的事，但身体和心里的难受让她说不出口。王啸天拿纸巾给她擦了擦说："你今天辛苦了，咱们走。"她被他扶着，觉得一切难受都值得。

他们上了出租车，风还是很冷，可是这次却没有把她吹得清醒，她靠在王啸天的身上，暖烘烘的身体。小车继续行驶在城市的马路上，车还是很多，一个红灯又一个红灯，车停了又停了，她从玻璃上隐约地看到马路上的灯还有各色的广告牌。香俏觉得她终于就要扎根在城里了。

她是被淋浴的水冲醒的。她一丝不挂地坐在一条浴巾上，水哗啦啦地浇在她的身上，她用力地抬起头，看到王啸天的脸。温热的水一股股地顺着头发流下来，覆盖了身体，她看见王啸天的裤子都被水溅湿了。

香俏最喜欢洗澡。她开心的是王啸天正在给他洗澡，更开心的是今晚自己为了他做了一件大事。她闭上眼睛，觉得眼泪和热水一样哗啦啦地流了下来。

她被抱上床，是酒店那种柔软、白洁的床。她有点想问他干吗花这么多钱来酒店，还来这么高档的酒店。但是她闭着眼睛，她不想睁开。

"也许是一种奖励。"这样的念头刚刚闪过，突然又听到关门的声音。

她睁开眼睛，发现刚才那个胖男人正在一颗颗解开自己衬衣的扣子，露出他的肚子。她从来没有见过这么臃肿的身体，上面还有浓密的毛。他接着脱下裤子，毛下面的一切也裸露了出来。她睁大眼睛，感觉自己的眼睛和身体都被施了诅咒，定在那里动也不会动，然后她身上的被子掀开了，她看到了同样是裸体的自己。

十六

女儿淼淼7岁了。这一年,香俏和男人离了婚带着女儿又来到了城里。她找了一份麻将茶馆的工作,租了一个小屋子。麻将茶馆的工资收入本来就低,加上房租,淼淼又要上小学了,学区费、托管费等一大摊开销实在让香俏犯了难。没办法,香俏又去找李哥帮忙。

"李哥,我实在没办法才找你。"

"哎呀,我现在工作特别地忙,你嫂子钱又管得紧。"

"我这次是借钱,回头……"

"你看你说的,晚上见一下,我给你想想办法。"

李哥给她的办法是找淼淼的亲爸,让他负担淼淼的抚养费,如果他不愿意承担,那么就去法院告他。

"你去找淼淼她亲爸呀,人家王大夫现在可是名医,有的是钱。"

"可是……可是他万一不给怎么办?"

"这个好办,你去法院告,可以做亲子鉴定。"

……

十七

香俏选了一件素色的衣服,把烫染过乱七八糟的头发夹成直的,扎了起来。化了简单的妆后对着镜子,涂了口红又把口红擦掉。她到了医院门口往里走，很多年前的情景她似乎都忘记了，医院也重新翻新过一样，她顺着印象却没有找到王缜所在的科室，又走到服务大厅去咨询。

"麻烦问一下，骨科的王缜大夫在哪个办公室？"

"看病去挂骨科，王大夫是专家号，估计已经没号了。"

"我找他不是看病。"

"那你给他打电话联系。"

"我是他的亲戚，找他有点……您能告诉我哪个办公室吗？"

"你最好自己联系，这个我们帮不了，我也没有，骨科门诊在四楼，住院部也在四楼，你自己去看看。"

"好好好，谢谢谢谢。"

电梯外排了很多的人，她想了想自己开始爬楼梯，楼梯上也有匆匆忙忙的人，香俏思量着该怎么开口说话，走得很慢。等到了四楼发现格局和从前一样，中间是休息的椅子，一边是门诊区另一边是住院部。

香俏深吸了一口气，看到住院部的门打开了，她往里走，护士拦住了她，问她找谁。她刚要开口说话，王缜出现了，没有想到这些年过去了，她还能一眼就认出来他。好像第一次见到他的情景，他穿着白色的大褂，被很多人簇拥着，手里夹着文件夹，边走边说话。

他们的目光应该有一瞬间是对上的，香俏看到他的头发白了很多，也没有染，看起来苍老了许多。她就静静地看着他和这群人在面前走了过去，她一句话也没有说。短暂的发呆后她赶紧跟了上去。

王缜当然也看到了她。那个瘦瘦高高身影的女孩，扎着马尾辫、披散着头发的"小优"。他的心头一紧。就是刚刚的那一眼,他强烈地知道那个人就是香俏。

他的步伐慢下来,和周围的人交代了一下,香俏的步伐也快几个节奏,两个人就站在一起来。

她的脸上还是没有多余的肉,身上也没有,30岁不到的她在王缜眼里还是青春美人一个。两个人面对面的时候王缜在心里对自己说:"这么多年了,如果她真的有难处,就帮她一次吧。"

"王……王……"

"好久不见了。"

"你头发白了。"

"你,你都挺好吧?"

"我……我有点事。"

"什么事情?"王缜看着她,当然知道她有事情,没事情干吗过去这么多年了突然来找他。香俏把肩膀上的包拿到面前,从里面取出手机,打开翻到相册那里,找出一张淼淼的照片。

"你看这个,她叫……淼淼。"

"你孩子?"

"嗯,我的孩子,8岁了。"

香俏想好的话突然说不出来了,她的眼泪往外涌,她的嗓子里有咽不完的口水,咽下了这口接着又咽下一口,唯一想要说的话就是说不出来。她的脑海里出现王缜很多年前突然让她拿了爸爸的病历,带着她在医院穿梭的画面……出现了他们一起逛超市一起吃饭,出现这个男人进门来就要先抱抱她……淼淼生病了她抱着她在夜晚的街上跑着找车,她被王啸天一脚脚地踹……她不知道怎了，此时此刻，她面对着王缜，她看到他还穿着那件让她曾经觉得很了不起的白色大褂，而此刻他的头发却白了。

她的身体渐渐往下沉，她把头埋在大腿上，她的双手抱住自己的小腿，她好想哭一会儿，她要怎么说？告诉王缜你刚刚看到手机里8岁的淼淼就是你的女儿，淼淼8岁了，你却从来没有见过你的孩子，你是不是还应该见一见我曾经对你的那份真心，那份也许你根本早就忘记了的真心。

"王大夫，没事吧？"

"病人家属，没事，你去忙吧。"王缜对着走过来的护士说。他站在那里，看着缩成一团的香俏，静静地等着她站起来。他再一次下了决心：她有困难，我一定要全力帮她。

香俏慢慢地站起来，化的妆不是很浓，但是依旧哭得妆都晕了，左眼睛黑色一片。

"别哭了，遇到什么难事你说吧。"王缜尽量平静地说。

"淼淼8岁了，她其实是你的孩子。"

王缜一怔："香俏，你说什么？"

"我一个人带着她很辛苦，我不想影响你的家庭，但是……希望你每个月支付孩子的抚养费。"李香俏的话里带着一点哭腔，王缜看着她一个字一个字地说出来，他突然很想嘲笑自己。他就这么直勾勾地看着她，不知道说什么，然后他好像释然了，对着她笑了一下，转身就走。香俏愣住了，然后快步跟上去，拉住他的胳膊。

"你要干吗？"

"你……你没听到我说的吗？淼淼她是……"

"我劝你别再说了，更劝你好好过好自己的日子。"

"你，你……"

"别再来找我，我和你早不认识了。"

"可是……你……你怎么这么绝情？"

"你怎么……怎么这么不要脸？"他站住了，半转过身看着她，一个字一个字地说出来。

"我去法院告你。"香俏不敢相信王缜会说她不要脸，不相信这是王缜说出来的。

"你去告我好了。"在香俏的眼里，王缜越走越远。

十八

香俏死了。从医院的楼道纵身一跃，结束了她的生命和她的城市之旅。没有人为她的死负责，也没有人为她的死负疚。开始的几天，王缜上班经过香俏跳楼的楼道，还会有些许别扭，很快也就自然了。大家都在忙，谁会记起她呢？就算有人偶尔说起，不过是一句："香俏啊，自找的嘛。"

又过去了许多年，我听说了香俏的故事，并记录了下来。如此而已。

爱 人

一

当一个世俗眼光里条件好的女孩子不找男友的时候，大部分人都会说，"眼光太高了。""太挑了。""清高过头了，不知道自己要啥了。"……我恰好认识这么一位条件好的小林姑娘。我们高中的时候是同桌，她那时候剪了一个刚好到肩膀的头发，那么几根长长短短的刘海，大脑门在后面若隐若现，也可以用卡子别住刘海，一个饱满的大脑门散发着聪明伶俐。

这个形容词大概是因为了解她后出现在脑海里的，小林的成绩总是班里前十名，老师都喜欢点名要她回答问题。也许是因为她漂亮，也许是因为都能答上来，但我觉得最重要的是因为大部分学生被叫起来，都是一脸严肃或者不高兴，可是她总是笑着说着，每天散发着一股中了奖的欢乐状态。高中时候的美女都是真美女，每个人都穿着松松垮垮的运动校服，也没有化妆品来修饰。她那时候就有一米六八的标准身高，体重总也突破不了九十二斤，和其他美女比起来，她并没有特别宽大的双眼皮，也没有笔挺的小鼻子，因为瘦的原因吧，嘴唇也并不是很红润，但是她每每笑起来的时候，左脸蛋特别明显的小酒窝和右脸蛋时有时无的小酒窝让人特别欢喜。不笑的时候偶尔抿起嘴巴还是嘟起嘴巴，眼睛下面就鼓起两个小肉肉。上了大学后才知道，那是很多人要花钱去做整形的"苹果肌"。

考入大学后，虽然不像从前那样形影不离，恰好我们都留在了从小生活的城市，从大学的侧门出入，我们就算是邻居学校。小林的大学偏文，女生比较多，我的学校恰恰相反，小林只要来找我，走在校园的时候，如果身体是镜子做的，我感觉我就是一个发光体。周围不管男生还是女生的目光，都投射过来。那时候大家都开始玩一个叫作"校内网"，有自己的相册自己的日记，可以找到自己从前的同学相互关注。小林不管是上传照片还是心情，那留言肯定都是几页几页……印象里她曾经咨询是不是电脑旁边放仙人球可以吸收辐射，接着就有实名、匿名各种各样邮寄过去，宿舍不仅人手一个，我们宿舍的也都跟着沾了光。

我不知道你们的爱情是怎么降临，有些人喜欢高大英俊，有些人喜欢经济实力，也有一些只要第一眼的面红心跳。某一天小林电话我激动地对我说要不要看刺猬。我还没接话她突然更激动地说："啊……其实……是让你看……啊啊啊啊啊！"

完全没有弄明白她一直在尖叫什么，她突然压低了声音，话筒里传来故意捂住听筒发出的声音："我抓刺猬的时候认识了一个男的，我喜欢上他了。"

比如说你遇到一个女的，一般女人就是长得好看身材好或者气质可爱，但是有一天，你遇到一个女人，她可能扎着长马尾辫，穿着长裙子，但她说一句话或者很普通地做了一个大家都会做的动作，你就会觉得她肯定是开大卡车的。比如小林喜欢上的这个男人，一般男人可能是五官特别有棱角，让人喜欢；也或者高高大大的，看起来特别爷们儿……我第一眼看到他的时候他穿了一件纯黑色的圆领短袖，皮肤也很黑，头发剪得短短的好像刚修剪过的草坪。唯一吸引我的就是他是小林喜欢的男人，除此之外，我想不到他有什么招人喜欢的原因。只不过和他简单的几句话后，你会发现

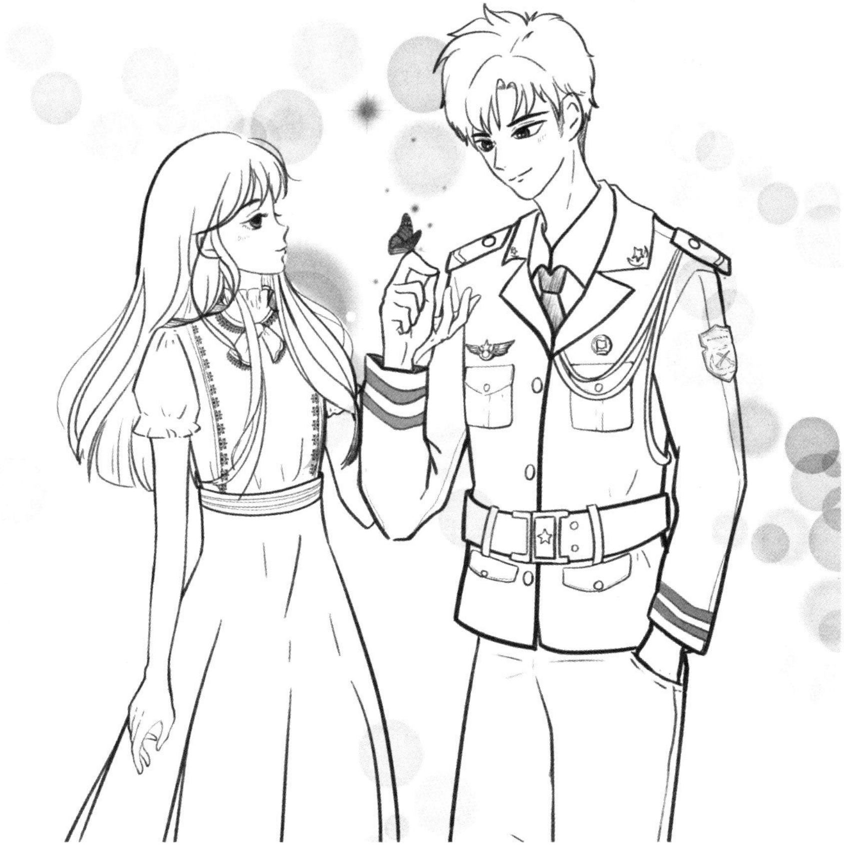

他散发的气质非常不同，完全不可能是正在读大学的学生，当然更不可能是已经参加工作的。

小林借口带着我去看刺猬，除了电视和书本，我第一次见这种小动物，我拿手去轻触它，每一根刺都坚硬极了，我好奇地小心翼翼地摸着，问她真的是在学校里抓到的。"我当时听到有个姑娘大叫了一声，就本能地跑过去了，她就蹲在地上，我问她是不是受伤了还是怎么了，她抬起头对着我就激动地说有个刺猬。城里的小姑娘真是什么都没见过呀，一个刺猬能激动成这样。"他对我说的时候明明是满面笑容，可是不像我们如果激动起来五官会动起来，他站在那里看起来比别人笔直，表情也比我们看起来正经很多。

"正经！"是的，就是这个词语，或者说"正气"，我终于找到了适合他的词语。

正气小李是负责新生军训的教官，他17岁当兵，因为身体素质好，也能吃苦，去了艰苦但也锻炼人意志的宁夏，做了一名特种兵。小李一米七八的身高和小林一米七一的个头站在一起的时候并不显得高大挺拔，他说自己17岁入伍的时候只有一米七五，在部队吃得好心情好身体锻炼得也好，让他一年一厘米长到了现在这个身高。反正就是我们眼里又苦又累的，简直不是人类可以承受的军队生活，对于小李来说，却是人生最快乐的经历。

小林认识小李的这一年他21岁，小林20岁。他来这里当教官是因为部队要把他提干，需要在军事学院学习，学习期间分配到各个高校做教官。

军训的时间很快过去了，好在小李学习的军校和我们一个城市，周末临近，小林就开始缠着我陪她去看小李。先陪她去大型超市挑选好多零食，然后一人一包地拎着先坐公交，再倒那种小巴车，路上就能花费两个多小时。小李和我们见面的时间也很短暂，一般就是在军校里走一圈。我第一次陪着小林在校门口等着小李来接我们进去，我看到一身军装的男人迈着步子走过来的时候，差点儿没有认出来。原本其貌不扬的一个人，在一身绿色的装扮下，居然发起光来。

对着我们敬礼，说谢谢你们来看我，还辛苦带了这么多吃的。一个站成松树般的人，让我每次回忆起来，都觉得像是一个梦，然而那天的很多事情都在我的记忆里变得深刻又模糊。小李很认真地给我们介绍他们学校、上课的教室还有训练的场地，还在我们的鼓动下给我们表演了翻越障碍物、攀爬绳索……那种任我们谁掉下去就只能死在里面的深坑，小李飞奔着跳进去，靠着手脚的力量一口气就攀爬了上来。我们走过一片花园，小林感叹地说了一句："那个蝴蝶好美呀！"就是这么一句，小李变魔术般地，蝴蝶就被抓在手里了。

蝴蝶是黑白色的，黑白渐变地过渡有点奶白、蛋黄的色彩，这种天然美丽的纹路就和小林从小就漂亮的五官，都如好缘分般让人渴望。

"你轻一点儿，你力气太大了别把蝴蝶的翅膀捏断了。"

"不会用力的，翅膀上都是粉，捏下来就不好看了，你可以回去做个标本。"

……女人一生都希望被轻轻地对待，男人却一直追求和证明自己的力气大，于是就需要爱来填补其中的差别，比如小李可以一拳击碎硬物的手,却轻柔地捏住蝴蝶的翅膀,只为小林有一只完整的蝴蝶标本;比如小林明明可以被别人小心翼翼捧在手心,但在遇到他后,就拼命证明自己是如何坚强又是如何倔强,仿佛自己坚硬得像是铁人。

实际上,小林从来没有听过小李对她说过一句承诺,小李甚至从未承认过两人之间的关系。每次小林去看他,都并没有得到小李的认可,虽然每次去了也会见到他,最多也就是那天我看到的那般散步聊天,时间也并不久。有时候小林故意去得很晚,拖到回城市里已经没有车了,小李也一定想了办法弄了车子,送她回去。

我一直以为小林的爱情是一股新鲜感,大概很快就会过去。

从18岁的姑娘转眼就是七年。

她研究生毕业,在高校做起了行政的工作,从前以为小林是世界上最适合穿休闲衣服的人了,高挑纤细穿出慵懒不失大方的感觉,如今黑色的直筒裤下一双尖头的小皮鞋,上面总是黑色或者灰色的西装,夏天是真丝款的,问她热不热,她说办公室的空调凉。冬天的时候还是这样的打扮,只是西服换了面料,外面加一件长长的羽绒服,脚下都是露出脚面的小皮鞋,问她冷不冷,她说不常在室外待着,不怕冷的。

从认识她起,追她的人就是一个从来没有少过的数字,谁能想到她真的一个男友也没有。持久的追求者有一个,有些感情注定没有开始和结束。

二

  他多想一切都是一个梦，眼睛睁开的时候自己就回到17岁选择当兵的那个瞬间，可是梦里的人又都是真实存在的。很多个夜晚的时候，他都这么想，最想的还是小林，如果可以重新选择的话，他只想给她一个完整的人生。原本对于普通人努力就能完成的事情，在小李的身上却变得异常艰难起来。依然记得自己选择当兵的那个时刻，如果要说和遇到小林时的区别，不过三厘米的身高。入伍的时候他只有一米七五，因为身体素质好，被选到了虽然艰苦却自豪的"特种部队"。就在那一年，新兵的他就成了"典型人物"。

  两年后他被派来军事院校参加学习，提高自己。在这之前，爱情是小李世界里的空白，每天繁重的训练，任讲给什么人都会觉得是炼狱，可是小李喜欢这些，他热爱自己所做的一切，生命从未缺少过什么，有滋有味地过着。可能有些人从来没有辣椒，结果吃到了这种口味，辣得嗷嗷叫，后来就离不开这份辣了。原本没有也不觉得缺少滋味，如今却口思夜想，成了不能或缺的。小林就是小李世界里的这份辣椒，爱情就是他世界里没什么大不了有了就日思夜想的东西。

  "你看你看，有个刺猬。"他的脑海里翻来覆去的都是这句话，还有她蹲在那里仰起头的那个目光，目光耀眼，以至于记不住她的眼睛。她的微笑，兴奋下灿烂也在发光。小李可以肯定，二十年来第一次见到可以发光的表情，在那些想起她的夜里，点亮了漆黑的夜，照亮了他的心。于是，原本的黑夜变得明亮，这样的光让他失眠。

只有一次没有忍住，大概是因为知道自己就要离开学校，回到部队生活。他说总是你来看我，我也去看你一次吧。

"啊……"

"怎么了？"

"你可以出来吗？"

"今天有一天假。"

"啊……啊……我终于可以带你去外面玩了。"

"不是去玩，不要耽误你学习，我去看看你就好。"

没有进入冬天的深秋，对于小李来说原本就和365天的每一天一样，而这一天就这么变得不一样起来。车辆人流的街道边，小林刚刚搭在肩膀的头发一边朝着脸颊的方向，另一边有一大把，有点不听话地朝着相反的方向，她的右手就不停地拿手指夹住头发用力朝着脸颊方向拽，大概耳朵里塞着耳机，身体跟着音乐轻微地抖动，小嘴巴一会儿被牙齿咬住下唇，一会儿又抿起来。小林很少噘起嘴巴。他远远地看着，城市里的季节更不分明，不像在山里，树叶的颜色日日预报着季节，小林穿了一件深灰色的长毛衫，并没有系上纽扣，里面是白色的T恤，一条深蓝色的牛仔裤和帆布的运动鞋，在人群里并不是显眼的打扮。她挺拔高挑的身体却把普通的衣服穿得显眼起来，当然也可能他的眼里只有她的缘故。

"有没有人夸你长得特别好看呀？"小林一边说着一边用手摘下耳机，他还愣在那里，她靠过来把取下来的耳机塞进他的耳朵里。

"怎么对你说出口，怎么对你说爱我。我独自穿越这条伤心的街……"一边是街道嘈杂的声响，一边是一个女人的歌声，而他觉得此刻他的五官里只剩下眼睛，看着眼前的姑娘。

"你可以和我待几个小时呀？"

"怎么？你一会儿有事情是吗？"

"不是不是，当然不是，是我要计算好时间，安排好带你去玩。"

"我想请你吃个饭，不用刻意干吗。"

她却坚持要带他做很多事情，他们去小吃街，她给他说这个是自己几岁时就特别迷恋吃的，那个是多有名气，这个觉得特别难吃，那个好吃得想要吃一辈子……小吃街的人很多，肩膀靠着肩膀，胳膊蹭着胳膊，她拿着小吃的手伸到他的嘴边，让他张嘴去吃。第一次他拒绝了，小林接着伸手凑过来，直到他也开始习惯，也把拿在手里的食物喂给小林吃，熙熙攘攘的叫卖声混着人声，听不到两人发出的笑声，然而在那个下午，记忆里只剩下一条街和彼此的笑声。

"真的吃不动了，肚子要爆炸了。"

"我也好撑，被开心撑死了。"她说着笑着望着他。他的视线就发生了奇妙的事情，周围的一切都在眼睛里虚化了，像是用了滤镜一般，她的脸是中心点的逐渐虚化……渐渐地渐渐地只有她说话的嘴唇，一张一合的。小李从未接过吻，他只是稍稍地站正了一些，伸出右手，大拇指在小林的嘴唇下面和那一块皮肤轻柔地摩擦了一下，那就是眨了下眼睛的工夫。

"吃得脏了。"他已经收回了手，面对自己的内心，他紧张得不敢多看小林一眼，掩饰地说了这样的一句话。

这是两个人相处中唯一的一次，对于其他男女来说简单不过的一个小动作，却成了他们昨天、今天还是明天里，唯一一次亲密的接触。是的。小李已经养成了良好的自律性，然而小林面对喜欢的人，更是无法逾越自己的那份矜持感。他们比任何人更想珍惜靠近彼此的机会，又比任何人更无法接近彼此。

　　后来，小李知道了那天塞进耳朵里的音乐是林忆莲的《远走高飞》，小林不过只是想借用歌词里的几句话，想听到这个男人对自己说"爱我"，然而却成了小李在日后训练完每一个想起她的时刻都会响起的："怎么忘记你回过头的身影。"

　　那天之后小李很快就离开了学校，他们的分别，就在两人相遇的学校门口，他看着她一步步地走进去，开始的几步走得很慢，回过头来对他招手，接下来的每一步都更慢了，每一步都要回头和他招手，最后干脆是倒着走路对他招手。小李只能站直了身体，这是他习惯的动作，再没有办法表达情绪的时候，只能无奈地站得更加笔直，他多想变成一棵白杨树，长在她的窗口可以望见她的方向。

三

　　别人不了解他工作的特殊性，小李自己最清楚也最明白自己的身份。小林一次又一次地质问他为什么不能接受她的感情，他说不出我不爱你，也说不出我爱你。每一次都用自己很忙很累没有时间去思考这些来搪塞过去。

在部队里，小李很自信，他总是很出色地完成所有的训练，但是换了一个身份，比如当他和小林在一起的时候，哪里有什么可以玩的，哪里的食物好吃，有什么好看的电影，出了什么新鲜玩的东西……这些城市生活都该具备的东西小李一个也不知道。就连最基本的陪伴，对于小李来说也是不可能的。他清楚自己的爱，更清楚自己什么也不能给她。

自己微薄的收入也不能给小林换来富足的物质生活。这样的念头偶尔会让他觉得沮丧，会思考假如自己不穿这身军装，也许人生会有更多的可能。只是当危险一次次来到，他用自己的勇敢换来别人安全的时刻，又是无比欣慰和荣光。每个人都有自己的位置和使命，他可以保家卫国奉献青春，换一个角度，也是默默地保护着小林吧。

20岁生日的那天，小林和我见面的第一个动作就是紧紧地抱着我，我感觉到她的身体变得和以往不同了，她本来纤细的胳膊突然充满力量，像绳索一般紧紧捆绑住我的身体，直到她身体开始抽泣起来，忽然被放开的我的身体，看到眼前的小林一下子降到地下，蹲在那里哭成小孩。原来她收到了小李的生日礼物，是一条白色羊毛围巾，她把羊毛围巾围在自己的脖子上，脑袋好像拨浪鼓一般地左右摇摆起来，白色的小绒毛在她可爱的小脸蛋上摩擦起来，我猜想她觉得那是世界上最美好的抚摸了。

"他送我了一个小羊羔。"她哭够了终于笑了起来。

"错就错在放弃追求那些不能保证有回报的事物和人，亦是对的。我们都付出过，也被感情驱赶、挣扎和徘徊……后来忘记了痛苦的甜，只想要肤浅乏味表面的蜜。没有人理解的时候，包括你，而我依旧爱你，不必做任何事情不必任何回应，你连目光都可以吝啬地不给我一丝一缕。我只想确定自己是爱你的，确定自己不是为了得到而活着。"

一些深夜，会收到小林发来的信息，看似无厘头的话语透露着她的倔强和无奈。

原本以为事情会一直这样下去，直到另一个人出现，似乎大家的故事都是这样的，两个人的故事总是要有一个结果。可是小林在外人面前调整得很好，该学习的时候学习，偶尔也出去约会。我说："你的身体周围被一层透明的泡泡包裹着，男人可以和你接触，他永远都被无形的泡泡隔离起来。"她听了脸上就露出娇羞的表情："还是你了解我。"

时间走着走着，有时候你回想往事感慨时光飞逝，偶尔的时候又觉得时间好难熬。我一眼没看手机，就发现十几通小林的未接电话，人生第一次拨过去的时候都能听到自己心脏的跳动声响。她颤抖慌张地让我看新闻，发生了严重的恐怖事件。我以为她的父母刚好在那里旅游，原来是小林断定发生了这样的事情，小李一定会过去。

电话最后还是接通了，小李说他们训练的时候没有拿手机。电话那头的他冷静，像什么也没有发生一般。

"你没有看新闻吗？"

"有什么事情吗，你打了这么多遍？"

"我就问你，你是不是要去反恐了？"

"有任务肯定去。"

"你有没有任务？好吧，我知道任务都是不会透露的，但是我求求你，你让我去看你吧。"

"我好好的，在这里吃得好身体好，你不好好上班看我干吗？"

"我知道你肯定会去执行任务的，你那么厉害，肯定会派你去的，求求你，让我在你走之前见你一面，让我看你一眼好不好？"

"你冷静一点儿，我这不是都好好的吗？怎么还是好像小孩子一样。"

"呜呜……我求求你了，我去找你，只求你看我一眼，就一眼，我就走。"

"别胡闹。"

"这些年我有胡闹过吗？我今晚过去还来得及见到你吗？你就告诉我来得及吗？"

"我又不是假期，怎么随便离开部队呀，你别胡闹。"

"你就休息时间去门口走一圈，我就站在远远的地方看你一眼，就一眼只看一眼好不好？"

……小林一手拿着手机贴着耳朵，另一只手一把一把地擦着眼泪，随着时间的前进她擦拭眼睛的手更频繁了，哭诉的声音却越来越小了。挂了电话的她回到面对我的世界里，闪着泪花问我："他不让我去，我去了会不会怪我？"

她就去了。我们都是生活在和平年代的人，除了疾病横祸，不会触碰生离死别，就好像我们都爱过某个人，可以自由地拥抱，不是感同身受，很难真的体会那份不易。谁也不能体会小林请假坐上火车后的心情，在轨道和车轮一次次发生碰撞发出规律声响的列车里，她又一次地回忆两个人见面的点滴，比如他让她别动小心扎了手，自己一把拎起小刺猬；比如他捏着那片翅膀，把蝴蝶递到她的眼前；比如他有点害羞地躲避开她递到嘴边的食物，但最终还是妥协地张开嘴吃着笑着……想要的那么多，想要的又好简单，只希望他不要拒绝自己。

小林的思绪开始乱了。原本一日一日安静地等待，她是充满信心的，她对自己有信心，总有一天，小李会退伍、转业或者复员，她习惯了这种等待，但是现在，一切都不一样了，看到报道那么恐怖的事件，那么他去了后还会不会回来？他还那么年轻，他还没有爱她……那时候小林就作了这样的决定，要在他出发前赶到，要见到他，要拥抱他要亲吻他，她甚至幻想和他睡在一起，她幻想可以有一个他的宝宝，给他一个一定要安全回来的信念。

当作出这个决定的时候，乱了的小林渐渐地安静下来，她买了两个苹果，一口一口地吃着，窗外的一切变得美丽起来。为什么自己早不来看他呢？为什么自己早没有这种决定呢？

小林终于到了，她直奔那里，电话接通了……

四

"我有能力自己买到喜欢的食物，我有住的地方，恰好住得也很舒服很满意，工作不是很辛苦偶尔忙碌也会有假期，长得漂亮有人喜欢……这些都是我拥有美好生活的资本，但是不是砝码。我喜欢了一个人，如果按照世俗的眼光来看，他的收入很少，他的时间很少，他穿着也极其普通，这在有些人眼里大概真的是一无是处。那又怎样，我的眼里他浑身都是光亮。有着坚毅的品格，在枯燥乏味的训练中一次次突破自我。不被浮华的外界生活诱惑,即使面对爱情这种可以放纵自己情绪的理由,也不曾动摇。也许很多事情我们的观点并不完全一致,比如他保家卫国的决心,对我来说,我渴望他像爱部队一样爱我,可是爱情不就是因为这种差异这种期待才变得更加纠结也美丽吗?为什么不能呢?我知道他喜欢我,假如他不喜欢我,根本不想和我在一起,那我当然不会如此纠缠。我今天说这些话,我不是擅长和别人诉说感情的人,可我有勇气来到这里,有勇气和第一次见面的人说这些话,是因为我知道我自己爱的人也是一样爱我,我因为他的勇敢和坚强,也让自己变成像他一样坚强。" 当她说出这些话的时候,她面对的是一个第一次见面穿着军装的男人。他们面对面地坐着,前面的小茶几上放着一杯还冒着热气的茶,没有过清明的春天还是冷的,她说完伸手拿起茶杯,那样的热气触碰到皮肤让她身体发抖起来。电话接通后,有人来接她,只是没有人带她去见他,只是把她领到这里,给她倒了茶,让她早点儿回去,或者安排她住一晚上也可以。

"求求你了,让我见他一面吧,我这么远来了,我只是想当面和他说几句话。"她抖得更厉害了,她想说我愿意和他生个孩子,她想说如果就这样让他执行任务,起码给他留个孩子,他还这么年轻他也有父母。然而面前的那个人一动不动端坐着,对着她说:"我们有我们的纪律,请你理解。"她看着这个也穿着军装的人,很想哭,她着急了,非常焦急,时间一分一秒地过去,可能这会儿他已经准备出发了,那么难道最后一面也不肯见见吗?

"姑娘你没事吧?你别想太多,他没有危险,只是去山里演习训练了,等他回来我们通知他联系你。"

"你有没有老婆?"

"我……"

"我猜想你有吧,可能还有孩子,或者相爱的人总有吧?你比我身体好,你也比我懂得部队上的纪律,你比我经历生离死别的时刻也更多,你和我的喜怒哀乐却是差不多的,那么你肯定懂得我此时此刻的心情吧?你想想我一个女孩,不顾一切跑来见他,面对你这么一个……一个他的领导,一个第一次见面的人,我说了这么多没羞没臊的话,你想想我要有多大的勇气。"

"我们有纪律,请你理解。"

"我理解呀,我理解,我一万分地理解,我是老师,我们学校也有纪律,但是我们是人吧,总有人情吧,我不让你透露什么消息,我就远远看他一眼就好。"

"对不起……"

"我……怎么说才行?"

"对不起,我们有我们的纪律。"

小林简直要气得打翻眼前冒着热气的茶杯,可是她也只能一动不动地坐着,整间屋子里都是"我们有纪律"的声音,像是山谷里回声里套着回声,听到回声的人又跟着喊了起来,于是四面八方都是这样的声音。她的眼前只有还有热气的茶水,成了这个屋子里唯一有点儿温暖的东西。

大概她还想到了很多很多,比如她担心再也见不到他的脸,比如他结实的胳膊还没有来得及拥抱她……就开始无穷无尽地后悔,后悔变成懊恼,她真的很想狠狠地抽一巴掌自己,为什么非要等到今天,这个时刻才来看他,以前那么多的日子她都用来干吗了？发那些无病呻吟的语句，流那些没有用处的眼泪，说那些似懂非懂的话。

"姑娘，你……你别哭呀。"那个男人站了起来，从后面的桌子上拿过卫生纸，伸出的胳膊在空中停顿了一下，落在茶杯的旁边。此时此刻小林才知道自己流眼泪了，她突然有点尴尬，在这个陌生的屋子里和陌生的人，说了自己也觉得陌生的话。

"我可以去他的宿舍看看吗？"

"这个……也不是很合适。"

"那有什么是您觉得合适的?"小林直勾勾地看着他，小林眼里的他挺得更直了，喉咙里要发出又发不出来的声响，小林觉得像是自己脑袋里反复回荡的话。

"安排你住一晚吧，买明天的票回去，飞机也可以，我们送你到机场。"

"这样是您觉得合适的是吗？"

"哎，我们真的有纪律。"

她的耳边传来叹息，随着这个下沉的声音，她觉得本来深埋在自己内心的东西沉得更深了。

"是的，你们有纪律。"

"我安排你明天坐飞机回去？"

"这是他的意思还是你们的意思？"

"部队大概和你想的不一样，他大概也和你想的不一样，你说的话我都听到了，你的感情我听了比你更……煎熬。我想他应该比你煎熬，但是我们有纪律，纪律，小李更知道纪律，所以他选择不见你。姑娘，你觉得我们部队没有人情味，如果在这件事情上，让你感觉到你想要的人情味,那么这个国家的其他人大概就不能好好地生活感受你们所谓的儿女情长了。"

"儿女情长?"小林说完这几个字,从座位上站了起来。

"麻烦您告诉他,很抱歉给他添麻烦了,同样也很抱歉耽误您的时间了。"

"你别着急走,我们送你去火车站或者飞机场吧,票的时间也确认一下吧。"

"如果没有他,我在这里一分一秒更是煎熬。"

"小李确实很好。但是……"

"再次感谢。"小林鞠了一躬,其实她非常生气,却也没有办法,也只好鞠了一躬后转身就走。

"小李就说你脾气特别倔强,你等等,他有信给你。"

"给我的?"

"你等一下。"

"能不能让我单独在这个屋子里坐一会儿?"小林不想在别人的监视下看这封信。

"可以可以,一会儿你出门叫我就行。"

当门"嘭"的一声关上的那一刻,刚才还故意站得笔直的小林,一下子就变成了柔软的模样,她的左手捏着那封信,右手扶着椅子,那杯茶已经不冒热气了,她的心也跟着不跳动了。她还是左右地看了又看,好像是确定自己在哪里,又好像是确定自己是不是在梦里。她随着扶着椅子的手慢慢地挪动脚步,慢慢地、悄悄地打开信件。

……

五

　　整个屋子都是属于小林的,那个不知道是谁的办公室的屋子,有那么一段时间是属于小林的,也是属于小李的,小林拿着信一个字一个字地看,看完了一遍又从头再看一遍,她很想在那个时刻读出来,用小李的声音读出来,就像他在自己的耳边说话。人真的是这样的,从前想要厮守一生,现在只想见到他,看一眼就行,就算看不到,只是听到他声音也可以,但是偏偏只有一张写着几句话的纸。她强忍着不要哭,她咬着嘴唇,可能自己还是比小李软弱吧,不然为什么他就可以这样,明明是爱她的,却可以假装不爱她,却可以不见她。小林越想越控制不了情绪,她的眼泪就在这个只属于她的屋子里放肆地流了起来。反正化好的妆也没人看,反正谁也不认识,反正再找借口也没用,眼泪已经把眼线冲刷了下来,还有眼影,还有睫毛膏,还有粉底。

　　等她走出那间屋子的时候,如同换了一个人,也许因为没有妆了,又或者是别的什么原因。她再次给绿军装道歉,为了自己冒昧的到来,也为了她刚才的话。没有任何化妆品修饰的小林和此时此刻的军队更加相符,看起来更加亲近些。于是绿军装终于不再只是重复"我们有纪律"这几个字,开始说一些别的。"其实小李说信还是不要给你比较好,可是我觉得既然他都写了为什么不给你。有些话我确实不能说也不该说,我能感受到你的心情,我也可以感受到小李的心情……"

明明是安慰的话，可是听起来怎么那么难过。

"我把我的电话号码给你，等你安全到家了给我打个电话，以后有什么事情都可以和我联系，我一定第一时间给你回复。"

"谢谢。"

"你是个好姑娘，小李遇到你很幸运。别看我们都是五大三粗的，在部队里待得久了，有时候比你们还……矫情吧，听个军歌唱几句不要想妈妈都能掉眼泪，经常安慰自己的话有一句：能相遇就很好。"

天边的太阳慢慢暗下来，银川的天比她生活的城市要蓝，云朵更多姿多彩，小林想：她生活的城市灯光更丰富所以不需这般美丽的云朵了，可是如果晚上的时候，她可以穿过五光十色的夜的时候，小李都是怎么度过的？他的黑夜里是不是有更多星星，会不会有很多很多的萤火虫？当她一整夜都亮着台灯的时候，小李的夜要靠着什么才能点亮呢？飞机上提醒关掉手机系好安全带，她又看了一眼窗外的天，她知道等到降落的时候，她就从这里到那里了，回到家后的每一天是不是还是一模一样。

飞机就这么缓缓地在跑道上运动了起来，有时候我们的感受是会骗自己的，比如我们觉得飞机这么慢慢地向前走的时候其实它正在以惊人的速度向前冲着；比如小林，在大家眼里被所有爱包围和呵护的她却追着一份怎么都追不到的爱；比如生活，在我们眼里为了贫困或者悲伤烦恼的时候不知道还有我们都拥有却不曾想过需要珍惜的和平。在飞机飞上天空后的这些时间里，小林变成了这个世界最盼望世界和平的人。

她依旧每天去学校，对同事微笑，看着曾经和自己一样的大学生每天从身边走过,尤其是那些情侣模样的人,手拉着手的或者男生搂着女孩肩膀的……我很想问问小林会不会后悔没有珍惜那些时光,没有好好地谈一场每个人都应该有的青春的恋爱,也许普通但是幸福,就像我也没有问那封小林看了一遍又一遍的信写了什么。

每个人总要有点自己坚守的东西。有些人说那是梦想,有些人说那是追求,有些人什么也不说但是一直冲着那里快步地走,谁也不知道什么时候停下来,走怎样的岔路或者何时到尽头。

小小不安定的局势很快就有了新闻,一切都恢复到从前的样子。其实我们都只是看到了新闻,现在网络发达,大概还会有一些更让人惊心动魄的图片和小视频,在《新闻联播》上一闪而过,不是恰好生活在那个地区又不关注新闻的人压根儿不会在意。城市里的人还是在灯红酒绿中投入在自己的儿女情长中,我的同事怀孕了,她的同事结婚七周年给老婆代购了一个3万块钱的包……人们都处在一种不知不觉的快乐和悲伤中,有时候还不如一棵树,一年一年地过去,留下年轮。

六

我们一眨眼,时间都过去了。

那天小林刚刚夸赞了同事给老婆挑的新包好看,一个办公室的人都在羡慕和恭维,大家还在起哄地说再买一束花,这个七周年就完美了。同事笑得合不拢嘴地说着:"老夫老妻了,哪有这些。"

小林的手机就响了……其实昨天小林就看到新闻了，她已经更加热切地期盼和害怕起来。她从人们一片的欢笑声中走出去，她不知道接起电话的时候说话的人会是谁，是那个陌生的绿军装大哥还是她千千万万次盼望的小李的声音。

小林加快了步子，她在心里默默地念起小李在那封信里的最后一句话：小林，这个世界，能相遇就好。

羽　生

一

　　蒙蒙眬眬中，我睁开眼睛，看到她就在我的面前，浓黑的眉毛和眼睛下面的小雀斑……我很少会这样去观察一个人的脸，谁会有这样的机会脸贴着脸躺在枕头上望着彼此呢？虽然在成长中会有不少次和其他女孩子睡在一起，但是哪有两个女孩子分不出彼此呼吸贴在一起……我的脑中一片空白起来，有点分不清楚眼前的人是她还是"他"，我能看到她柔和线条的脸形、脖颈，还有她的锁骨以及锁骨下隆起的胸部，随着呼吸一起一伏。这时候的她最像小姑娘，我的脑中一直重复着"小姑娘"这个词语，但有着另外一个声音一遍遍回荡，随着她的呼吸，当她吸气的时候，我就听到"小姑娘"，气息吐出来呼在我的脸上的时候，就是另一种声音。我发呆的某个瞬间，她的眼睛忽然睁开了，原本一个人的观察变成了两个人的对视。此刻她是我刚才有的那种蒙眬的眼神，而我的目光明亮，虽然我听到了自己的心跳声，但我知道此刻的我有着夏日午后阳光般的眼神，她有点躲避我的目光，或许不是刻意。

　　心跳的感觉像是打起了大鼓，她的呼吸就变成了鼓槌儿，一次次地打在我的脸上，抚摸我的皮肤，钻进我的心口，响彻我的整个身体……像是我骑在战马上，第一次面对前面的铮铮铁骑，带着些惧怕，然而战鼓打响，战旗挥动，我的心被鼓动了士气，我要拉着我的战马挥动我的大刀，勇往直前……我闭上我的眼睛，把令她刺目的光芒收了起来，也收起我内心两种矛盾的声音，我伸出我的一只胳膊，轻柔地用我的手覆盖在她的眼睛上。她的皮肤比我想的还要娇嫩，我轻轻地抖了一下，她的眼睛就在我的手心里也抖动了一下，睫毛在我手心画出了文字，表达她的心意，是的，那一刻我读懂了。我记得我的另一只手轻轻地攥在一起，然后我把脸朝前更进了一步，我的唇刚好压在她的唇上，我们在那一刻都没有呼吸。我记不住我们的唇是怎么分开的，我立刻翻了一个身，假装自己睡着了。

这是我第一次亲吻女孩嘴巴，这是我第一次同性的亲吻。

我们第一次见面的场景我已经没有任何印象了，对于我们这个不算大也不算小的公司来说，每天会和很多看似熟悉又不认识的人点头微笑，有可能是在洗手间的水池边、休息室的咖啡机旁、电梯间关门前冲进去后的那一瞬……直到有一次开会，几个部门一起合作完成一个项目，我的级别比她高一级，我拿着资料刚好点到了她的名字。一般情况就是很自然地站起来讲，她好像有点走神，愣了一下，瞬间脸就红到耳朵地站起来了，她的耳朵很漂亮。休息的时候我去咖啡机旁拿咖啡，她正好端了一杯。

"今天是不是走神了还是没准备好呀？"

"嗯？没，走神了。"

"那你反应还是很快嘛，喜欢喝咖啡？"

"嗯，喜欢，给你。"

"你怎么知道我不喜欢加奶加糖？"她把手里的黑咖啡递给我，头是微微低下的，眼神也飘忽不定。我猜想自己可能说得太多了，毕竟不熟悉，立刻说："是你自己喜欢黑咖啡吧，我也喜欢，我自己弄，你喝你的，这个项目老板很重视，他来的时候不要走神了。"

她是短头发，穿了淡蓝色的衬衣和黑色的西装，看起来挺中性的打扮散发着女性的害羞，我想是性格内向的原因吧。我们总是在咖啡机旁遇到，她终于主动和我说话了："你每天喝那么多黑咖啡不会影响睡眠吗？"

"每天累得要死了，睡前喝一杯都立刻睡着。"我说完后她就又不说话了。

"你呢？你不是也天天喝？"

"我？"

"不是你是谁？我们旁边还有别人吗？"今天她的衬衣换了一件淡粉色，她的皮肤有点黑，也许是因为粉色衬托着，她也不化妆，眼睛不大不小很普通的长相，头发好像更短了。

"你的头发更短了？我就不行，我舍不得剪头发，小时候剪过一次，特别地难看，可能因为脸盘子太大了。哦，对了，上次那个方案，我们这边反映还不错，你的细节做得很好，要是发奖金了一起吃饭？"

……

她的手好小，和她面对面坐着，她看着我的指头说如此肉嘟嘟的，怎么还戴了一手的戒指。我不服气，明明从小被人夸奖漂亮的一双手，居然用肉嘟嘟来形容。我卸掉戒指伸出来给她。

"你试试能戴上才怪了。"她接过戒指，轻轻松松地套在无名指、中指还有食指。

"你的手这么细？"我真的没想到，我记得她的脚特别大，有一次买鞋子，她穿的是39码，我身边根本没有这么大脚的女孩，所以我印象里她的手也应该不小。

"你这是畸形,有什么好显摆的。"

"你说说你,我又没显摆,就是看你肉嘟嘟的手挺可爱。"她这样说着,就笑起来,露出她的那颗虎牙,当然还有那两个脸蛋上的小酒窝。我最喜欢的是她的耳朵,有着和一般人不一样的轮廓,因为她的头发从来没有长过耳朵,我第一次见她的时候先注意到的就是她的耳朵。其实她有一个耳洞,不过很少戴耳钉。她的嘴很小,鼻子也很小,让本来不大的眼睛在这样的对比下显得大起来。一般人不仔细看她一定想不到"秀气"这样的词语来形容她,除非你走近了细细地端详她的脸蛋,你会发现如果她能留个长发,穿个稍微女性点的衣服,是能变成古典画册里姑娘的那种模样的。但是后来我发现了她看起来不那么秀气的原因,其实是因为她特别浓密、朝上的眉毛。

我们面对面地吃饭,是那种不热不冷的季节,她穿了大红色的帽衫,她吃起饭的样子特别小姑娘,每一次夹起一小口菜,并不是着急放进嘴里,而是一定会在面前的餐盘里停留一会儿,先从碗里取出几粒米饭,放进嘴里后才会把餐盘里的菜再送进嘴里。那时候我几乎相信她就是一个十足的女孩子,只不过喜欢剪短发。但我很快瞥见她红色帽衫的脖颈那里,时不时地会露出里面的衬衣领子。我认识的女孩子再喜欢男性打扮,也绝不会这样穿着。再怎么说女孩子不会在帽衫里面穿衬衣,但凡穿了小衬衣,也一定会套一件可以露出领子的外套。我根本记不得我是怎么开口问的,肯定不是直接地说"你是同性恋吗?"或者"你喜欢女孩是吗?",她也肯定不是直接地告诉我"我就是同性恋""我喜欢的是女孩"。我们大概用了一种有些隐晦但又能表达的方式,让彼此都了解到了。

我们认识的时候我有一个男朋友，介于一种分手不分手的状态。他似乎根本没有和我结婚的念头，我大概和她抱怨过，她是一个很好的聆听者，从来不发表更多的话，全公司里她是我唯一信任的女人，从未和我八卦过。我记得她隐约地表达过，想找个人很难的想法，但我没有深究，每天这么忙碌地生活，哪有时间去细究，无非是一个案子接着一个案子，得到短暂的成功或者阶段性的失败。

知道了她喜欢同性的秘密后，就好像小孩交换了心里话变成好朋友，我从心理上更加信任她。我的问题总是很多，比如喜欢女孩子是一种什么感觉？从什么时候发现自己喜欢女孩子呀？从来没有喜欢过异性？那你去女澡堂的时候会不会好像我去男澡堂洗澡一样？第一次和女孩子接吻是怎么发生的？

……

后来我知道她有一个特别爱的女人，可是她根本不告诉我是谁，连照片也不给我看。开始的时候我怀疑可能是我认识的某个人，一心想八卦出来，但是每每看到她说到那个人洋溢出来的幸福，就让我觉得不去揭开更好，毕竟她比我们这些人在感情上要辛苦得多。

有一天她发了一个特别矫情的朋友圈：你是阳光，是每日清晨的第一张笑脸，是融化所有的温柔，是最动人的。我想的是好感动呀，被女孩喜欢的话就能有这种特别细腻的东西，因为熟悉的缘故，我就故意给她回复了一句走偏的话：一切问题中最动人的，全都是登高的问题。

"那我们今天就去登高。"

她的车比较大，我上去的时候稍微撑了一把才到座位上，我坐上座位的时候她笑了一下，我记得特别清楚。她穿了一件蓝色的卫衣，领口那里露出稍微深一些的衬衣领子，头发侧分梳到了一边，不知道是不是换了发型还是因为穿的衣服有清新的颜色，在这样的春日假期里格外好看的那个笑，从那一刻开始，印在我脑海里，在每一个夜晚，都在我的脑海里转呀转，我会特别想把她赶走，实际又舍不得赶走。

大概就是那个时候觉得喜欢了她。可是她是女孩呀，我也是女孩呀。

天空并不是特别地湛蓝，而我的心是蓝的。车上是她已经买好的咖啡，还有我最喜欢的司康。她说这个咖啡无意喝到了味道很不错，英式的司康也是，让我现在就趁热吃，冷了就失去那个味道了。

"我最喜欢吃这种了。"

"是吗？里面还有果酱，好几种口味。"

"你也太贴心了，这么贴心的小姑娘要有个人好好疼你呀。"我说着忍不住把手伸过去捏了下她的脸蛋。真的好嫩呀，皮肤像是小朋友的一样。

"你用什么护肤呀，这么嫩。"

"你喜欢用什么护肤？"

"哇哦，这是你第一次问我问题吧。"

"啊？是吗？"

"你自己不知道你有多神秘，你从来没有好奇心一样，从认识的那天起，你没发现都是我无穷无尽地提问，而你从来什么都不说？"

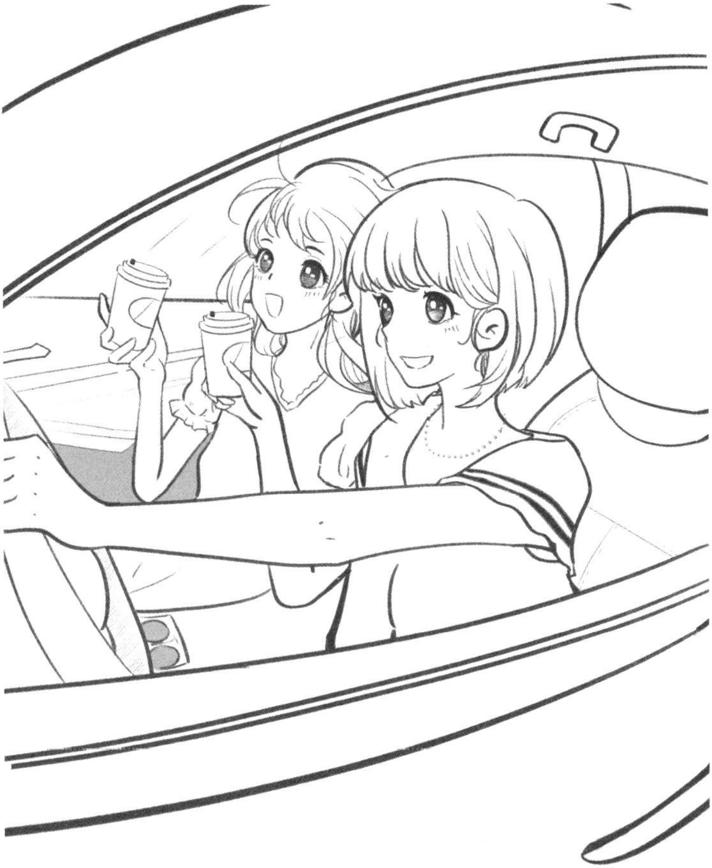

车子就在我们这样的聊天中向着前方，窗外的大楼越来越少，车和人都少了起来，她的车开得很稳，遇到隔离带的时候也不怎么颠簸。我的心随着远行和窗外的景色变得开阔起来。阴天最适合走路，记忆里我还是第一次走在这种铺好水泥的平坦山路，走着走着，胳膊蹭到她的胳膊，手指头也会贴着她的，好几次我都忍不住要直接挽住她的手臂，或者干脆握住她的手，一阵风吹过来的时候，拍打我的身体吹起我的头发，却像是抚摸我的心。有点儿不好意思地自己抓住自己的手。

"你的手不舒服吗？走得久了肿了吧？"被她这么一说，我发现我的戒指紧紧勒着指头。

"真的耶，好像有点。"

"你像我这样，把手举起来，因为你的胳膊一直这样朝下，走得久了所以会肿。"她的声音在弯曲的山路中，一遍又一遍，她的手臂很长，背影看上去，显得整个人更加挺拔。走在前面的她，就这样举着两个胳膊，转过头来给我一个微笑。

"你比山间的风景好看。"我自言自语地说了一句，然后放大声音对着她说："你好像投降呀。"

"哈哈哈哈哈……"整个世界都只有两个人的笑声。

二

夏天是一个多好的词语，就是那个夏天，她总穿一条黑白竖条纹的甩裤，非常宽松的款式，上面一件简单鸡心领的T恤，有过白色的也有过黑色的，白色的那件胸口有一个很小的红色桃心，黑色的那件在右侧也是胸口的位置有个机器人的笑脸。她很少会把长长的头发扎起来，只有桌子上文件都堆满了，这样的时候她会把总是套在右边手臂上的黑色橡皮筋，扎到头发上去，大部分扎起来的头发是马尾，偶尔的时候也会胡乱地挽成一个团子。这时候就能露出她右耳朵后面那个文身，开始的时候我分不出那是什么，直到终于看清楚了，是一个线条优美的小燕子。她好像没有结婚，每天上班都会戴戒指，而且左手两个的时候右手就有一个，或者反过来，看多了就能记住她戴戒指的搭配规律。我猜想她的中指和食指的粗细几乎一样，因为戒指可以交换着戴，无名指应该最细，有时候加班晚了，估计手会胀起来，她手上的戒指就全部都戴在无名指上了。不管是找她说工作还是在休息室聊天，她表情最多的就是微笑，不会张开嘴大笑，也不会笑得前仰后合……扎起头发的时候，微笑是干练、精神的，披着头发的时候，微笑是温柔、大方的。

　　她不喝饮料，每天都要喝咖啡，不加糖不加奶的黑咖啡，极少数的时候会喝红茶，我推算估计那几天的她身体不舒服。好像她的小肚子也不会痛，但我还是买了小包的红枣红糖混在红茶包的旁边，都被别的女同事喝了。她从来没有喝过一次。我从来不喝咖啡，她喜欢的就会吸引我，就有了硬着头皮喝下的第一杯黑咖啡，虽然难喝，可是眼前浮现她拿起咖啡杯送到嘴边的模样，我就爱上了。只要她去了咖啡机旁，我就会准备喝一杯，用手指头触摸她刚刚摁压过的那个按钮，好想变成那个按钮。无意间我听到同事们都问她运动相关的事情，知道她喜欢跑步，家里有跑步机，偶尔还会去打拳……越是了解越是让人心动的她，身体散发的气息都是积极的。我从一个休息就爱睡觉的人，开始每天下班会去跑一段路，再也不渴望睡懒觉，休息日最盼望的就是有一个好天气，这样我就可以早早起来好好地跑一跑。其他时间就愿意去被人推荐的咖啡馆坐坐，试试哪家的咖啡更好喝，想象着会不会在某天遇到她，当然更是幻想过有一天可以带她来。

我从来没有这么开心和幸福过，小时候发现自己喜欢女孩子，却谁也不敢说，直到第一次得到喜欢人的爱，我以为那是我这辈子最难忘的时刻，谁想到在这个公司里，居然遇到了比初恋还美妙的她。我们两个部门刚好交叉完成一个项目，正在发言的她让我可以明目张胆地偷偷看她，她就叫了我的名字。我的脸都红了，浑身像是被放大镜在烈日下点燃的蚂蚁。我们第一次面对面地说话，她那么善解人意那么美好那么……我的世界里美好的词语都不足以形容她，总是会化解你的尴尬的她，总是不强求别人的她，总是给你生活里带来阳光和微风的她……

美梦成真这样的词语从她第一次叫我名字开始，像是一面完全堵死的墙，"哗啦"一声巨响，墙完全炸裂开来，前面出现了平展的大路。我小心翼翼地踏出一步，路的两旁长出了高大的树，以为只是幻境，以为会坠落，但是我接着跨出另一只脚，我就这么慢慢地走上了这条本来只在梦里的路。

当我们有了我心里第一次的约会，纠结了很久的问题在她的面前变得什么都不是，完全无法欺骗她。告诉了她其实我喜欢的是女孩，我低着头假装吃饭，悄悄地看她，不管怎样她表现得都特别好，没有放大瞳孔吃惊地看着我，更没有那种"我早就知道"无所谓的表情。最最重要的是，她也没有因此疏远我。

记得有一天加班后，我就假装和她一路，不经意又故意地问到了她家的位置。那时候我们几乎每天都会发微信联系了，早起的笑脸回家后的晚安，她似乎并没有和男朋友同居，关于她所有的事情我都不敢问，我害怕自己听了吃醋，更害怕问了什么她不喜欢的问题，只要能看见她听到她说话知道她今天挺开心我就已经心满意足了。那天是休息日，她一整天都没有和我联系，我从来不敢主动给她发信息，都是她发给我，要不我就一直等着。天快黑的时候我实在等不下去了，我就去了她家附近跑步，还故意发了一条朋友圈。可是她也没有给我发信息，连一个赞也没有。

那是我和她认识后对我来说最漫长的一天，也是我人生里最漫长的一天。所有她看到的我的不经意，统统都是我的故意，我像是一个演员，每天都因为她赋予了自己很多戏份儿。有时候伤心，有时候惊喜，有时候让我更寂寞，有时候被幸福包围。

第二天一早的时候她终于给我发信息了，约我去看电影。

想到她要坐在我的身边，想到黑暗的影院里她就贴在我旁边，想到这些我就觉得我必须拒绝她，因为太怕会暴露了自己的感情，太怕因为被她知道再也不能看到她……

"好呀，那我们大概看几点的?"但是我还是拒绝不了这个诱惑。

我连电影的名字都记不住了，只记得进场后坐在最后一排的她就在我的旁边，电影屏幕的光时不时映衬着她不同的表情，还有她身上好香的味道……她忽然挽住了我的胳膊，整张脸都埋在我的胸口，要不是电影院轰鸣的声音，我觉得我心脏炸裂的声音一定会被她听到。她的手紧紧抓住我的胳膊，脸用力压在我的肩膀下面的那块皮肤上,我都感觉到她睫毛一眨一眨的,直到她松开来,我整个身体都完全僵硬了,不敢去抱她,不敢呼吸,不敢说话,不敢想……

"吓死我了,那点儿演完了吗?"她说了这几个字。

"没有掐疼你吧?"手已经没有那么用力了。

突然她的头就抬了起来,就在我的眼前,她的眼神和呼吸一股脑儿地扑面而来,和她香香的气息一起包围着我,抚摸我脸上的每一根汗毛。

"你的胸部挺软的呀?好像比我大。"一脸天真无邪的模样说出这么害羞的话来。我真想一把抱住她,狠狠地抱住她,抱住世界上最好的我的她。可是我什么也没有说,什么也没有做,我连眼睛都不敢眨一下的,只是给了她一个淡淡的微笑。也许她根本没有看到也没有注意到。

"喜欢女孩什么感觉?你几岁知道自己喜欢女孩的?"

"啊?就是看到她微笑就会心动。从小就喜欢呀。"

"你为什么不穿胸衣呀?我感觉你胸部挺大的呀。"

"我穿呢呀,我怎么可能不穿。"

"我的天哪,你会不会去女澡堂的时候好像我去男澡堂一样,满眼都是欲望的裸体。"

"你的天哪什么呀,我又不是变态,我只看到自己喜欢的女孩裸体才会害羞,看到别人的怎么会有感觉,我不是看谁都会喜欢的好吧。"

"哦,那就是你其实看到我就不会有感觉,但是看到自己喜欢的人就会有。"她说着自己还点头。

"怎么会看到你没有感觉,只有看到你才会有感觉。"我在心里这么说着,又想到她刚刚埋在我的身体上的气味,忍不住又朝着此刻的她靠近了一些。

"那你多久没有女朋友了?"

"有段时间了吧。"

"那一直没有喜欢的吗?我觉得现在找个在一起的人好难呀。"

"我有喜欢的人,特别地喜欢,特别地爱她。"

"真的?给我看看照片。美不美?"

"很美。"

"哇!"

"你哇什么?"

"没什么,就是……那你为什么不追她?"

"就是不能打扰她的生活吧,你也不知道人家喜欢什么,也许有男朋友。"

"这样哦……"她好像在思考什么,却不知道我到嘴边却不能说的话,在身边却不能相拥的你。

我们聊天的时间越来越多,上班的时候她看到谁怎么了就会发给我,她有调皮得好像小姑娘的一面,更有工作中认真负责的一面,还有浪漫的她,看片子会哭看书会哭看到小猫小狗也会感动,尤其喜欢小孩子。每每这个时候,我就又开心又失落,更加坚定地要守住爱着她的秘密,只有不打扰她让她继续这样生活下去,有一天遇到对的人,有一个可爱的属于她的孩子。

三

"你看看你自己把女儿惯成什么样了?"

"我女儿怎么了?"

"你女儿这个年纪了,也不找对象,天天打扮得男孩子一样,哪个男孩敢接近她,我看她好像还抽烟吧,你这当爸的,确实要好好管管了。"

"说得你们好像都不惯自己的孩子一样。"

"不是你那个惯法。"

我本来想争辩下去,但我没有。三十年前,一个小天使来到了我们家,她有着清澈无邪的眼睛,嫩嫩的皮肤让我这双粗糙的大手都不敢用力地抚摸,和她妈妈比起来,我觉得她长得更像我一些。她从小就很特别,到了玩玩具的年龄,那些过家家用的mini玩具锅碗,她都不喜欢,她小姨好不容易托人买来的时髦娃娃,她连看都不喜欢看。捡个小树枝当个武器,就能玩好半天。到了上学的年龄,妈妈觉得她这样不好,给她留了长头发,买了公主裙,她从小到大都是一个听话的孩子,乖乖地穿着去上学,只是等再回来的时候,小公主就变成了收破烂公主,从上到下都变得脏兮兮的。什么翻杠子打沙包,拿着玩具枪和男孩子们疯跑……很快就被田径队的老师看上了。那时候老师就总和我们表扬她,特别能吃苦,也很认真,性格开朗也不喜欢和其他小朋友闹别扭,很会让着别人。

记忆里女儿就是从那时候开始再也没有梳过一天辫子。

在我的认识里我的孩子到哪里都是人见人爱的，只是她的妈妈随着她年龄一天天增长，和她开始有了矛盾，围绕的核心只有一个：穿裙子。

"你是个姑娘你为什么不能好好地穿穿裙子？"

"我觉得不方便、不舒服呀。"

"又不是让你训练的时候穿着，就放假了出去玩的时候穿穿不是很好看。"

"这种事情有什么关系，没说穿裤子就不好看。"

曾经有一次她生日的时候妈妈给她买了一条裙子和一双小皮鞋，我能感到女儿收到的时候明显地迟疑了一下，可是她的善解人意我是知道的，她立刻微笑地说感谢，在妈妈的催促下，她当时就试穿了那身裙子。那是一条白底红花的无袖裙子，有非常大的裙摆，如果用力地转圈，裙子几乎可以和地面平行起来。女儿和她妈走在路上的时候都是挽着，那天她穿着裙子和她妈挽着走路的背影在以后很长的时间里都显现在我的眼前，但父女之间的感情让我可以感到一股和从前女儿身上不同的气场。

她妈高兴了好一阵子，但也总是埋怨不该让女儿参加田径队。我总是笑一笑地说："这样多好，身体好也不生病，比什么都重要。"那条裙子在那之后就被她塞进了柜子的最底下，可是她妈妈忘记不了，时不时地提起这条裙子，说是很贵呢不穿浪费了类似的话，唠叨来唠叨去的。后来她觉得这些话并不起效，于是就干脆拿了出来，放在她的床头。那之后女儿倒是会时不时地穿一下那个裙子，直到我发现，她其实每次都会先去附近肯德基这样的快餐店，换掉裙子，再去上学。

之后的某一天，我悄悄地把裙子洗坏了。

我一直觉得女儿是上天送给我的独一无二的礼物，她坚强、细腻、敏感且善解人意，即使她在很多时候都好像一个男孩子，那只是她呈现给外人的一种表象，在我心里，她只是一个不娇气的公主。

她妈妈喜欢自驾旅游，每年都会一家人开车出去一次。下午六点左右，吃了晚饭我们开始出发，走的国道，走了会儿开始下雨，天空还没有全部暗下来，时不时地还有几个住户在路的两边，随着暗下来的天色，路也越来越难走。好在前面一直有一辆皮卡车，我们想慢慢地跟着它应该没有什么问题。她妈妈已经在后座时不时地打起呼噜，雨越来越大，车在雨里开得艰难极了，其实我的心里有点后悔选择夜间走山路，但现在这种状况，也只能硬着头皮开，好在我女儿就在旁边，我开车的时候她从来不打瞌睡，和我时不时地聊天让开车变得有趣。六十公里走了八个小时，雨大得好像泼雨，路的中间是石头，两边的泥土已经被水泡得松软起来，前面的大卡车开了过去，可是我们的车却陷进去了，大半夜的好不容易找个人家借了灯和绳子，结果找了绳子因为后车没有动力，拉不出来。借了一个铁锹，一直挖，想挖出来，可是湿了的泥越挖越陷进去，只能挖中间，用石头垫两边。还好有修路工人帮忙，两个人对挖，挖到一定程度，垫上石头和沙子，直到右后轮可以挨住地面。

就这样挪到一家有点亮光的，开始换轮胎，我和女儿已经浑身湿透，泥巴糊了一身，我说我来换，可是刚才确实已经用尽力气，根本弄不动千斤顶，女儿非让我上车，让我先换件干的衣服，她弄好了就上来……我换好了衣服和她妈妈在车上，从头到尾，她妈妈都没有下车一次。在任何时候，都会让我和她妈感到放心的孩子就是我的女儿。

那年自驾去南方，赶上闹雪灾，我们正在高速公路上，已经进了服务区，可是什么都看不到，雾简直太大了，车没办法开，可是停着又害怕其他车回来，不知道怎么办的时候，我女儿果断下车，让她妈妈拿着我们车上的户外灯和车上的大灯一起照着，她可以勉强看到我们车的位置，她看着灯喊着指挥，我们跟着她的声音，总算开到了服务区的停车位。这就是我们的女儿，在遇到危险的时候永远果断、冷静且勇敢。

她体育很好，尤其喜欢跑步，不仅速度快耐力也好，两条腿又长又直，跑起来像是小旋风。我血糖血脂高，医生让我多运动，但是长期抽烟的原因吧，跑起来的时候我的肺简直受不了，明明知道女儿比较喜欢跑步，还是希望她能陪着爸爸散步。她从来没有拒绝过我，只要时间允许，总是跟着我的节奏。一般我散步的时间比较长，都在一个半小时，有一次她走着走着就开始捏手指头，我说你学着爸爸这样把手高高地举起来，因为你的手长期下垂，血液都朝着下面涌，手肯定会有肿胀的感觉。

像所有孩子的家长一样，都想把自己的孩子留在身边，尤其是一个女孩子，我们希望她有稳定的工作，希望她不要太辛苦，希望她有个好的归宿。女儿毕业后就来了我们单位，我们是国企，相对稳定，单位里的小伙子虽然不是大富大贵，但起码都是稳定、本分的，就算是不和单位的小伙子，这样一份稳定的工作，介绍起对象，第一印象也是很好的。可是女儿上班没多久，就有关系好的朋友劝我，围绕的话题无非"女孩要有女孩模样"，更多的指责我太惯着女儿才导致她这么任性。

女儿是自己辞职的,她每天按时去上班,不声不响地默默承受种种闲言碎语,从来不和任何人发生争执,在我们丝毫没有察觉的情况下,她说自己找到了一份很期待的工作,已经递交了辞呈,很快就会入职了。这一次要去外地,又生气又心疼的妈妈听着女儿慢慢讲着自己的规划,不知道说什么。天色暗下来,就剩下我和她两个人去散步。

"真的决定了吗?"

"运气比较好,递交了简历通过了。工资比这里高很多。"

"你怎么不算算在家吃住都不花钱,去了那点儿工资够你干吗?"

"可是爸,我不是一辈子要在家里呀!"

"可是你永远是我们的孩子,父母都会为你担心。而且你这个决定没和我们商量,你现在这么稳定、这么好,你还小,很多道理都不懂。"

"爸爸,你说人走路的时候手臂是不是应该是自然下垂的,好像我们现在这样?"

"啊?嗯。"

"是呀,大部分的人都是这样,这是比较公认也是常态下的身体,可是走着走着手肿胀了怎么办?"

"你想说啥?"

"你教我的,手肿胀了就这样抬起胳膊,过一会儿就好了对吧?但是这样就不是这里散步走路大部分人的模样了。我就是这个肿胀的手,常态下的我不舒服,特别难受,为什么我不能把手抬高,缓解这种不适呢?爸爸,从小道理都是你教给我的,我只是慢慢地把这些付诸实践。"

"不是一样的。"

"是一样的,我是你们永远的孩子,你也是爷爷奶奶永远的孩子,可是现在你不是也有我妈,也有我,那么对我来说,也不能永远在你们呵护下生活吧?我不喜欢现在工作的环境也不喜欢现在的自己,如果我都没有办法喜欢自己,又怎么让别人喜欢我?我又怎么寻找和组建你们操心的家庭呢?"

有时候我想可能我真的是把自己的女儿惯坏了,她几句话就温柔了我的心。换个角度想想,我们这些人,从小家里弟弟妹妹多,得不到父母全身心的关爱,谁的人生又不是自己走出来的,现在强调的是孩子的稳定和我们认为的幸福,可是漫漫人生,能够给予的陪伴都是短暂的,那个假小子一般的我的公主,一转眼到了结婚生子的年龄,她的未来,我和她妈又能陪伴和给予多少呢?

四

"可是你有和我一样的身体呀!"

"嗯。"

"你别光笑嘛,你是不是和我有一样的身体?"

"可是心理是不一样的。"

"所以你就知道你爱的那个人不会喜欢你?"

"因为我也是女人,所以我不想让我喜欢的女人痛苦。"

"你看看,你刚刚说你心理不一样,不一样你又怎么知道女人的心思?"

"我有一颗比男人更细腻比女人更坚强的心。"

"切,别这么自我表扬了,怎么会。"

"这就是一个bug。"

五

我谈过几次恋爱,爱过几个人,我的耳边有刺青,我有时候叛逆,大部分时间乖巧,我思考过很多问题,但是认识她后,我每天都觉得世界因为她,变得更广阔了一些。除了对她的好奇之外,我随着那些奇奇怪怪的念头开始对这个世界产生了好奇。毕业后进入公司,在发生了翻天覆地的变化之后,思维也越来越成熟,虽然职位越来越高,工资越来越多,但对于生活的热爱却渐渐地淡下来。今年买了一个LV,明年买了一个香奈儿,新出的口红色号全球断货,偏偏我抢到了一个,到了单位,被叽叽喳喳的一群女同事羡慕地一拥而上,你一句我一句地羡慕五分钟,兴奋的感觉不过这些,然后继续不知不觉地过着。期待一场爱情但害怕更多,这个人有没有房子有没有潜力,这个人会不会温柔会不会疼爱,于是想想还不如一直期待不要遇到。

我站在地铁的站台上,眼睁睁地看着地铁从黑洞洞的一边开过来,一拥而上的人,车门关闭前报警的"哔哔"声,随着轨道上发出的轰隆声,又是左边到右边空洞洞,然而很快站台上拥挤起来。我拿出手机,发出那几个字,很快就有了回复。

"我们还是分手吧。"

"我以为早就分手了。"

我继续站在站台上,看着地铁这样一列列地驶去,想到初恋时候分手的夜,难过的心情刻骨铭心地随着黑夜的深沉,像雕刻师一样一笔一画地划着我的心,然而此时此刻,我却连应该有的难过都没有,明明是牵过手的同床共枕过的人,就这么几个字划出了我的世界,我却一点儿感觉都没有。我就想起了小的时候,家附近有通向远方的火车,总是会有一周的某天一定要缠着爷爷带我去看火车,爷爷骑着大大的黑色自行车,把我放在横梁上,我装模作样地挺直了身体,朝着轨道进发。有时候一列火车接着一列,有时候朝着东边又朝着西边同时两趟火车呼啸而过,我激动得一句话也说不出来,只有庄严、隆重呼啸而过的火车声音,盖过了周围的一切。

一切就突然变了,悄无声息让一切变得突然。

六

"你在干吗呢?"

"我刚刚分手……"这几个并没有打完,我就删除了屏幕上的字,犹豫了一下,自己都觉得无关痛痒的事情还有什么值得说一下的。

"等地铁呢。"

"你是不是后天休假?"

"你要约我去玩吗?"

"差不多吧，但是不是我。"

"？"

"首先你可以拒绝我，其次你还可以拒绝我，最后你还可以拒绝我。"

"你是要给我介绍你亲戚当对象吗？"

"我爸妈来看我，你能不能帮我陪一天？那天我们有会我不能请假，我刚好看到你恰巧休假。"

"给不给小费？"

"五块钱一口价。"

"五块一不能少了。"

"五块五，你借给我件你的衣服穿穿，不要裙子，就是稍微娘一点儿的，然后能不能给我买一个不要你那种带着海绵垫的内衣？"

"你要干吗？还有娘一点儿什么意思？我每件衣服都很娘好吗？我的胸衣也不是海绵垫，你别胡说，都是真材实料。"

"哈哈哈哈，反正我求你你说啥就是啥。"

"你见你父母还要特别装一下呀？他们不知道呀？"

"不知道吧。我觉得不知道。"屏幕上一会儿就一串长长的对话，刚好地铁进站了，我随着人群上了车，成为地铁上一起玩手机人中的一个。这种感觉让我习惯也让我熟悉，我觉得很安全。

给她发我订好的烤鸭地址，两个人为了哪家的更好吃，纠结了半天后还是选了我推荐的，下了地铁走过老字号的店铺，我进去挑了一盒点心，既然要陪着老人家玩，见面空着手也不好，买别的又不一定买得到心上。回到家后我就开始翻箱倒柜地找衣服，还是穿得比较淑女比较好，要不然会不会让她父母觉得我这个人不好？还有一定要注意的就是头发一定要散开，文身还是要挡住比较好。

"哎呀，我怎么觉得这么紧张见你爸妈，会不会印象不好不许你和我来往了，会不会把我带回家去呀？"

"你想啥呢，我爸妈人好得很，而且你这么可爱，谁能对你印象不好？谁说不好我打死他。"

我们约好了在单位见面，她的爸妈想看看她工作的地方，然后我开她的车带着叔叔阿姨出去玩，晚上下班看情况，来得及就接她，来不及直接吃饭的地方见面。她长得比较像爸爸，妈妈的气质很好，身材匀称没有任何中年发福的迹象，简单地寒暄后，两位老人就上了车。

"叔叔阿姨，有什么需要或者不舒服都直接和我说，别累着了就行。"

"我们都说了不要麻烦你了，自己转转，羽生她非不同意。"

"羽生？"

"哦，她小时候改了名字，本来叫这个，自己非要改的，羽生性格特别倔。"

"谁不倔呀，你自己还不是，还说女儿。"

"我刚看到叔叔就觉得特别熟悉，似曾相识，然后想了想羽生长得像叔叔。"我第一次听到熟悉的人叫了一个陌生的名字，可是"羽生、羽生、羽生"好好听，以后我就要这么叫她。

"其实长得像我，她自己偏要打扮得像个小子一样，就像她爸了。"

"像阿姨气质好。"

她的爸妈是那种不喜欢麻烦别人非常温柔善良的人，虽然一路上两个人喜欢拌嘴，可以感觉得到非常恩爱，我就忍不住地想：明明她有一个幸福的家庭，可是为什么会不喜欢异性只喜欢女孩呢？看着她的父母，我原本很明快的心情变得暗淡下来，尤其是她的妈妈问我有没有对象的时候。

"之前有一个，前段时间分手了，我们工作忙起来比较辛苦，加班什么的，忙着忙着男朋友就忙完了。"

"你说你这么好看的都没有男朋友，我们家羽生更让人操心了。你有没有见过羽生和男生谈朋友？"

"你怎么刚认识就问这样的问题？"

"叔叔没事，我们特别熟悉，阿姨想问什么都可以的。羽生在单位可能干了，大家都很喜欢她呢。"

终于到了长城，停好了车，买了点三明治，阿姨没怎么吃，我和叔叔吃了些，我们走了一阵子阿姨说累了走不动了，叔叔问我累不累，我说我经常运动，于是我就陪着叔叔继续走走，阿姨说自己原地休息转转。因为不是节假日，长城上的人并不拥挤，我心情特别地好。

这时羽生来信息了："我爸妈烦不烦？"

"羽生的爸妈一直在喂狗粮。"

"你咋叫我小名？"

"多好听呀，干吗呀，你妈妈累了，我和你爸爸再走会儿，你开完会再说。"

"是和羽生发信息吗？麻烦你啦，好不容易休假，陪着我们瞎转。"她爸爸走起来很快，身体很好。

"她今天开会没办法，我们这种外企，不是想请假就能请假。

一点儿不麻烦，我也难得有机会来当好汉。"

"你走累了就说。"

"叔叔，我天天跑步，体力可不是一般。"可能因为是她的爸爸，我对着他说话的时候，觉得特别亲切，一点儿也不拘束。就是其实我已经开始出汗，但是不好意思扎起头发，担心她爸爸看到我的文身。

"羽生……是不是喜欢你？"我被冷不丁地问了这么一句话，好像突然刮来一阵冷风，我感觉我浑身的汗毛都竖起来了。我假装没有听清，故意把步子迈得大一些，可是她爸爸也加快了步子。

"羽生在这里，你们是朋友，有什么你以后都可以和我们联系。"

"没问题的，叔叔，一会儿我们加个微信留个电话。"

"羽生是不是喜欢女生呀？"

我感觉这句话像是产生了回声，一阵阵在山上回荡起来，我满脑子都乱起来。"她？喜欢女孩？我们在首都生活也不容易，每天都想着多赚一点钱多完成一个案子，根本没时间。"

"是吗？"

"刚我还和羽生发信息说，叔叔阿姨好恩爱，还在感慨遇不到这种真爱，还是好好赚钱是王道呢。"我感觉我心都跳到脑子里了，比我和大客户谈业务还紧张，尤其是她爸爸一副十拿九稳的模样，不慌不忙地走路，感觉简直就是计划好套我话的。

"羽生在这儿也不容易，人都不容易呀。"她爸爸说完这句话，大步地朝着前面走起来，弯弯曲曲的长城，一个男人的背影，让我想起朱自清的《背影》，突然间，我不知道该心疼一下她还是她的父母。

"我们往回走吧，走了一阵你手要是胀起来，就这样把胳膊举起来，血液就朝上走了，手就不肿了。"这样的话这么熟悉，这样的场景这么似曾相识，这样的人都这么可爱。

"叔叔，是不是这样，好像投降一样？"

"哈哈哈，要是羽生和你一样就好了，不过羽生怎么样都是我们最爱的好孩子。"

那一刻，我有很复杂的情绪，感到了爱，感到了痛，感到了存在，还感到了什么呢？我感到了那一刻，永远停留在了山间蜿蜒的砖墙中，和脚下的长城一样永恒。

我们吃了一只烤鸭，还吃了很多其他的菜，很久以来，在这个大大的城市里过着小小的自我生活，我看着眼前的一家人，越发地羡慕。

七

那天晚上，我就留在了她家，洗完澡后我穿着她的T恤躺在她的床上，我们一人盖了一床被子，我有点想说点什么，却一直没有说，她在我的身边一动不动，我甚至都不知道她有没有呼吸，我也无法判断她是不是睡着了。

直到我睡着了，又醒来了，灯一直没有关，她就在我面前，闭着眼睛……我开始观察她的脸，我开始有很多以往的画面……开始有很多未来的画面。

我想我知道我做了什么，可又觉得只是一个梦。我翻身转过脸，假装自己睡着了。即使闭上眼睛，我的脑海里还是她脸颊上的小雀斑和她的呼吸还有手里的温度，好像我们还是面对面地看着彼此。

"我一动不动四个多小时了。"

"你爸爸好像知道你喜欢女孩子。"

"爱我的人都不会介意吧。"

"爱是什么？"

夜晚的时候还是该睡觉的，很快我就睡着了。我梦到羽生站在一片墨蓝色的水里，她的身后是水花是浪潮是无声翻涌着的宁静……云朵在她的身后，是另一个世界的她，就在她身后那片海的天空上飘浮着。我非常清楚地记得她告诉我，看到云朵的时候就想哭，因为那里住着一模一样的自己，想去认识和疼爱。

爱是什么？是快乐？无助？悲伤？想念？失望？欲望？背叛？善良？美好？伟大？自私？陪伴？……在还没毁灭前，爱让我们变得结实且柔软，像海浪和大山，有着自然的弧线和起伏。

小 云

你指着那朵云朵诉说着，你说它是你从小搂在怀里的兔子，它不是丢了，而是去了另一个世界对你微笑。她顺着你指的云朵看过去，大概起了风，兔子的耳朵被轻柔的风融化在蓝色里。

她嘟起嘴巴说："哪里有什么兔子，你家的兔子没耳朵呀，勉强说是熊或者猪。"

我一直看着云朵从这样变换成那样，我一直期待着它可以变成我丢失猫咪的模样，所以任由它们叽叽喳喳地争辩，我也不言不语，耐心等待。

谁在童年时候没有看着云朵发呆过？那是你最初的想象力，不带任何粉饰，没有掺杂期盼，是单纯想象和联想的能力。我上了大学后在一堂写作课上，老师告诉我们写作中常用到的"简单想象"就是看到一个图景幻影成另一种模样，举了最简单的例子就是云。那时候坐在我旁边的就是小云，班里就一波波浪潮般议论起来：老师，你说的是小云吗？老师，小云像什么呀？老师，小云是变成花了还是一条龙？

不光是在班里，常常会引起这样的小骚动，我俩一起去食堂打饭，总有人故意让我们插队，吃饭的时候，总有人送来一杯绿豆汤可乐酸奶什么的。小云有一次丢了饭卡，不仅饭卡完好地送到她手里，里面的钱还多出了500块。小云找到还她饭卡的男生，说要把钱还给他，男孩死活就是不要，解释自己粗心，充卡的时候拿错了，那就将错就错吧。

谁也不曾俘获了小云的心。她对每个男同学都一样，笑容很少挂在脸上，帮她做了什么，她平平的嘴角会抿起来朝着两边咧开些。她笑起来的时候就是这么故意地闭起了嘴巴。大部分人的嘴唇平日里都是上下紧挨着的，小云的嘴唇总是微微张开着，有着一条小小的缝隙，里面洁白的牙齿若隐若现，生来就是一副诱惑旁人去吻它的模样。人造美女多起来后，双眼皮就不稀罕了，想多宽就能多宽，不够大的话，内眼角开了还有外眼角，加上美瞳后眼睛可以占据脸上六分之一的位置。小云的双眼皮不宽大，她也不戴美瞳，她脸上最吸引人的是立起来的鼻子，直挺挺的鼻梁上一个翘起的小鼻头，那样的弧度就像俏皮的小姑娘做了坏事还惹人心疼。

几年同学，我从未见她感情用事，这类的烦恼更是几乎没有，无论哪个男孩怎么对她，旁人都被感动得一塌糊涂，她的微笑永远不多不少，嘴角抬起的高度都不怎么变换。和她聊起想要找的男孩子，她也很少正面地回答我，好像偶尔说起过，她并不期待什么身高或者长相，那些把我们迷得要晕倒的帅哥，她是一点儿兴趣也没有。越是不回答越是好奇地问她，后来就喜欢用"随缘"这样的字眼来搪塞过去。

上大学前，关系好的总是约着去同学家里写作业，对于彼此的家庭都比较清楚，住在哪里家里几个人都是做什么的。上了大学后，班上有很多外地的，自然对于同学的家庭就不太熟悉了，只有个别的学生，因为大家住在宿舍，就能从吃穿用的上面看出。我知道小云的家里是做生意的，因为大家天天在一起玩，我感觉她们家的条件应该是很好的，比如一起逛街的时候，看到喜欢的衣服，过不了多久她就肯定穿上了。虽说她天生丽质，但总是教育我，漂亮女孩都是要打扮的。所以就连早上六点半起来跑操，她都一定会早起，洗了脸化个淡妆。我就是跟着她，学会了做皮肤的护理，学会了冬天也要涂隔离，学会了用黑色的眼线笔把睫毛根部填满，让眼

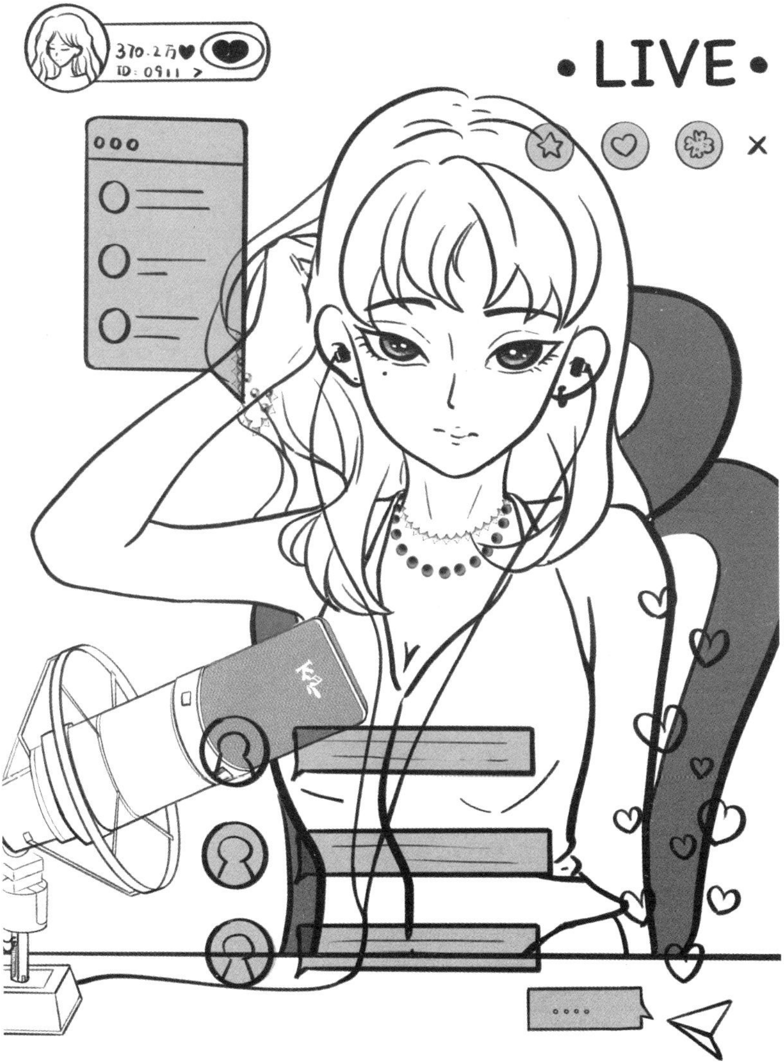
370.2万
ID: 0911 >
• LIVE •

睛看起来又大又自然。

我们都喜欢电影,晚上在宿舍最喜欢的就是买了酸奶水果,两把椅子并在一起看电影。有次抱怨了一下,要是能有个小沙发卧在一起看那就更爽了,没多久就有人给小云送了这么一个。曾经有那么几次,我和小云窝在一起看电影,我恍惚被电影情节感动着,恍恍惚惚地觉得,这辈子小云也是我生命里最重要的人。

我们的床是上下铺的架子床,小云和我的床靠在一起。有一天半夜我起来上厕所,迷糊中还没起床却感觉自己的床在轻微地晃动,没有睡醒的关系,我也没太在意,正是停了暖气倒春寒的几天,我翻了几个身还是担心被窝外太冷,隐约地听到哭的声音。开始判断不出是谁,后来发现居然是小云。

好漂亮的云,好美丽的云,好可爱的云……大家都喜欢这样叫她,但她并不快乐。我稍稍留意就总是听到她在深夜哭泣,那种哭泣的声音很低,在小屋子里分不清是一直回荡还是不停哭泣,让原本熟悉的两个人突然陌生起来,嘴巴想问她的一句"怎么了亲爱的"就这样咽了回去。后来我试探性地问过小云,在夜晚的时候是否听到宿舍有人哭,她很平静地看着我说:"你是做梦了吧,晚上宿舍那么安静怎么会有人哭。"

终于有一天,小云恋爱了。

她去私人的服装店里买一条背带裙,砍价的时候,卖货的男孩说:"那你把电话号码给我,我就便宜给你。"他们居然是这样开始的。她真的恋爱了。那是小云在我眼中最美的时期,她开始有稍微放肆的笑容,表达的时候,也开始伴随着肢体语言。有种冰冷被融化的感觉,有血有肉的味道更浓了。

"你知道吗,我们去北京进货,晚上住在一个屋子,我去洗澡,洗澡完了不是就素颜了嘛,对着镜子左看右看没有勇气出去面对他。好紧张。但是睡觉又不能化妆,对皮肤太不好了,想来想去,我就涂了眼睫毛,这样看起来眼睛还是比较有神好看的,我洗好出去,他就伸手要抱抱,我迎过去抱抱,脸刚好靠在他的肩膀上,他穿了一件白色的T恤,我的睫毛膏就一根根地印在他的肩膀上了。真的好尴尬又好幸福。"她的胳膊缓缓地放在胸前,小手握成更小的两个拳头,举到脸蛋的位置,一边说一边轻叩自己的脸蛋。

这样美好的小云只出现过这么一小段,只剩记忆。后来我猜想她可能堕胎了。她的笑容更少了,比从前还要冷静,不涂粉底的脸色总是很黄。她不仅仅翘课,还经常连宿舍都不回。

"小云现在玩儿得可好了,那天就遇到她和好几个男的一起逛商场呢。"

"我去夜场每次都能遇到小云。"

"小云被人包养了,我那天看见她开着车来学校了。"

每一次听到这样的话,我都想上去为她辩解,尤其听到明显恶意诋毁的,有一种要冲上去撕烂说话人的嘴的感觉。但我也清楚,我们从形影不离到现在一周一次都见不到的原因是什么。我们一起喝酒,会考虑哪个价位比较合适,虽然不能想喝哪种就喝哪种,可是喝了酒的心情特别好,会在几杯下肚后随着音乐,整个屋子都是晃动的,我俩也晃动,还特意去上了几节爵士舞的课,虽然并没有学会什么整套的舞蹈,可是我俩有一系列自己编的动作。喝到心情好起来的那个程度,就必须来上一套这个动作。感情这个摸不到的东西，只有两个人有了才能感觉到。无论小云在别人眼中是什么美人，她在我的心里，就是那个青春里一起莫名其妙就能快乐的伙伴。

直到去玩的时候开始有车接我们，酒单上的酒再也不用去看后面的数字，喝完酒也不担心半夜要去哪里，可以去最好的酒店吃夜宵，也可以去做全套的spa好好休息……可是我再也不想和她去玩儿了，我再也无法从这些原本一样的人一样的活动中找到我想要的快乐。我看到小云对那些给我们买单的男人微笑，我感到内心有种隐隐的疼痛，而我又不能诉说，就好像当我问到她在夜里为什么哭泣时她不愿意开口一样，我也只能暗暗心疼。

"你过得快乐吗？现在你想好了自己要的吗？"

"我想我知道自己要什么，我想我很快乐。"我入睡前发了那个信息给小云，早晨起来看到她的回复，时间是凌晨三点二十七分。我一直看着那个时间，她是因为失眠还是根本就没有睡觉呢？而每个人都有每个人的选择和生活方式，我也只能起床，完成一个学生通常在学校做的事情。

我们再一次联系起来是因为小云又恋爱了。

那时候我已经开始工作了。她发信息给我。她的长发剪短了，内扣刚好搭在脸蛋的两边，时不时在甩动头发的时候，可以显露出隐藏在头发里的耳环，是绿色的宝石镶了一圈闪亮的白钻。她的鞋子是裸色的运动款式，鞋的前面也有很多闪闪发亮的水钻。牛仔裤是灰白色的，小腿上也爬满了红的、绿的、紫的以及白色的水钻。我对她说你怎么这么喜欢"blingbling"的东西，是不是越来越少女心了？这时候她还是那么浅浅地一笑。她把左手伸在我的面前，中指和无名指上都戴了戒指，中指上的尤其夺目，是一枚看起来水头很好的玉石，旁边密密麻麻地镶嵌了两圈的钻石。无名指上的戒指我一下看不出来是卡地亚还是蒂凡尼的对戒，只是感觉很大牌。

"你看我还少女心？我现在都喜欢这样的东西了。"

"这么大的翡翠，看着真漂亮，不少钱吧？"

"这个是找人做的，不是商场的，没有那么贵。"

"多少钱？"我实在好奇，还是问了出来。

"20万不到。"她说得很随意，我突然意识到她的鞋子好像在哪里看到过，好像是miumiu的新款，一双估计也要几千吧。还有手边的小包，裸色的香奈儿mini255，几万块钱的包，我身边最有钱的姑娘也不舍得买裸色，小羊皮本来就娇贵，裸色的更是几次就脏了，要多心疼。

"我一年也挣不了这么一个戒指。"我被她的这种语气弄得有些生气，就直接说出来。

"我没有被男人包养，我怀孕了，准备结婚。"

"什么？什么时候结婚？"

"是不是连你也觉得我是被人包养？"

"我……"我突然不敢看她。

"我只是清楚我自己想要的是什么。"

"不是，我……婚礼什么时候？"

"我其实就是婚礼想找你帮忙。"

"当然没问题了，干什么都可以。当伴娘还是什么呢？"

"不是。"

"反正需要帮忙的随便说，我肯定尽力，时间上也要告诉我，因为请假还是要提前的。"

"我想让你做我娘家人。"

"啊?"

"我和爸妈有些……有些矛盾。"

"那结婚也不可能不让父母参加呀?"

"你是我最好的朋友,我也没有其他的朋友,就你能帮我了。"

从心理上我是愿意做这件事情的,但是从道理上我又特别地不乐意。小云的父母都是下岗的工人,家里的条件十分拮据,要不是现在我根本不可能想到这些。小云一边抽泣着一边诉说着,更像是控诉,比如父母从来不给她零花钱,爸爸总是朝她要喝酒的钱,妈妈也是常常抱怨没有钱,让她早点儿赚钱养家。现在她好不容易找了一个条件好的男人,父母更是无度地索取,换了一套房子还要车每个月给多少钱似乎都不能满足他们……

美丽的容貌哭起来更是招人怜爱。我告诉自己因为我有一个和谐美满恩爱的家庭,所以不能体会小云的苦楚,比如那些夜晚一阵阵的哭泣声。可是事实是,我依旧不能想明白,她穿着几千的鞋子,一个十几万也会说便宜的戒指,怎么就不能给父母一点儿呢?那个人难道不是给了她生命应该感恩一辈子的人吗?

我没能答应小云的要求。我想我们也许曾经是最好的朋友,那时候的小云是那个小云,她也许受了风的诱惑,吹成了其他的形状。我看见她穿着洁白的婚纱,手里拿着娇艳的花朵……这些都是我的想象,当我拒绝了她后,她就拉黑了我,我们变成了再也不相干的人。

后来我只是听到别的同学告诉我,小云嫁的男人特别有钱,但是他们一直没有领证，不过小云运气好，生了一个儿子，这才领了证。话题围着小云开始的时候，虽然表面上都表现出一种看不起的感觉，但时不时地还是会流露出羡慕。

都在一个城市里，原本天天在一起的朋友，可是缘分说蒸发掉就什么也没有留下，我再也没有遇到过小云，不管是人流川息的十字路口，还是小憩片刻的街角咖啡店、办公大楼、餐厅、商场……城市里的角角落落都没能遇到过。我也说不清楚是出于好奇还是心中的情谊，总是想知道小云的生活，儿子长成什么模样了，老公对她好不好。因为没有了微信，也就只能偶尔到她的微博看一看，小云会很偶然地发一张自己旅行的照片，其他关于自己的家庭和工作或者是心情的内容，一次也没有出现过。

上班无聊的时候又在刷微博，突然有电话进来，有种背后被老板发现吓了一跳的感觉，手机一下子滑到办公桌上，还好没有磕到什么。屏幕锲而不舍地闪着，虽然是不认识的号码，这种精神让人禁不住想听听这个号码背后的声音。

"您好！"

"嗯……是我。"

"喂？"

"听不出来吗？我是小云。"

"哦，听出来了。"

"好久没联系了。"

"你都好吗？"

"我想……我们可以见面聊吗？"

"你都好吗？"

"你什么时候有时间呢？"

"只能下班后。"

我还是没能拒绝，挂了电话后的我觉得自己有点委屈，为什么自己总是这样，小云一句话我就第一时间赶着和她见面。我安慰自己这是情谊，但很快我觉得还是因为自己的好奇，或者两者参半吧。

约在一家日料店。她预约了榻榻米的包间。我换了鞋子掀开帘子，小云的头发已经长了，若隐若现的卷卷，不知道是不是光线太暗，总觉得她的脸有点变化。桌子上已经摆好了精致的小盘子，生的鱼片，等等。她说温了一壶清酒，好久没见面了，我们两个人可以喝酒叙叙旧。

小云还是小云。小云说了我不熟悉的话。先是她的妈妈生病了，可是她不能去照顾她，拜托我帮她去看看。又说了她现在开了店铺，有很多的粉丝，可是她很孤独也不快乐。小云说她非常想念我，希望我能帮她一起打理店铺。她强调她有很多粉丝赚的钱很多，她可以和我五五分账，只要我去和她一起开店铺。

……我们准备离开的时候她抢着付账，却好似喝醉了一般，身体东倒西歪的，钱怎么也拿不出来。那一餐花了不到400块钱，我付了钱后问她要不要送她回去。出了餐厅后她说吹吹风会好些，一会儿就没了酒意。我说那叫个车吧，她也坚决不要，说想自己散散步，我看着她踩着高跟鞋一步一步走得还算踏实，刚好一辆出租车过来，我就上车了。

那天晚上我一直睡不着，总觉得有人在屋子里小声地哭泣，不是那种令你觉得害怕的哭泣，而是似曾相识，我这才想起来，好像我回到了19岁，在那个宿舍的小床上，是那个我熟悉又陌生满是心疼的小云。

顺着记忆我找到了小云父母的住处，市中心一处老旧的小楼。我买了一些普通的水果和一箱牛奶，看看小云的妈妈是不是真的生病了。因为父母告诉我看望病人是不能下午的，周六的早晨，我敲了门没有人，以为记错了，准备敲敲隔壁的问问，这时小云的妈妈刚好回来了。

"阿姨好，我是小云的朋友。"

"她不住这里。"

"不是不是，我是来看您的。"

"看我干吗？"阿姨把手里提的各种塑料袋放在门口，在小包里掏钥匙。我顺势把地下的袋子提起来，一袋子土豆一袋白菜还有西红柿。我跟着进了屋子，把我买的水果和蔬菜一起放下来。

"她有点儿忙，说让我看看您。阿姨您不记得我了？我是小云的舍友。"我看着小云的妈妈身体很好，根本不像有什么病的模样。

"把她买的这些东西拿走，我们不稀罕也让她别稀罕我们的东西。"小云的妈妈没有任何的客套，进了屋子后就开始收拾自己的东西，对我是一副完全无视的状态。

"阿姨，您可能有什么误会。"

"如果你指望我能帮她给你还钱，那也没可能，你也看到了，我就这个破屋子，自己能吃饱就不错了。"

"不是的，阿姨您别误会，要是这样我就先走了。"

我从她家里走出来的时候感觉好像走进了一个迷宫里，所有的人和事情都无法连接起来。人有时候会被一种说不清楚的东西套住,比如此时的我。从她自己说的开店铺这个线索开始,我有印象她的微博有转发过卖衣服的店铺,当时我没多想,以为是她喜欢的店铺。

我去翻看她的微博,果然找到了一家卖衣服的店铺,我点进去一条条地看,里面的关注人数连上万都没到,衣服的图片看起来就是奢侈品牌的盗图,有一些更是直接就把别人打的水印用马赛克抹掉了自己用,偶尔有几件衣服是她自己当模特拍摄的,虽然脸部都不是很清楚,但我对小云太熟悉了,随便看几眼就知道是她。微博的评论已经关闭了,看不到任何的留言,于是我就顺着她的介绍去了淘宝的店铺。我翻遍了她卖的衣服,最近一个月只有三笔交易,有一个还是差评。

"有时间我们再出来坐坐吧,我想问问关于一起开店铺的事情。"

"我最近正在谈一个工厂的合作有点忙,忙完了就约你。"我收到了一条这样的信息,我心里想也许那个店铺不是她说的店铺,但我想着她妈妈说的话,还有她嫁了一个条件那么好的男人。

"亲爱的,我抽出了点时间,晚上就见吧。"

小云的头发用一个发圈扎了起来,戴了一根上面盘着珍珠的发卡,我不能确定她的睫毛是种上去的还是现在那种嫁接的,很长很翘,她的脸小了很多,下巴似乎也尖了一些,还有她的鼻子,也比记忆中的鼻梁高了一些。我越是觉得哪里变了越是仔细看,却也看不出来,越是看越是觉得她变得没有从前美丽了,她原本的美是自然的,现在的妆容反而让她缺失了一份自然或者说是特别。

"小云你看起来有点变化。"

"是吗?你看得出来?"

"看不出来,可能太久没有见面吧。"

"我也不瞒你,我现在还开了一家医美馆,我的脸上是打针了,不用动刀子不影响生活工作,就是微微地调整一下,更精致一点,我可以介绍你去,就收你成本价。"

"你还开了医美?在哪儿?"

"你要做了我带你去嘛,不过是我和别人合作的,我也没时间打理,所以你要做什么成本价的话是不能去医院的,我可以把医生给你约出来的。"

"约出来?"

"算私活嘛,回头我请人家吃饭就好,我觉得你可以把下巴打一点,还有法令纹,立刻就会显得年轻很多了。"

"还是算了,还没生小孩。"

"不要有这些观念,我们用的都是韩国美国的,不用中国的,对人不会有伤害的。"

"还是说说开店铺的事情吧,你是实体的还是网上的?"

"我最早是做实体,现在没人做实体了,实体店等于是给别人试衣服的地方了,网上的人群是主要的受众。"

"那你店铺什么名字,我拿淘宝看看什么类型的。"

"我们要开肯定是新开一个,但是你放心,我粉丝很多,都是跟着我的。"

"为什么要新开一个?不是说做得很好嘛?重开一个会不会浪费了以前的资源,比如老客户什么的。"

"你放心,她们都是跟着我的。"

"这样……"

"其实是因为有差评，店铺有差评了不好，而且以前和我一起开的那个人跟着我赚了很多钱，肯定不愿意我把股份转让出去，所以还是我们一起自己开一个比较好。"

"那货源呢？"

"这个我特别多，都是老熟人，可以看上什么就发给我什么，这些你都不用担心，我们就用你身份注册一个店铺，然后拿第一笔钱进了货拍点照片，就是现在那些网红的模式，我可以拍照，你也可以慢慢出镜，但是需要让粉丝有一个慢慢接受的过程。"我听着眼前的小云手舞足蹈地讲着，一切的一切都变了，从前的她散发着无限的光，让你忍不住地想要靠近她，而现在。她说出那么多的话，每一句都不能吸引你，连同她有点奇怪的美丽的脸蛋。

"小云，一直没问你儿子和老公怎么样了？"

"哦，儿子挺好的。"

"那你出来做这个你老公不说你？孩子谁管呢？"

"嗯……有……有保姆呢。"

"哦，那我们第一笔进货的款需要多少？"

"这个嘛……其实这个完全根据情况看，款式多了就需要得多一些，但是如果你没有那么多钱小的投入开始也可以，款式就少了一些。"

"多一些是多少少一些又是多少？"

"我觉得吧，这个，你1万块钱肯定还是有的吧。"

"小云，你在和我开玩笑吗？"

"什么意思？"

"你一个戒指都要好十几万，你和我说让我投资1万和你开店？"

"不是这个道理,我们现在是自己创业,我是担心你觉得太多钱不想开,也可以一次投入10万甚至100万的,但是开始没必要,最重要的是花别人的钱和自己创业那是两回事。"

我们又重新加回了彼此的微信,我也暂时同意一起开店铺的事情,终于可以翻开她的朋友圈了。她发出的生活状态看起来真的很不一样,比如在画室画画,在私人会馆里读书,偶尔还有一些去外国看画展的状态,今天是在学习文艺复兴的艺术,明天是在读名人传记,穿的衣服都是香奈儿这种顶级的奢侈品牌。我的脑海里浮现出好几个人,一个是和我一起玩的小云,走在哪里都吸引目光让人想要认识;还有一个是那个不知道注射了什么针剂的有着奇怪脸蛋的小云,前言不搭后语地说着大话;另一个就是朋友圈里的她,过着有品位的人生。

她家庭的照片我一张也没有看到,她的儿子、老公或者任何亲人的照片,就连朋友的合影也几乎是没有的,最多的照片是在精致的下午茶下的照片,或者是自拍,搭配一张露出logo的衣服细节或者包包细节。

曾经有那么一瞬间,大概我也羡慕或者嫉妒过小云。当她随便地说出十几万的戒指很便宜的时候,当我不如意的时候想起同一个学校毕业成绩没有我好的小云的时候,只是那阵情绪过后,我还是会想念她。希望自己昔日最好的朋友过得很好,每个人追求的总是不一样的生活,在自己的小世界里我努力过好每一天不就是很好吗?承认我非常心烦,明明知道如果拿出了1万元估计就这么扔出去了,可是又想要为了一个结果去试试。不想自己在家里待着,我准备出去逛逛。

到了商场又不知道要买什么,看到咖啡馆就走了进去。正在挑选饮品的时候居然遇到了大学时候的同学。她也是自己一个人无聊,我们就坐下来聊了几句。我们很自然地聊到了小云。从她嘴里我听到了让我根本不敢相信的消息。

我当即给小云打了电话,取了1万元的现金。我决定要和她好好地来做这个淘宝店,或者希望她能好好地做这个淘宝店。

怎么说呢,我上班的时候是一阵子很忙一阵子就是可以坐着发呆,所以和小云说好了,店铺主要由她来管,这一阵子我不忙的话我就会挂着当客服。她真的弄来了一堆衣服和包包,我觉得衣服很多都有些奇怪,但我知道时尚这种东西,对于我们这些每天穿工服上班的人来说,真的是非常遥远。她来做模特,我来拍摄,她会指导我什么角度来拍衣服,直接用她的手机拍摄的,她说这样修图比较方便。几个小时的拍摄很快就结束了,我们喝了几口已经凉了的咖啡,她说晚上基本就能弄好图片了,果然我临睡前就看到她朋友圈开始刷起图片了:"给朋友的店铺拍衣服,大家多多支持哦,也可以直接微信我购买哦。"

那些衣服被她这么一修饰还真的很好看,我看着这些图片,觉得她选的角度确实很好,加上颜色的柔和,衣服就好像专柜里的一样。

"淘宝明天我再上架,到时候你也发朋友圈宣传一下,就说朋友的店铺衣服很好看,到时候也可以让认识的人直接加我微信,这样卖起来方便一些。"

"好的,早点儿休息,你觉得方便就好。"

"放心吧,我的粉丝很多的,一上架就会卖爆的。"

……这个世界奇怪吗？每天看社会版的新闻是不是五花八门，世界就好像是马戏团，我们看到里面的表演不可思议，有人热闹有人叫好，而我身处马戏团中，好像一个被耍着玩的猴子。

我之所以愿意和小云合作不是别的，是同学告诉了我小云的生活，果然看起来的美好都是假象，她找的那个有钱的老公其实并没有和她结婚，也没有生下什么儿子，后来不知道什么原因她流产了，渐渐地那个男人也就没有和她来往。有人说她之后就是那种所谓的"外围女"，只要给钱就会陪男人出去玩，有人说她自己开了店铺，都是卖假货冒充真的骗人……不管别人是怎么说的，我听了这些后觉得，小云的生活肯定很差，于是我想一起合作开店，投入也不大，她有个事情去做，起码有个收入。

但是我的世界太简单，我想得太简单了。

起初的时候，那一阵我正好很忙，其实就是小云卖货，我也有朋友看了朋友圈的介绍找她买东西，一段时间后陆续有朋友说在小云那里买了东西，可是很久过去一直说没有货。后来说发货了又不给单号。我去问小云，她说让我别着急，因为卖得太好了，工厂都在排单，我们是小客户，所以要等大货。

"我都发货了呀，你让他们等等。"

"哎呀，我搞错了，发货不是发的她的，要再等几天。"

"你又不知道这里面的行情，就别跟着催了。"

"每天都在回复，你就别添乱了。"

……开始小云会回复我这样的信息，后来就不回复我了……再后来她和我的关系就回到了开店前，她把我拉黑了。淘宝的店铺是我的名字，一段时间后我被请到了警察局。我真想不通，从她诈骗的金额来看，如果小云可以一心一意地做生意，她并不是做不好的，起初的时候她找人刷淘宝推广，慢慢地就有人在淘宝上拍货品，上面有她的微信，很多人觉得方便就加了微信，反正我不知道她是怎么做的，大概是有分组，所以我看不到她很多朋友圈的信息，她除了发衣服之外，还有整容、代购的广告另外还有一些珠宝的广告，可能因为她给自己拍的那些照片很好看或者什么原因，除了微信买衣服之外还有买珠宝的预约整容打针的……她的套路就是收了钱后不发货，也不带人家去整形医院，就是像对待我那样的借口，直到客人实在太生气了，她就把人家拉黑了。最后是一个人定做一个50万的钻石项链，一个多月还没有发货后她把人家又拉黑了，因为金额巨大，人家报警后通过淘宝上我注册的名字找到了我。

虽然我也是受害者，但是我们合伙的1万块我是给的现金，没有办法证明。小云诈骗的钱都是通过微信直接支付的，淘宝即使是拍了付过钱，但是因为没有收到货，钱并没有转过来。所以她诈骗的那部分不会算在我的身上。我不想回忆处理的过程，我找不到她，她的妈妈也不回答我的任何问题，另外诈骗这件事情，微信也并没有实名的申请，金额也不好定性。我只是感觉一连串的事情下来，我根本不能相信一切都是发生在我身上的。

生活还是我自己的，就像潮涨潮落后，海面平静得你根本不知道发生过什么。城市里的天空污染很重，只有偶尔下了一周的雨后，才会看见一朵朵的白云，在高远的天空上，我会想，我确实认识过这样的一个朋友，我抓不住她也摸不透。

也不知道这件事情过去了多久，久得连我都不愿意也记不起来了。同学的群里发来了一个链接,说是小云现在在做直播。我点进去看,里面的她依稀还有她的模样,也只剩下一个轮廓,如果你说那个人不是她也可以不是她。昔日里她的那份迷人没有了,在直播的视频里,她染了红色的头发,剪了一个很整齐的刘海,不知道是经常漂染伤害了头皮还是如何,偶尔的时候当她低下头,可以看到头顶的斑秃。她吃的饭都是最便宜的,穿的戴的明显是奢侈品标志但一看就是廉价的衣服,说着自己都圆不下去的谎话,比如时常说自己过几天要去法国了,过几天又要去送什么设计稿,看了文艺复兴时期的画作,觉得自己的知识储备需要紧急地恶补一下……她直播时候看的人很少,偶尔会有一两个在直播上送礼物的也都是小礼物,她也会特意地感谢好几遍。同学们开始只是在群里并不明显地嘲笑一下她,到后来她直播的时候就变成大家都在围观,一边看一边截图来拆穿她各种各样的谎言……这样的话题持续了一段时间后大家就疲劳了,再也没有人提起她了。

那个在班里和任何时候都能引起一阵骚动的小云终于再也没有消息了。

黑夜是年轻的,漆黑盖住了一切,我们什么也看不清楚。岁月留在脸上的褶皱,日子滑过皮肤留在心里的伤痕……一片的漆黑中,每个人都感性地可以和自己的内心对话,我听到了那个哭声,那个我一直以为是小云的哭声,也许那本来就是我的。

黑暗的天空中,小云会是什么形状……

红霞

一

烦恼真的好多呀!

她拿着手机刷着朋友圈,大学的舍友小李已经二胎了,虽然两个都是儿子,每天抱怨的是烧钱和睡不好,但是从每天发的都是萌宝宝的照片来看,内心是享受的。同龄的朋友孩子大的都6岁了,再过几个月其他几个朋友也都陆续要生了。同学群里从以前的男人、化妆、美食到如今全是小孩子的话题,她能回复的话就变成了这些:"宝宝好可爱""宝宝好乖""萌死人了"……所以烦恼真的好多呀,自己结婚七年了,开始的时候因为结婚早不想要孩子,等到想要的时候,一年一年过去,居然一直没有怀上。要是有个什么毛病,还能治疗或者下决心做个试管,偏偏和老公查了几次都没啥问题。

她把手机扔到一边,准备下楼去喂猫。冬天过去了,院子里多了一大批的小猫,她经常喂的一只大橘猫,一窝生了四个,两个橘色的一个纯黑和一个奶牛黑白花色。每天最开心的时光就是看看这些小家伙了,可是看着看着,心烦的感觉就阵阵袭来:自己那么喜欢猫咪,可是老公一点儿也不喜欢还说对毛茸茸的毛过敏,所以她就只能在院子里喂喂流浪猫过过瘾。都是那种怎么喂养也混不熟的猫还好,就是按时来蹭吃,过段时间不见了就算了,一年里新猫换旧猫,总没有那么难过。可就是遇到那么一两只,特别通人性的猫,每次按时等着你来,见到你后不是打滚就是求摸摸,跟前跟后着急地"喵喵喵"叫，根本不管别的猫已经抢了饭。

小林就遇到过这么一只猫，她下楼来一声"喵"，七八只的猫一起冲过来，这只黑色白蹄子的猫永远都是第一个，经常是奔跑得太快，冲过来的时候撞到小林腿上，她都要揉半天被撞的皮肤。小林撒了猫粮，其他陆续赶来的猫都埋头苦吃，一片"咯嘣咯嘣"牙齿咬着猫粮的声音。只有这只偏偏傻得要命，围着你的脚边跟前跟后，你着急它吃不上，它比你还着急，着急的不是吃，就着急想跟在你身边。直到有一天，小林一次次地呼唤它的名字："喵喵喵……四蹄踏雪……白蹄子……喵……啊呜……小踏雪……"

真的烦恼在万千烦恼中来了，这一次可是真的了。

小林接到了通知，国家要实现全面奔小康目标，展开了"精准扶贫"，她作为年轻的干部，需要下乡一年，这一年里要求三分之二的时间都要驻村。她拿着猫粮下楼，一如既往的一只、两只、三只猫咪就这么蜂拥地跑了过来，把猫粮抖落到地上。

"你们倒是只顾着吃，没人关心我的心思。"

"嘎嘣嘎嘣……"只有猫咪咬着猫粮的声响。白色猫咪身体最大，也不知道是喜欢打架还是因为毛短，身上总有一块是斑秃的。还有两只三花，而且都是长毛，混色也差不多，一只身上的黑色多一些一只黄色多一些。还有一只黑色的短毛和两只棕色的长毛，有的时候会有一只橘色猫和一只长毛的白猫，但是并不是每天都能见到。小林看着它们，说不出来的委屈就涌了出来，眼泪就一滴一滴地掉下来，慢慢地融化在地板上。

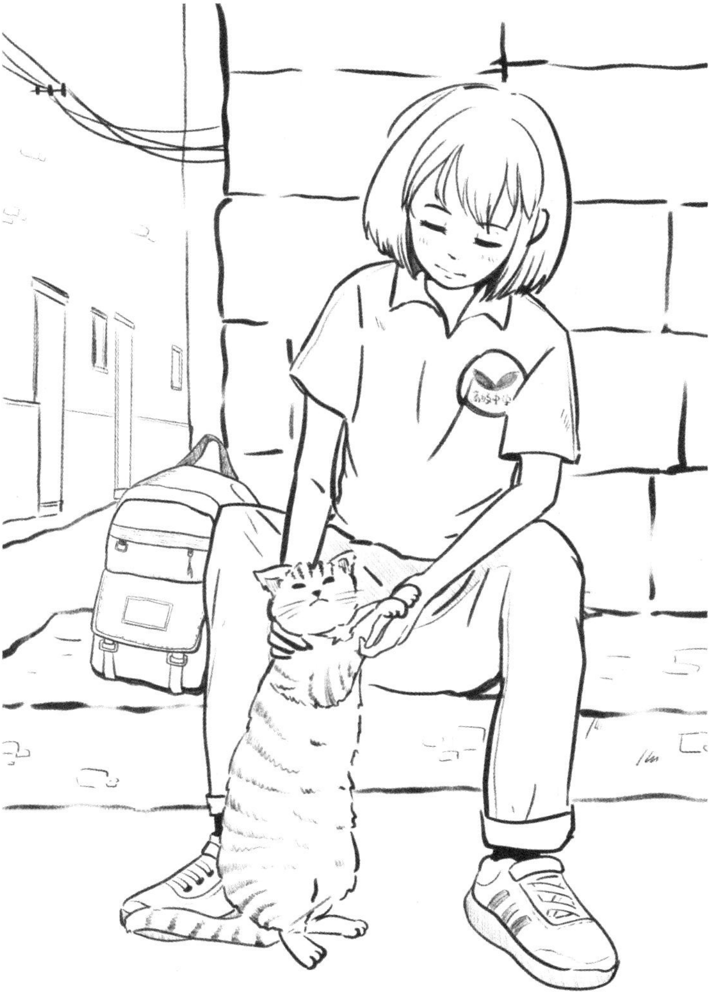

二

告别一种生活对于小林来说本来就是一件很难的事情，当初大学毕业大部分人都想留在北京，她却一秒钟这样的念头也没有，她想念家里的父母，习惯西安城市里正南正北的道路，离不开自己熟悉的街道、常去的商场以及拥堵、黄土和西安城的一切味道。喜欢稳定的她第一选择是可以去高校任教，只是研究生的学历还是很困难，辅导员的工作她考了几个学校都没录取，终于考上了公务员。

当她坐在飞往陕北的飞机上的时候，缓缓起飞的飞机不是带着她飞上蓝天，而是带她离开熟悉的城市，熟悉的单位、同事、朋友、家人，要去一个完全陌生的地方、环境，要不是旁边还有其他的同事，她真想放声地大哭一场。好不容易熬过了一年一年的苦读，好不容易大学毕业找到了稳定的工作，好不容易找了比较满意的男人结婚……在这个自己越来越老去着急生育的年龄里，偏偏生活突然给了她一个闪电，惊雷般地炸开了她的生活。

有没有合口味的饭餐？是不是很干净？能不能洗澡？老乡说的陕北话是不是听得懂？工作要怎么开展？……一连串的问题在脑海里翻滚，来之前纠结的是自己着急怀孕的事情就这么耽搁了，但真的要来了，还是眼前的事情更重要。爷爷和爸爸都是党员，记得妈妈说过，以前交通不发达的时候，爷爷也被派去陕北搞社教，路上就要好几天，一去至少就是大半年，她出生不久爷爷就被派去工作，等到回家时，她都已经满院子跑着玩了。小林不是不佩服长辈那时候的经历和精神，只是想起来的时候都很容易，真的摊在自己身上，各种各样的困难要怎么办？一年有365天，三分之二的时间就是243天……她不敢想也不想想，唯有顺其自然。

下了飞机后看到接他们的当地人，皮肤黝黑，陕北口音还算听得明白。天气不阴沉也不晴朗，上了汽车一直沿着高速走，车窗户的玻璃特别脏，她有点想开窗看看，但看到外面的风特别地大，树和草仿佛都嗑了药，东倒西歪地胡乱扭动。车上的人开始介绍这里的情况，宁夏和陕西交界的这里有太阳能发电，风力发电，属于盐碱地……她怀着一种从未有过的心情听着，带着自己看不到的微笑。

三

小林大概还记得高考的那几天，妈妈干脆请了几天假，就负责在家里陪着她，说是陪着却根本不敢打扰她，一会儿送点绿豆汤，一会儿送点切好的水果，到了饭点更是一大桌子摆满了菜。到了考试的前一天，因为担心家里到考场的距离太远，走得早了担心打扰她怕她睡得太少，走得晚了更是担心路上会堵车会迟到，于是干脆就近地找了一家酒店，这样既不会耽误考试又能安心地休息，中午的时候也特意在酒店包了高考餐，为了小林可以吃好，也为了中午有个地方休息会儿。

这些记忆都是被一个和曾经的她一起就要高考的孩子唤醒的。

那天是她去农户家走访的日子。每一家都有自己的困难，有因为残疾致贫的，有因为无劳动力致贫的，还有很多是因为疾病……每一家都有自己的困难和麻烦，她来这里一待就是两个月了，时间快得让她分不清楚除了实地一家家地去看，最费力气的就是准备一张张的表格，常常是半夜十二点还在整理。

一早上已经是第三家了。这一家住的房子就在路边，应该已经是政府给予一定补贴后才住上的砖瓦房。房子的结构大概就是从前城市里的那种平房。她敲了敲门，里面应声，她掀开帘子走了进去。面对着门的就是一个木质架子的柜子，上面放着一些塑料瓶的饮料和矿泉水，还有一些类似于薯片、方便面这种简单的零食。

"家里就你们两个人呀？"小林环顾了一下四周。货架对面是个圆桌子，屋子的另一边有贴着墙的床，床单打扫得一尘不染，被子叠得好像豆腐块，上面还放着一个小猫的毛绒玩具，就是看起来有点脏旧和劣质。还有另外一间屋子，但是无法从门外一眼看进去。

"我家姑娘出去了，这里请坐，要不要喝点水？"主人热情地招呼着。

小林就坐在圆桌旁边，请他们也坐下来，也并没有要水喝。

"家里生意咋样呀？"

"没啥人。"

"最近身体咋样？大哥的胳膊好点了吗？"

"都还不错。"这时候进来一个小姑娘，梳着樱桃小丸子一般的头发，个子也不高，穿了一件白色画着一只猫的无袖T恤，脸的两颊是陕北女孩特有的一抹红色。

她想起来这家的女孩今年高考。

"姑娘今年高考，估分咋样？"

"估计上不了二本，有点想复读。"女孩自己说着，站在门边的腿往桌子跟前迈了几步。就在这时候里面的屋子出来一只小的猫咪，扑了小姑娘的脚几下都没扑上，还发出了"喵喵喵"的叫声。

"哎哟，你的小猫？"

"嗯。"小姑娘点了点头。

"孩子喜欢猫，我们也从来没给她买过啥好玩具，别人家的生了一窝我就抱回来一只。"

"我也喜欢猫，就是家里人不让养，我就喂喂外面的野猫。"小林的注意力一下子转到猫咪身上。最近这么忙已经忘记了楼下的那几只猫，也不知道老公有没有按时喂养猫咪。小猫咪围着桌子走起来，可能因为小比较贪玩，自己一会儿跳起来扑一下桌角，一会儿闻闻人的脚丫。

等她的视线从猫咪身上转移过来，看到女孩的妈妈好像在抹眼泪。

"大姐，你是眼睛又不舒服还是怎么了？"她记得这家人的资料里，女孩的妈妈是糖尿病并发症，其中比较严重的一项是导致她半失明，这样就无法劳动了。这家的男人骨质增生，右胳膊的关节不怎么能动了，她这次来其实主要是问问他胳膊的事情，她找了一个当医生的朋友，咨询后觉得这个病还是可以治疗好的，只要胳膊能好，起码家里还有一个劳动力，这样帮助他们脱贫致富还是比较有希望的。

"其实我家孩子学习不是那么差的，可是你看我和她爸什么都干不了，那么重的活儿，基本都是她一个人去做，还要照顾我们，哪里有时间学习。我们都是孩子的拖累呀，都是我们害了孩子。"

"大姐,话不是这样说的,如果没有你和她爸,她连生命都不会有,更别说来到这个世界感受酸甜苦辣了,你说我说得对不?"小林一边说着看到小猫咪转到了自己的脚边,她的注意力一下子就放在猫咪的身上,本来还要说的什么话也忘记了。

"我们给她的全是负担。"

"还不快说句话,你看看你妈,都快哭了。"小林对着小姑娘说。这段日子里,她看多了陕北夏天的天空,也看多了陕北老乡,特别是贫困户的一脸愁苦。这些贫困的老乡总是说着第一句第二句眼泪就下来了,她每次看到这种眼泪汪汪的上了年纪的婆姨就慌了手脚。小林觉得自己还是缺少和她们一般的生活经历,无法做到感同身受,所以在面对她们表现出来的伤心时,她只有惊慌的感觉,无从下手无法表达。想要给予帮助的心是坚定的,只是徒劳的感觉更多。

刚一个走神,回过头来,小林发现小女孩的眼睛里水汪汪的,她知道这样哭下去大半天的时间就要搭在这里了,安慰起来就没完没了了。

"你跟我去镇政府坐坐吧,我给你看看助学基金的文件,再说说你上学的事情好不好?"小女孩听了也不说话也不点头更没有摇头。

"大姐,你看我带闺女去看看助学基金,分析一下她上学的事情好不好?"

"好的好的,感谢你呀,感谢政府呀。"

"大姐你别哭,这都是我应该做的,快擦擦,我和你说,人呀总有难事,大家互相帮忙自己也要想开,我看见你闺女就羡慕,你说你虽然现在条件不好有点困难,但是老公孩子一家人,我都结婚七年了,想要个孩子都没有,想养个猫吧,老公又不喜欢,所以说人活着就是有难处,各有各的难处,你帮我我安慰你,日子一天一天就过去了是不是?你放心,孩子上学的事情我们会上心的,我家里也有认识的阿姨这个病,其实糖尿病的人特别多,主要是控制好吃对药,肯定都有办法,就是自己千万别吓自己。"她说完这一通话,拉住小姑娘的手三两步地就走出了屋子。室外一棵大点的树也没有,她拉着小女孩的手,根本不像是个小娃的手,粗糙的茧子在她的食指和中指间摩擦,眼前这一片黄土的路,光秃秃的没有一点风光可言。可能是因为想到了自己没有孩子,可能是看着眼前这般命运的孩子,可能只是突然阳光强烈……这个世界可能的事情实在太多了,或者不可能。小林抹了一把眼泪,身边的女孩也抹了一把眼泪。

四

蒲公英、苦菜、野蒜……都是她从未见过的野菜,洗干净了放在盘子里,有时候调个蘸的汁子,有时候伸手拿着吃就行,冬天里是在屋子里,火炉子烧起来,白酒一个一大杯,你喝一个我喝一个,只要你喝酒,从开始的没话到后来抢着说。夏天到了就是平房门口的水泥石板桌子,除了野菜还有地里的西瓜和甜瓜,比城里的绝对甜绝对脆,喝的酒就变成了冰镇的啤酒,但是始终有喜欢喝白酒的。第一次摆出这样喝酒阵势的时候,小林坐在那,她用手机飞快地给朋友打着字:"简直是活受罪呀!"朋友没有立刻回复她,她坐在那等不来信息的感觉,就好像一万只蚂蚁在身上爬,就把这几个字一直重复地打在屏幕上,发送出去,直到朋友回复她:你是疯了吧。

开始的那些时间是要疯了的。她躺在镇政府给她的一间宿舍里,望着空荡荡的屋子。没有洗澡的感觉很难受,但是心里的难受更是无法逾越。她特别想念自己家的床,想念家里的老公,想念楼下的猫咪……失眠的夜会把各种乱七八糟的事情勾引出来,想想如果此时能有一个猫咪卧在身边会不会好很多,毛茸茸的身体在身边蹭来蹭去,心里就好受些了吧。也想到老公出差的那些日子,他是做工程的,经常出差在工地上,他常常说:只要你无忧无虑地生活就好了。小林从来没有觉得自己日子无忧无虑,她觉得每天烦心事太多了,但是这会儿她突然觉得以前的日子真是蜜罐子一般。窗外有"呼呼呼"的风声,窗户关得不够严实。在这样对比的回忆里,她的思绪飞得更远了,想起妈妈和她说小时候吃不饱的日子,妈妈家里有四个孩子,用铁盆来蒸米饭,然后横着一道竖着一道,平分成四块,每人一块。家里的大人是舍不得吃米饭的,那时候好像多少主食都吃不饱。小林就想到扶贫这些天看到的,一般人家倒不至于吃不饱,吃得不好是肯定的,就是住的屋子很破烂。小林想父母年轻的时候是不是也经历过她看到的这般生活。爷爷曾经也在陕北蹲点工作过,那时候不像现在交通发达,虽然都是一个省,但是路途漫漫,有车了搭车没车了走路,一待就是一年多,据说小姑快出生的时候,爷爷刚好派来陕北,等到回去的时候,姑姑已经坐在门口玩泥巴了……小林就是在这些回忆中度过了刚开始来的黑漆漆静悄悄的夜晚。

　　熟悉一些工作环境后就开始没有什么时间胡思乱想了。有时候是接待工作，带着市上、县上来的检查组挨家挨户看老乡，再把资料一个个分析给检查组听，遇到集中填写资料的时候，每天晚上十二点前是没时间睡觉的。这样的好处就是每天再也不失眠。其实这些习惯后并不是工作中最难的。小林一个女同志，走访的时候，贫困户中很多都是因病致贫的，孩子小时候发烧没有及时照顾脑子烧坏了，有些家人比较爱干净会护理的还好，不爱干净不注意的，大男人三十几岁的人，躺在炕上被子掀到一边，光溜溜的身体就那么裸露着。小林最不愿意回忆的就是有一次，她去一户人家走访，院子的门都是敞开的，她敲了敲门，里面没声音，她就走进院子，喊着话问家里人在不在，突然就从两间窑洞的一间里冲出来一个男的，把她摁在地上就开始打她，挨了结结实实的一个耳光后，小林都还没缓过神来，她刚刚把半埋在土里的脸转过来，又挨了重重的一拳，这一下她感觉嗓子眼里都湿湿的。好在这时候有人来把压着她打的男人拉了起来，她被扶到屋子里，惊魂未定的她都不知道自己满脸都是鼻血。男人还在屋外大喊大叫的，旁边的人一边给她拿毛巾擦脸一边道歉。原来这个男人二十几岁的时候疯了，之后老婆就跑了，有年轻的女人来家里，他时不时地就会发疯打人，以为是自己的老婆。

　　小林哭过，那天回到宿舍，看到肿起的脸蛋，对着镜子的她开始只是流眼泪，一张脸被泪水铺得亮晶晶的，在镜子里这张奇怪的脸越来越模糊，无声的哭泣变成大声的呼喊，开始只是"啊……"的声音，后来变成夹杂着"为什么呀……"的疑问，直到小林听到木门被"咚咚咚"地拍打,越来越急促的声音像是给她打节奏。她平复了情绪,用毛巾擦了把脸就去开门,为自己的失态感到不好意思。原来是副县长听说了她被打的事情,提着些水果来看她,结果刚好听到她在哭。

小林经历了不习惯到慢慢习惯的过程,她觉得自己第一次这么认真地想要做好一件事情。有时候和朋友聊起扶贫的事情,大家会开玩笑地说她现在可是真正人民的好干部。但小林心里明白,并不是非要尽到自己一个国家人的职责,而是她在一件件的事情中找到了自己从未有过的成就感。大部分的贫困户并不知道怎么写自己的情况,那些汇报资料都需要她一家一户地走访、沟通,然后想尽各种办法去落实,并不是对于老乡的不信任,而是在利益面前,就会有各种的问题。她第二次在工作中哭是因为她一直特别看好的一家人,她特别有信心这家人是可以脱贫致富并能成为典型代表的,老两口和家里三个儿子,其中两个儿子小的时候因为爸爸带着村上人开荒去了,结果一大一小两个孩子在屋子外淋了雨发烧没有得到及时救助,成了傻子。老人从来没有给政府提过要求,一直自力更生地养大了三个儿子,只是现在年龄大了,地里的活也干不动了,羊也养不好了,家里基本上就是一个小儿子作为劳动力。本来小林找了专家,教他们科学养殖科学种植,可小儿子找了一个女朋友,女朋友嫌弃他家负担重就分手了,小儿子可能伤心了,就离家走了。小林看着以往都特别热情的老两口,尤其是从来都是笑眯眯的脸上挂着泪,她第一次真切地感受到小时候课本里说的,沟壑纵横的黄土地流着几条溪水,老人的脸就像是黄土高坡,饱经风霜,伤痕累累。

小林第三次哭是为了分配贫困户的名额，两家人打了起来，她跟着镇上的几个男同志一起冲过去劝架，结果被其中一家的女儿指着她就开始骂，当地的方言骂起人来特别地难听，而小林在意的并不是这些话，而是她觉得自己尽心尽责地为了他们，结果落下了一个不公正的名声。

……后来还经历了一些总是忍不住哭起来的事情，有些是因为看到老乡家的生活实在太困难了，有些是因为气愤，比如为了能评选上贫困户，明明可以养活父母的孩子，偏偏把老人自己送到已经废弃的屋子或者窑洞里，这样两个老人自然是没有劳动能力的，就被划分到了贫困户的名额里。每次小林和这些子女理论起来她都气得发抖，有些不回嘴的还好，遇到不听你讲道理还骂人的，小林一个人想起来就要哭。这样的情形半年过去了就渐渐好了，她终于开始学会控制自己的眼泪和情绪了。

五

直到今天，手里拉着小姑娘的她，就这么又流眼泪了。

"你叫什么名字呀？"

"我叫李霞。"

"你喜欢猫咪呀？我看你穿的T恤都是猫咪。"

"嗯。"

"我也喜欢呢，不，是特别喜欢，你为什么喜欢猫呢？"

"就是喜欢。"

"嗯……你是不是因为和我不熟悉呀,虽然我看上去是大人,其实呢我也和你一样,很多年前刚刚经历了高考。"她说完这句话,觉得更奇怪了,只好加了一句"很多很多年以前"。说完后她刚才难过的心情一下子就过去了,她自己笑了起来。

"你别害怕,我只是,因为你想到了很多事情,很多自己以前的事情,其实每个人都会有各种各样的困难,我从小总觉得下一个阶段会更好,未来会更好,实际上每天都有开心的也有让我烦恼的。我以前会因为不能养一只猫咪而烦恼,你现在因为自己上不了一本而烦恼。"

"我不想上一本。"

"不想?"

"爸妈需要我照顾,一本都在城里,他们就没人管了。"

此时此刻,小林正沉浸在自己的世界里,准备发表自己对于人生的看法,但是突然,一个小小的身体发出这样的一句话来,她感到所有的阳光突然都照在小女孩的身上,她衣服上的小猫咪闪闪发亮,她黝黑的脸蛋被照得红通通的。

"你叫李霞?"

"嗯。"

  乾星照湿土,明日依旧雨。

  云行西,星照泥。

  朝霞不出门,暮霞行千里。

  天将雨,鸠逐妇。

在小林的脑海里，出现这样的一首诗。

"你知道吗？我看着你想到几句话'早霞不出门，晚霞行千里'。你听过这样的话吗？是我妈小时候和我说的，有朝霞的时候反而不应该出门，这喻示着会下雨，但是晚霞却是喻示着第二天可以远行会有好天气。你还年轻，现在看比起很多人，你出生的条件并不好，要照顾家庭，但长久的人生不是此时此刻。我觉得如果你能学个一技之长更好，现在美发或者厨师其实做得好了，工资都很高，比很多大学生都吃香，本科毕业的人实在太多了。"

"谢谢阿姨。"

"你和我去看看助学基金的要求，具体的咱们再说，以后有什么困难都和我说。"

小林不知道是被小猫迷倒了，还是被这个小姑娘感动了，只要有时间就要跑小霞家，每次都要带点给自己留着吃的小零食，走时也要很"顺便"地买一瓶两瓶饮料，她还找了当医生的朋友，咨询小霞妈妈的病，想找到什么办法能帮她把病看看，如果眼睛可以好起来，这样她自己就能干点活儿，小霞也不用那么担心。不过她得到的结果是糖尿病导致的失明是无法医治的，只能医治糖尿病，但是眼睛没有办法重获光明。

六

"宝贝，今晚就回来了吧？"

"呀，我忘记日子了，我看看现在还能买票不。"

"你还没买票？"

"这边的事情太多了，最近不是想帮助那个叫小霞的女孩上个合适的学校，还想给她妈妈找个她能做的工作。"

"我……我不想听你说这些，你是不是中邪了？什么时候变得只爱工作了？"

"我，我这不是忙……"

"你是不是不想要孩子？说好了排卵的日子就回家的，你说你工作忙得人都忘了？"

"不是，这不是特殊……"小林话都还没说完，电话那头已经是"嘟嘟嘟……"的声音。她并没有生气，她了解自己老公，她刚来工作的时候天天电话吵着快受不了了，每天都想着可以回去的时间，而且他的年龄也确实很想要孩子。她也没打回去，赶快打开手机买车票，赶那班快的高铁晚上回去还来得及，见到他两个人肯定就好了。

票还没来得及支付电话就来了，乡上领导找她。她挂了电话就往办公室走，想着刚好交代一下工作，就直接回家了。

小林坐在办公室里，听着领导说话，她只能一直深呼吸。原来村民有好几家都来告状，说小林有私心，不公平，偏袒李霞他们家，天天跑家里不说，有什么好处和政策都优先给他们家。

"说我私心，怎么说呢，我就是觉得李霞这个小孩特别懂事，而且我都是政策内办事，我也没什么好处，我……"

"不是这个意思，你在这里快一年了，我们都看得出来你工作的态度，只是你看我们做这个工作，难免会觉得这个人家需要帮助的多一些，那个没那么困难，这很正常，不过表现得太明显了，老有人来告状，本来好事变成埋怨是不是就划不来了？"

"我就是觉得……有些人家明明就没有那么困难，可是看到我们给了别人扶持，自己就眼红起来，这样的人你让我怎么能公平地去帮助他。"

"你这样说就更不对了，他们怎么样是他们，可是我们做这个工作，老乡都是一样的老乡，工作起码的原则就是公平。"

"我……我知道了。"

"小同志也别不高兴，你说你城里长大的娃娃，来到我们这里，工作起来确实不容易，我知道刚来的时候你没少哭，包括被老乡骂了、打了，看到特别贫困的老乡……你心肠好，现在工作越来越好了，也得到了很多老乡的信任，这都不容易，千万别好心做了坏事。"

七

"你干吗还来接我，脾气大得，不是挂了我的电话。"小林出了高铁站就看到老公，奔过去被一把搂住脖子，她撒娇地说着。

"错了错了嘛，我不是盼着你回来，结果你说忘了，你说我气不气。"

"喊。"

"我当时准备买票去找你了，把你押回来。"

"不不不，我想吃火锅，不不冒菜，不不不晚上了要不吃个高级的，那个自助的日料？啊，开着车带我好好溜达一下，让我感受一下城市里的灯红酒绿。"

"谁跟我说和大家一起在室外石桌子上，吃着野菜喝着小酒，晚上那星星一直对着你眨眼睛，那种感觉……"

"好是好，再好也没咱家好嘛。"小林把头埋在老公的肩膀上，朝着停车场走去，旁边的人很多，有和他们一样这样搂在一起的，也有手牵着手的，还有接朋友的，三三两两，或者聊天或者焦急走路的。在这样的两种生活中，她的脑子里总是忍不住地对比起来。

"明天咱俩回家看看你爸妈吧，后天你有空再和我一起回我家，没空我自己回去也行。"

"今天你可……"

"可是啥？"

"平时第一时间都是问你楼下的猫，今天问起我妈你妈了。"

"你咋骂人呢？"

"看来下乡学习收获不小呀，懂事多了。"

车子开动起来，小林像是旅游一样趴在窗户上，眼前的高楼路灯，还有一辆接着一辆的车，城市生活很多时候是夜幕降临之后才有的，白天忙碌着上班，一天结束后把分散的拥挤又都安排在各种各样的餐馆，还有酒吧夜店和KTV里，大家每天都很忙，忙着赚钱忙着挥霍忙着攀比忙着向前看。她觉得尽管在他们住的小区已生活了几年，但小区里的人谁也不认识谁，对于那样的一个院子，除了那些猫咪外，她没有任何熟悉的生命，反而是她在陕北工作的这些日子，生活单调，反而让她开始思考人与人的关系，让她熟知一个一个的家庭和人。

"我要是生一个像小霞那样的孩子该多好。"她的眼睛依然看着窗外说了这么一句。

"晚上我们就生一个。"

"你说要是我们生病或者遇到各种困难，能做到对彼此不离不弃吗？"

"你这个人我就不好说了，反正我肯定对你好会好好照顾你。"

"你说18岁都不到的小女孩，居然说她不想去城里上学，因为不能照顾自己的父母，要是我们的孩子说出这样的话来，我真是觉得此生无憾了。"

"我的宝贝呀，你怎么说话这么沉重，孩子会有的，都会有的，生了一个我们再来一个好不好？直到生出你想要的姑娘来。"

这个世界上总有那些最幸运的人和最不幸的人，但是这样的标准只是对处在事情之外的人来说的，小林以前总是觉得自己烦心的事情太多，生活的幸福感和满足感好差，那时候她的生活确实是人人羡慕，现如今，她在农村下乡，好朋友见到她都是感慨她真是吃了苦头了。起初每次回来的时候是这样的，她和几个朋友一起叹息自己摊上这样的事情，而现在，当被说到自己很惨的时候，她反而觉得事情不是那样的，有时候她讲起工作中的人和事，兴高采烈的神情换来的都是朋友们的哈哈大笑，半开玩笑地说她已经完全成了一个人民的好干部。

八

处理了一下单位的事情看了两边的父母，和老公依依惜别后她又到陕北投入新的工作中。这一次她特意带了一些妈妈烧的肉，只不过她不是给自己，而是准备给小霞带过去。婆婆喜欢做点缝纫活，说小林在那边晚上穿个舒服的内衣睡觉，便给她做了一套锦绸的睡衣，她想着自己肯定也不穿，刚好给小霞拿过去，就是不知道小霞是不是会有专门的睡衣。

等她到了宿舍给自己的屋子拖了地，把给自己带的衣服、零食什么的整理好了，准备看看搭个谁的车去看看小霞和小猫，就有同事看她回来了来找她。

"回来了？"

"回来了。"

"家里都挺好的吧？"

"回家肯定舒服嘛，你什么时候回去？"

"我来和你说你特别关注的那家出事情了。"

"谁家？怎么了？"

"那个高考的小姑娘，她妈妈住院了。"

"什么？住院了？不是糖尿病吗？一直都有这个毛病呀，怎么住院了？"

"就在县里医院，我也不知道。"

"呀，那我赶快去看看，她家就一个小孩，老公胳膊有问题呢。"

"我有车，我带你去吧。"

"好的好的，那谢谢了。"

命苦的人怎么一直都很命苦，比如小霞，小林特别想对着天空大喊几声，想问问老天爷对这样一个小孩，什么时候才能给她一点希望。

"糖尿病酮症酸中毒。"这是小林从医生那得到的诊断证明。她的心里一直都觉得糖尿病已经是一个比较普通的病，周围很多上了年纪的人，看起来体形稍微肥胖一些的，都是长期服药的。都是饮食上要求控制，却没听说谁特别严重导致走向生死线的。当初了解到小霞妈妈因为糖尿病并发症半失明，已经让她觉得足够严重的，那时候她还觉得是因为这里医疗条件不能和城市比，以后按时吃药就好，现在她看到前几天还和她说话的那个人，已经躺在病床上完全昏迷。

小霞和爸爸一直都在病房。她走进去的时候，小霞很亲地站起来叫她，然后眼泪就开始流。她爸爸说女儿从昨天开始围着她妈妈，一滴眼泪都没有掉，但是看到她就哭了。小林伸出手，摸摸了小霞的头，手指从头发滑到脸颊，用两只手的拇指帮她抹了抹眼泪，把她搂在怀里。她很想告诉怀里的小姑娘，一切都会好的，妈妈会醒来的，但是她清楚，医生告诉她的结果是可能这一次她就醒不来了。

"你把考号给我说一下，我帮你查查分数。"

"分数已经查了。"

"怎么样？"

"她的分数够二本了。"小霞的爸爸在旁边说。

"别哭了，你妈妈知道了肯定高兴。"

"可是妈妈可能不会知道了。"病房里突然就安静起来。

九

小林拿了她家的钥匙，去她家里准备帮她给小猫喂点吃的，她的同事开着车送她过去，一路上两个人都不说话，她觉得有点压抑，把窗户打开，外面的风也是热热的，好久没有下雨了，这时候应该下一场雨才好。

"别难过了，生活就是这样。"

"以前真没想会来到这里，真没想到会经历这些。"

"都一样呀，那时候我媳妇心里一万个不愿意，我家娃还小，可是为了工作只能硬着头皮来，现在觉得比我们难的人多了去了，很多时候，生在什么环境就是什么生活呀。"

"开始满是怨气，现在却觉得对我来说，是一件意义非凡的事情，遇到一些人帮助一些人，不知道怎么形容，那个小姑娘呀，那么小，对父母的那种感情呀，我从来都没想过，从心里特别希望她家日子好过点。"

"人和人呀，其实都是相互的，看起来我们是来扶贫，可是忙前忙后的一阵子，也说不清楚是我们帮助了他们，还是他们帮助了我们。当然彼此的感觉和收获是不一样的。"

……小林打开那间她最近总是喜欢来的屋子，小猫咪一下子就钻了出来，在她的脚边蹭来蹭去的，她还没来得及弯下腰去抚摸它，小猫咪已经开始左边右边地打着滚，叫的声音从"喵"变成了"咩"，可能真的是饿了。她把准备好的牛奶和肝倒进小碗里，小猫立刻围着饭盆吃了起来。这个屋子里只有小林一个人，几天前她还在这里和小霞的妈妈说话，短短几天，她可能再也回不来了。货架上还是那几瓶饮料，过几天就会用抹布擦一遍上面的灰，再过几天又落了灰，如此周而复始。旁边床上的被子不像平时那样叠得整整齐齐，也许那天她妈妈刚好就躺在上面，匆忙被送去医院的时候没人来得及收拾。床上脏了的布偶就扔在床边，小林走过去捡起来。

她不知不觉地坐了下来，想着时间如果能倒退回去，她是不是能多做一些事情，想着想着，她感到小猫在她的脚边又蹭了起来，穿着凉鞋的脚被小猫的皮毛蹭得痒痒的，她觉得舒服，一动也不想动，她的身体靠在椅子上，布偶也被她紧紧地抱在怀里。

　　这时候，她突然觉得自己很快就会有一个孩子，如果这是一种缘分，肚子里的孩子就叫"红霞"。

后记

《这不是则味咖啡馆》是全书最后完成的小说，驻足回望，这些故事经历了十个年头。秋是橘色的，也是茶色的，但因为对于西安来说，总是一夜之间气温就跌掉二十多摄氏度，所以秋天的叶子还没有金灿灿，窗外的树还是大片大片地绿着，但棉衣就已经要上身了。到了深秋，来了暖气，叶子不知不觉已经脱落，也不是金黄色的，加上雾霾，整个城市就笼罩在一片灰色里。都说冬是白色的，春是绿色的，夏是红色的……其实这些都是被人们想象的，就和金灿灿的栗色秋季，并没有真的在我生命中见过很多次。

我为什么要说到四季，因为我要说的这些人，她们都生活在四季里，他们在秋天期待，冬天孤寂，春天奋斗，夏天穿上漂亮清凉的衣服准备谈一场恋爱。事实上，如果生活中真的可以这么简单和单纯那要多好呀。这本故事集是我的第二本小说集，在我更年轻的时候，我喜欢写男孩或者男人，我为了证明自己拥有强大的表达能力和想象力，我刻意用第一人称来写青春期的男性……时间像色彩一样走过四季，像树木一样画上圆圈，我变得成熟起来，我终于明白了，当我问妈妈如果我生孩子你想要外孙子还是外孙女时她的回答。

"想要一个外孙女，但是你还是生一个男孩吧，女孩的一生太难了。"

每个人用直白的语言说话，表达自己，我却像是一艘船，在文字水面上画出一条条痕迹，这似乎是我的使命，虽然那些痕迹卑微、细小、无力。空洞的眼神，排着队向前推进，前方是希望，明天是悬崖，我看着她们如此有秩序，高的、矮的，或者丰满或者纤细,没有一个人站出来,从幼年到青春直到干枯,明白命运的安排,选择相信生命的真谛。有时我会加大马力,水面的涟漪一圈圈,荡漾出波浪,他们看到了,我不知道他们是不是从我的文字里读懂了,还是只是把这一切当成一次旁人的远行。就像水手终于得到大鱼,但拼尽全力后,只剩下一具鱼骨,水面上的那些喜悦、勇气、坚持、失落……全部都没了痕迹。

每一次,我都觉得我想要表达的都在小说里,但其实他们完成,得到结局,我讲了我能说的,她们总是把真实的自己隐藏起来,就像这个世界上明明有男人和女人,但女人总是有隐身术般,在被需要的时刻现身。但是亲爱的她们,我多么希望能一直看到你,当你面对镜子看到凸出的肉体和孕育生命后留下的阴影,你不会低垂脸颊哭泣,下一秒又端着刚打好的新鲜豆浆,像那些飘浮的热气般热烈地献出早餐和笑容。奉献,你总是学会奉献,你还擅长隐忍,只有在黑夜后和日出前的你不隐藏自己,这一点儿也不浪漫,白天总是异常清醒,黑夜只有漫漫感性,而在那短暂的自己里,你也分不清楚了,浓浓的大雾笼罩大地,记忆里的树林,拔地而起的大树和躲藏起来的动物,你曾经关于世界和自然的全部幻想,都被什么覆盖了,巨大的光波一层一层袭来,无法逃离,无法作声。

"车内一片红霞,终站不是回家,你我只有练习电吉他。诚心祝福你,挨得到新天地。"我的脑海里总在写她们的时候出现这样的句子,有时候是具体的文字,有时候是音乐,是手指敲击钢琴键盘时的力度混合着手指滑动吉他琴弦时的摩擦……有的时候,是阳光下金灿灿的黄叶,那么小的一个女孩,扎着马尾,她用手捧起一大把的叶子，用力地抛撒向天空，阳光普照，她的心比秋叶还要灿烂。

这不是则味咖啡馆，我很喜欢这个表达。就像"这不是我的错""这不是我家""这不是我原本想表达的意思""这不是一本书"……就像这十年，我想起普希金的一首诗："我的名字对你有什么意义？它会死去……"我们喋喋不休，我们争执、厮打、沉默，我们用语言一直为自己辩解，为这个世界辩解，为发生的一切辩解，四季过去又来四季，这些小说都是辩解，我所隐藏起来的都是我的辩解。真相从不说话，他们从不吃饭，他们靠呼吸活下来。

普希金在诗的结尾这样写：但是在你孤独、悲伤的日子，请你悄悄地念一念我的名字，并且说：有人在思念我，在世间我活在一个人的心里。

图书在版编目（CIP）数据

这不是则味咖啡馆 / 杨则纬著. -- 北京：作家出版社，2024.6
ISBN 978-7-5212-2686-7

Ⅰ.①这… Ⅱ.①杨… Ⅲ.①中篇小说－小说集－中国－当代②短篇小说－小说集－中国－当代 Ⅳ.①I247.7

中国国家版本馆CIP数据核字（2024）第010939号

这不是则味咖啡馆

作　　者：杨则纬
责任编辑：兴　安
装帧设计：意匠文化·丁奔亮
插　　画：刘思源
出版发行：作家出版社有限公司
社　　址：北京农展馆南里10号　邮　　编：100125
电话传真：86-10-65067186（发行中心及邮购部）
　　　　　86-10-65004079（总编室）
E-mail:zuojia@zuojia.net.cn
http://www.zuojiachubanshe.com
印　　刷：北京盛通印刷股份有限公司
成品尺寸：142×210
字　　数：180千
印　　张：8.875
版　　次：2024年6月第1版
印　　次：2024年6月第1次印刷
ISBN 978-7-5212-2686-7
定　　价：56.00元

作家版图书，版权所有，侵权必究。
作家版图书，印装错误可随时退换。